時代小説 ザ・ベスト2023

日本文藝家協会 編

集英社文庫

目次

本文デザイン／Balcony

時代小説
ザ・ベスト
2023

日本文藝家協会 編

編纂委員

川村　湊

雨宮由希夫

伊藤氏貴

伊東　潤

木内　昇

末國善己

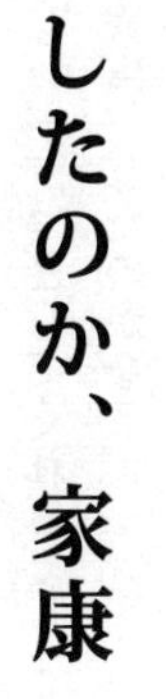

したのか、家康

佐々木功

【作者のことば】

大河ドラマ「どうする家康」。賛否が噴出していますが、私は好んで見ています。

みんな知っている家康、あの有名なエピソード……視聴者も楽しみにしつつ飽きているかもしれない話を、どう描くのか？　制作の方々が同志（おこがましいですが）のように思え、毎回ワクワクしています。

そんな中で鳥居元忠役は音尾琢真さん、好きな俳優さんです。きっと「あの逸話」も素晴らしいドラマとしてくれるでしょう。

で、家康、したのかな？

佐々木 功（ささき・こう）　大分県生

『乱世をゆけ　織田の徒花、滝川一益』にて第九回角川春樹小説賞受賞

近著――『たらしの城』（光文社）

一

陽光の下、パアン、と乾いた鉄砲音が響いた。

「おおい、吉兵衛、代われや！」

あちこち散発に響く銃声の合間に、高い叫び声が響く。

狭間に鉄砲の筒先を突きさし構えていた髭面の武者が振り返っていた。

吉兵衛、と呼ばれた武者は、後ろで弾を込めている。

ああ、と頷き、弾込めを終えると鉄砲を担ぎ上げ、狭間の穴に向け、構える。

穴から見える先に堀があり、向こう岸に竹束を連ねた敵兵が蠢いている。時折、ひょいと横にでては、鉄砲の筒先をこちらに向けて跪く。

吉兵衛は狙いをつけて、引き金をひく。パアンと轟音が響いて、白煙が上がる。

だが、近くに弾は落ちたのか、慌てた敵兵が竹束の陰に隠れるのが見えた。

仕方がない。離れすぎている。簡単には当たらない。

吉兵衛は、また弾を込めねばならない。身を捻って、狭間に背を向ける。

「吉兵衛、当たらんか」

代わって、身を乗り出す足軽がいる。

「どれ」

狭間から筒を突き出した男は、

「ありゃあ、狙えるぞい」

そう言って、スウと大きく息を吸い、引き金を引いた。

「ほい、当たった」

発砲の拍子にずれた陣笠を上げ、満面の笑みで振り返る。

吉兵衛が狭間を覗き込めば、撃たれたのは敵の物頭か。数名の雑兵が寄り集まって武者の体を引き摺り寄せている。

「さすがじゃ、郷右衛門」

吉兵衛はそう言って、この鉄砲組で一の使い手といわれる朋輩を誉め称えた。

「よう、当てるなあ」

心から感嘆していた。

吉兵衛は、三河岡崎郊外の貧村の農家に生まれた。

父母は顔も知らない。吉兵衛が幼き頃、病で死んだ。年の離れた兄が上に二人いる。

農家は、長男が田畑と家を継ぐ。次男以降は、猫の額ほどの畑を分け与えられるまで兄の下で働くか、家を出るしかない。

自分が厄介者扱いされていると気づいたのは、十を過ぎたあたりだった。

最初は面倒をみてくれた兄嫁も、やがて身ごもり実子を産んでから、吉兵衛を疎んじるようになった。兄と兄嫁の冷たい視線を受けながら、それでも懸命に野良仕事を手伝って、吉兵衛は成長した。

しかし、大きくなる体と、食わずには生きられぬ人の性分はどうしようもない。

「どうにかできないか」

夜、ひそひそと交わされる兄夫婦の会話を聞いてしまったとき、家を出ることを決めた。

決めれば迷いはない。ちょうど、領主である徳川家が関東二百五十万石に加増され、兵を募っていた。吉兵衛は徴募の侍に従い、足軽奉公にでることとした。兄たちは乾いた笑顔で見送ってくれた。長年悩まされた腫物が消えた、とでも言わんばかりだった。

隣村の出の郷右衛門と知り合ったのは、徳川家臣、鳥居彦右衛門元忠組下の鉄砲組に配されてからである。

三河岡崎が本拠の徳川家、生粋の三河人鳥居元忠の手勢には、地元の者が多い。

郷右衛門は、吉兵衛より二つ年長、六尺近い巨体で鉄砲足軽にしておくのがもったいないほど屈強な男である。

郷右衛門は、鉄砲に慣れぬ吉兵衛を見かけては、励ますように声をかけてきた。

「鉄砲放ちはな、気を詰めて頑なにやるものではない。夜の帳の中、そっと息を潜めるように、静かに引き金をひくんじゃ」

いくさ場では、緊張と恐怖で息があがり、筒先が乱れる。そうして放たれた弾は決して当たらない。だから、息を深く吸って心を静め、そっと引き金を引く。

「そうするんじゃ」

そう言って、兄のように肩を叩いてくれた。いや、吉兵衛の長くもない生涯で、実兄よりよほど郷右衛門の方が兄であった。

しばらく、いくさ場で鉄砲を放つことはなかった。

天下は豊臣秀吉によって統一され、国内にいくさは絶え、戦火は海の向こうの朝鮮へと移っていた。吉兵衛たちは、上様である家康、殿様の鳥居元忠に従い、上方や遠く肥前名護屋へと遠征した。しかし、家康は留守居役に終始し、海を渡ることはなかった。むろん、吉兵衛たちが一発の弾を放つこともない。

だが、ついに、その日は来た。来たどころか、とてつもない大波となって、吉兵衛たちを飲み込んだ。

秀吉死後、傘下大名で一番の実力者となった家康は、天下取りをもくろみ、対抗勢力を追い落としにかかった。

家康は会津百二十万石の太守上杉景勝に狙いをさだめ、その討伐に東北へと向かった。上方に残されたのは、鳥居彦右衛門元忠が守るこの伏見城だった。

家康が去るや、秀吉の遺児、豊臣秀頼を担ぎ決起した豊臣奉行衆と、呼びかけに応じた西国大名が集った大軍が、伏見城に押し寄せた。

城を守る徳川勢は二千弱、敵の西軍は四万。

慶長五（一六〇〇）年七月、今、伏見城は、敵兵の海の中に浮かぶ孤島のごとくである。だが、鳥居勢の士気は高い。それに、この伏見城、さすがは太閤秀吉が手塩にかけた城である。木幡山の山稜を利用した城域は広大であり、石垣高く、堀深く、弓鉄砲も矢弾も兵糧も山ほどある。

そして、敵は城を遠巻きに囲んで、様子を見るように鉄砲を打ちかけてくるだけ。

伏見城は五重の天守を備えた本丸に、松の丸、名護屋丸、右衛門尉丸、西の丸、治部少輔丸と大小の曲輪を連ねた壮大な要塞である。城将鳥居元忠の旗本が守る本丸まで戦火が及ぶことはない。吉兵衛たち足軽は、日々、出丸の加勢に駆り出され、城壁の狭間を覗き込んでは鉄砲を放った。

時折、敵方が周囲の丘陵に置いた石火矢や大鉄砲を打ちかけてくる。そのときだけ吉兵衛たちは城壁や櫓の陰に身をひそめた。

逃げ場など腐るほどあった。数万の兵が立て籠もれるこの城に、今、徳川勢は二千しかいないのである。そんなことで金城湯池の伏見城を打ち崩すにはいたらない。

そもそも、城が鉄砲いくさだけで落ちるはずがない。いつ、総攻めがあるか、いつ敵武者が白刃を携えて乗り込んでくるのか。城方は日々城壁を固め、気を張っている。

しかし、寄せ手は今日も城の周りを鉄砲除けの竹束を抱えて動き回り、こちらの様子をうかがうだけ。そんないくさが今日も終わろうとしていた。

晩夏の太陽が西に傾けば、敵勢の蠢きは徐々に少なくなる。

当然の事、銃声もまばらになってゆく。

しかし、郷右衛門は良く当てる。確かに腕はいい男だ。だが、いくさである。動かぬ的を狙う試し打ちではない。蠢く敵武者に向け放つ。それでも見事なほどに当てる。

「なぜに、そんなに当たるんか」

「願掛けの言葉がある」

「どんな」

吉兵衛が素朴に問いかけると、郷右衛門は、

「知りたいか」

悪戯（いたずら）でもするように目を剝（む）く。

「およね」

「およね？」

吉兵衛は眉をひそめて、首をひねる。郷右衛門、カハッと天をむいて笑う。

「おかかの名じゃ」

ああ、と吉兵衛は頷く。

郷右衛門はこのいくさの前に嫁を娶（めと）った。

吉兵衛たちの殿様、鳥居彦右衛門元忠は、下総国（しもうさのくに）は矢作（やはぎ）城四万石の主（あるじ）である。

秀吉の令で移封となった家康に従い、徳川家臣は関東の城主となり、父祖伝来の三河国から各所に散った。当然、吉兵衛たちは、矢作城下の足軽長屋に住んでいる。

そこに、故郷の三河から、女が一人、押し掛けてきた。

それが、「およね」である。郷右衛門の幼馴染みの農家の娘で、小さい頃、言い交した許嫁であるという。まくわ瓜のような健康そうな腰付きのおなごで、大きな黒目と白い歯がやけに輝いていた。

足軽の同僚たちがやんやと騒ぐ中、あっというまに住み着いた嫁御は、まるで十年もそこにいるような顔で、甲斐甲斐しく勤めはじめた。

「息を大きく吸うてな、およね、と心で唱えるのじゃ。心が落ち着いて、筒先が決まる。相手も止まって見えるぞ」

郷右衛門はニヤリと白い歯を見せて、

「およねはなあ、閨でわしの耳元に口を寄せてな、小鳥のように囁くのよ、ご武運を、ちゆうてなあ」

恥ずかしげもなく、髭面にこぼれんばかりの笑みを浮かべる。吉兵衛は苦笑で応じる。

困ったものだった。「およね」が、長屋に来てから、郷右衛門の家から、夜な夜な、房事の嬌声がもれてくるのである。なにせ、薄板壁一枚隔てただけの長屋だ。どうしても、聞こえてしまう。吉兵衛は丹田の下にこみ上げてくる情を抑えるのに苦労した。

「ただの女ではない、嫁じゃ、おかかはいい。およねがおるから、わしはいくさ場でも腹の底から気がみなぎるんじゃ。吉兵衛、このいくさから帰ったら、お前も嫁を娶れや」

心底から勧めるように言う。鉄砲の放ち方を教えてくれたときと同じ声音だった。

「帰ったら、か」

吉兵衛の乾いたつぶやきに、郷右衛門もムと少し真顔になる。そして、

「そうじゃ、娶れよ」

と、言い直す。声音はずいぶん落ちている。

「わしも帰ったら、おかかを痛いほどかわいがってやるわい」

郷右衛門は気を取り直すように笑う。

帰ったら――そうだ、今日も総攻めはない。また一日、城を守り切った。

七月十八日に始まった籠城。すでに、月も終わろうとする今日もこんな調子である。

ひょっとして、延々とこんな鉄砲いくさが続いて、城は落ちず、どこかから援軍が現われるのではないか。家康の大軍が攻め来り、城の囲みは解かれるのではないか。

帰れるかもしれない。決死の思いで、城を守りながら、そんなことを考えてしまう。

「そうじゃ！」

いきなり、だみ声が響きわたって、二人、ビクリと身を硬くする。

「そうじゃ、そうじゃ、おかかは良いぞ！」

あっ、と二人振り向き、瞠目してのけぞる。

この城の大将、二人の殿様、鳥居彦右衛門元忠が、ガニ股で仁王立ちしている。

元忠、御年六十二。兜も被らず、白髪に白髭、皺深い顔をニンマリとゆがめている。

元忠は、毎日、小姓一人を連れ城内を練り歩き、将兵を励まし歩いている。今や、城兵の上から下までにおなじみの姿である。

片足を引き摺って歩み寄ってくるや、慄く二人の前で、愛用の薙刀の石突をズンと地に突き立てた。まだ、いくさは終わっていない。二人は、鉄砲を片手にまごつく。

「殿、いくさが続いておりますぞ！」

後ろで叫ぶのは、この持ち場の将である鳥居源三郎である。苗字のとおり、鳥居一族の男であり、吉兵衛、郷右衛門の組頭である。

「源三、いい、いいわい。誰か、代わりゃあ、いい。あんな敵、堀を乗り越えてこんぞ！」

元忠は慌て顔の鳥居源三郎を片手で制して、そう顎をしゃくる。

源三郎が慌てて指示を出せば、後ろで控えていた足軽が駆け出し、空いている鉄砲狭間に張り付いた。

「おまえら、おもしろい話をしとるのう」

元忠はそういって二人の前の石段に腰をおろし、片足を投げ出した。かつて、いくさで鉄砲傷を負い、左足が悪いのである。

まあ、来い来いと二人を手招きして、

「お前のおかかは、よほど、ええ女なんじゃのう」

郷右衛門へと顎を突き出す。へい、と郷右衛門が頭を下げると、元忠、グハッと笑って、

「ぬけぬけと言うわい、こ奴は。じゃがな、わしのおかかも負けんぞ」

がなり上げるように言って、頬をゆがめる。

しかし、声がでかい。若年より戦場に出続けて耳が遠くなっているのだろう。

「わしのおかかはな、かの武田攻めのとき、娶ったんじゃ」

アッと声を上げたのは、吉兵衛でも郷右衛門でもない。元忠の後ろで鉄砲足軽の指揮をしていた鳥居源三郎である。

「と、殿、その話は」

「ああ、いい」

元忠はきっぱりとさえぎる。

「お前らもわしのおかかのこと、聞いたことあろうが」

二人、思わず顔を見合わせる。

知っているといえば、知っている。

鳥居元忠の妻は、鳥居家一門、配下の将兵の中で響き渡るほど有名である。

一言でいえば、絶世の美女、しかも、伝説を持つ女性である。

いわれはこうである。その昔、家康が織田信長と共に武田を攻めたときのこと。信玄の旧都古府中へと侵攻する陣中で、信玄旗下の勇将馬場美濃守の娘は甲斐一の美人、という噂を耳にした家康は、元忠を呼び、「さがせ」と耳打ちした。

しかし、見つからない。見つからないまま、武田は滅び、家康は浜松へ凱旋した。

しばらくして、浜松城はこんなうわさ話でもちきりになった。

「鳥居元忠が嫁を娶ったが、それはどうも馬場美濃の娘らしい」

元忠を叱責するかと思われた家康は「あやつらしい」とただ笑った、という。

その後、家康と元忠の間で、なにか話があったのか。直後に本能寺の変が起こり、世が激動したため、ことはうやむやになった。嫁はそのまま鳥居元忠の下で、三男一女をもうけている。

どうなのか。元忠は、家康が狙った馬場の娘を己の妻としてしまったのか。果たして、その女の正体は――目配せした吉兵衛と郷右衛門を前に、元忠は、

「わしのおかかはな、馬場美濃の娘よ」

あっさりと言い放った。げえっ、と二人目を剝く。まわりは鉄砲放ちが続いている。銃声の合間の声の大きさに、狭間に向かっていた足軽が数人振り返っていた。

「そうだ、あの武田崩れで隠れていたのをな、わしが見つけて、妻にした。あんないいおなご、ほうっておけるか！」

いや、そう言われてもなんと応じればいいかわからない。いともたやすく、しかも本人から、伝説の真相を聞いてしまった。

「どうだ、わしのおかかも負けぬだろうが」

カカカと笑う。二人あんぐりと口を開け、とにかく頷く。なぜ、こんな話を堂々と、しかもいくさ場で、吉兵衛たちのような軽輩に明かしてくるのか。

「だがな、もう姥桜よ。姥は姥なりによいぞ。それこそ、おかか、よ」

元忠はそういって心底楽しそうに目を細めた。

周囲の鉄砲音はすでに絶えている。どうやら敵は退いたようだ。

「源三、終わったか！」

元忠は首をひねってそう叫び、はあ、と鳥居源三郎が応じるや、

「よおし、皆、ここへ来い、昔話をしてやろう」

と、狭間に向かっていた足軽たちを大きな手招きで呼び集めた。

二

籠城中のいくさ場である。皆、戸惑いながら歩み寄ってくる。

だが、元忠は、気にするそぶりもなく周囲の者をかき集める。

「いいから、こいや、皆、こい」

なにせ、城の主将の鳥居元忠がこう言っている。誰も抗することはできない。

鳥居元忠、頑固一徹、その忠節は家中に響き渡る三河武士の鑑。家康とは、幼少期、駿河今川に人質とされたとき小姓としてつきしたがって以来の間柄。主従というより、幼馴染みというべき男である。手柄を立てても、官位、褒美、加領どころか、感状すらこばみ、「感状など信のおけぬ輩に与えるもの。彦右衛門に、そんなもの、いりませぬ」と言い放

つほどの仲である。

そんな鳥居彦右衛門元忠、いつもは厳めしい強面を渋くゆがめている。しかし、今日は、憑き物が落ちたように朗らかであった。

皆、車座になって元忠を囲む。

「そもそも、わしが上様に仕えたころはなあ」

元忠はにこやかに語りだす。

駿河での人質時代、家康が岡崎に戻るまでの苦労話。桶狭間のこと、三河一向一揆、武田信玄との苦闘、本能寺の変、秀吉との合戦……などなど。

その語り口調は、きさくで、独特の節が効いている。皆、ほおお、と、目を輝かせ聞き入る。それはそうである。徳川家でも譜代中の譜代、最古参の元忠の語ること、それはすなわち徳川家康の歴史そのものであった。

しかも、元忠でこそ知る裏話も数多ある。若者たちは新鮮な驚きで目を見張り、時に腹を抱えて大笑し、時にニヤニヤと含み笑いして頷いた。

皺顔を多いに伸縮させて語る元忠の話しぶりは軽妙である。いや、この頑固おやじのような殿様が、どうしてどうして。苦しい話も、哀しい話も、諧謔を交えて、最後は笑いにした。話が進むたび、歴戦の老将と足軽の若者たちは、まるで数十年来の友垣のように親しくなっていた。

いつの間にか、日も落ちようとしている。気付けば一刻も座談は続いていた。

「さあ、おまえらも、わしに聞きたいことはないか」

一通り話し終えたのか、元忠は満足そうな顔で頷き、問いかけてきた。

そのころもうこの主従は、村の悪童仲間のようである。

「いいぞ、いいぞ、無礼講じゃ。なんでも話すぞ」

なかなかに殿様から直にこのような話を聞ける場もない。

「そいでは、わしから！」

中ほどから大声が響く。吉原作蔵という鉄砲組足軽の中でも、特に明るく、やや、粗放な男が立ち上がっていた。

「み、三方ヶ原のお話を」

作蔵は煤けた面を輝かせていた。

「それは、さんざんしたじゃろお」

元忠は、口をゆがめて言うが、顔はニコニコと笑っている。

一連の話の中でも三方ヶ原合戦の話は、とくに聞かせどころであった。

まだ足利幕府が滅する前のことである。将軍足利義昭の招きで、甲斐の武田信玄が上洛を目指し、その途上である浜松城主の家康を攻めた。受けて立った家康は完敗した。ここまでの家康の人生において、ただ一度といえる大敗、完膚なきまでの負けいくさである。

元忠は、このいくさの前哨戦で負傷し、足に大けがを負った。今、跛行なのは、そのせいである。

「いえ、あのう……馬上グソの話でございます！」

作蔵がひときわ大きく叫べば、一同、おおっと目を見張った。

馬上グソ。これも徳川家中で轟くほど有名な話である。

だが、なかなか、表では話しにくい。なぜなら、上様、今や、天下の内大臣、徳川家康の若き日の苦い苦い敗戦の醜態なのである。

一連の武田とのいくさで、家康は何度か武田勢に蹴散らされて逃げた。そのとき、家康は敵に追われて恐慌に陥り、馬の上でクソを漏らした、というのである。

徳川の皆が知るこの話。しかし、いまひとつ真偽が定かではない。どころか、本当はこんなことはなかった、という者すらいる。

そもそも、事が起こった「そのとき」すら、さだめられない。

最も有力なのは、三方ヶ原合戦で家康が浜松城に逃げ帰ったとき、とされている。そのとき、近くにいたのは他ならぬ鳥居元忠である、と。

だが、異をとなえる者もいる。当時、家康の旗本であり、今や譜代重鎮の大久保治左衛門忠隣も、「わしが、見た」と言っている、その説では、それは三方ヶ原合戦の後ではなく、その前哨戦、一言坂での退きいくさのときだった、というのだ。

そして、元忠、忠隣に通じることがある。二人とも、それはクソではなく「味噌だった」と言っているのだ。

これはまた家中で様々な物議をかもした。すなわち、家中でも筋金入りの忠義者の鳥居元忠と大久保忠隣が示し合わせて、「己がみた」と風聞を流し、しかも、「本当は味噌だった」と主張し、家康の醜態をうやむやにしているのではないか、と。

なんにしても、真相が不明である。はたして、この「馬上グソ」は本当にあったのか。あったなら、いつのことなのか。はたまた、それはクソなのか、味噌なのか。

今、目の前の鳥居彦右衛門元忠なら知っているだろう。作蔵はその謎について、問うているのである。

皆は作蔵と元忠を交互に見ながら、目を輝かせ返答に期待する。

「馬上グソ、のう」

元忠は元忠で、作蔵と周囲の足軽たちを見て、ニヤリと笑う。いいところに目を付けた、といわんばかりである。

「いいわい、話してやるわい」

そう言って、一度大きく深呼吸して語りだす。

その日、三方ヶ原で敗れた家康は、武田勢の猛追を振り切って浜松城へと逃げ帰った。

兜を失い、泥と埃(ほこり)まみれの家康が、浜松城北玄黙(げんもく)口の城門をくぐり馬を下りると、鞍(くら)の上に、濃い茶褐色の「なにか」がついている。

傍らにいた近習(きんじゅ)は、アッと見て、思わず声を出す。

「と、殿」

家康はうぬと振り向いて、顔を大きくしかめる。

（ク、クソを漏らしたのか）

遠巻きに見ていた将兵、困惑し、目を泳がせる。だとしても仕方ないことだろう。恐怖のあまりの脱糞とは限らない。用を足すといって、道端に降りる余裕もない。クソをしながら、馬を進め逃げたということもありうる。武田の追撃はそれだけ急だったのだ。

しかし、何と言っていいか、わからない。

「おお」

身を乗り出し、馬の傍らに駆け寄ったのは、鳥居元忠である。元忠は足の怪我のため、その日の三方ヶ原決戦には出られず、城の留守居役、ここ玄黙口の守将だった。

そして、飛び出んばかりに目を見開いて、鞍の「なにか」を凝視するや、

「味噌じゃ！」

いきなり大きく叫んだ。

「味噌じゃ、味噌じゃ。これは腰兵糧に塗ってあった、赤味噌じゃ！」

一同、驚愕の目を見張る。なるほど味噌か、腰にまいた布袋に入っていた握り飯に塗ってあった赤味噌が馬上で転げて鞍についたのか、いや、そうでは――皆の思考が交錯する中、元忠は、そのまま馬の口を取る。

「味噌じゃ、味噌じゃ！」

そう叫んで、グイと引いて、去ってゆく。

そうか、味噌なのか。味噌なら、いい。

だが、クソならば、主家康の名誉を守らんとするすさまじき機転、である。

「どうじゃ、このような有り様であったわい」

元忠は語り、満面の笑みで頷き続ける。

周りを囲む足軽一同、感嘆の目を見開いて、見上げている。

なるほど、そうか、やはり事件は、三方ヶ原合戦の後だった。そして、目の前にいる鳥居元忠こそ、事件の目撃者だったのである。

（で？）

いや、事件があったのはわかった。では、事の真相は。

果たしてそれは、クソであったのか、味噌であったのか。

皆、固唾を呑んで、見守る。

元忠は期待が己に集中するのがわかるようで、グルリと一同を見渡して、スウと大きく息を吸い、口を開く。

「それは、味噌、であった」

おおう、と声なき声が座に充満した。拍子抜けとも、感嘆ともとれる。

「味噌、よ」

元忠はニンマリと片頬をゆがめて、二度三度と頷いていた。

三

その晩。

吉兵衛は城壁の警固が昼番だったので、夕餉を食し、日が暮れきると、就寝した。

吉兵衛のごとき一足軽、地べたに筵を敷いて寝るのが常だが、今のこの伏見城、巨大な割に兵が少ないので、櫓や武家屋敷に空き間が多数ある。今日も、櫓の一郭を与えられ、朋輩と共に雑魚寝していた。

いつもは、疲れもあり、すぐに眠りに落ちてしまう。

だが、その日、吉兵衛は眠れなかった。目をつぶれば、鳥居元忠の語りが様々よみがえる。その一つ一つを反芻して、噛みしめていた。実に面白い、滅多に聞けない貴重な話ばかりだった。それはそうだ、主家の重鎮鳥居元忠が自ら語ってくれたのだ。

しかし、思えば、不思議でもある。なぜに、あの頑固一徹、強面な殿様が、あのように優しくきさくに、吉兵衛たちのごとき足軽どもに座談をしてくれたのか。しかも、ながらく封印されていた秘話の真を惜しげもなく明かしてくれる、とは。

（む？）

静かに肩を揺り起こしてくる手で、吉兵衛は目を開けた。

「吉兵衛」

顔を起こせば、外から洩れてくる大かがり火の灯りに照らされて、郷右衛門の青黒い顔が浮かんでいた。

「郷右衛門、眠れんのか」

吉兵衛が身を起こすと、いつもはきさくな髭面が沈鬱で曇っている。

「吉兵衛、来い」

郷右衛門は囁くように言って立ち上がり、踵を返す。吉兵衛、ともかくも続いて起き上がる。櫓の外にでれば、物陰に引き摺りこまれた。

郷右衛門は顔を寄せてくる。

「城を抜ける。お前もゆこう」

エッと、吉兵衛は見返す。あまりに唐突で、思考が及ばない。

「このいくさもいよいよ終わりじゃ。城は落ちるぞ」

「なぜ、わかる」

「今日のあの殿様の話よ」

郷右衛門は、顔を大きくしかめる。

「あのような昔話を、我々のような足軽に丸裸で語り聞かせる。妙だと思わんか」

吉兵衛は、ゴクリと生唾を呑む。それは、己も考えていたことだ。

「あれはな、形見分けじゃ。いよいよ、殿様は城を枕に討ち死にするつもりじゃ。だから、生きた証に語ったのよ」

吉兵衛は押し黙る。郷右衛門は刺すような眼光で見つめてくる。

「もうここらで逃げねば、我らもこの伏見などという縁もゆかりもない地で討ち死にじゃ、いや殿様はいい。殿様は、上様という忠義を尽くさねばならんお方がおる。だが、我らには死なねばならん義理はない。いいか、吉兵衛、死んだら終わりぞ」

「それはそうだが、逃げて、どうする」

そうかもしれない。だが、城内に武器弾薬、兵糧はあまるほどにある。決死の覚悟で固めれば、勝てぬまでも守り続けることはできよう。そして、援軍の来着を待つ、それが籠城ではないか。そのために、日々戦ってきたのではないか。

郷右衛門は激しく首を左右に振り、血走った眼を剝く。

「わしはな、守らねばならんものがある。おかかじゃ」

「む……」

わからないことはない。あれだけ嫁を思う郷右衛門である。だが、素直に応じられない。嫁を待たせている者は、他にも大勢いる。

「ややができておる」

吉兵衛は瞠目する。

「おかかの腹に、ややがおるんじゃ。わかっておる。確かにこれは裏切りじゃ。殿様のお人柄とご恩を思えばわしもつらい。わしはもう他で足軽奉公しようなどと思わぬ。山で狩りをするなり、畑を耕すなりして生きる。わしゃ、どうあっても生きたいんじゃ」

郷右衛門は、口から泡を飛ばして詰め寄ってくる。

「わしかて、共に戦いたい。最後まで殿様のお役に立ちたい。つらいんじゃ。じゃが、わしが死ねば、おかかはどうする。ややはどうなる。わしは帰らねばならんのじゃ。吉兵衛、おまえもゆこう」

「いや、わしは……」

「おまえは、死んだ弟に似ておるんじゃ」

郷右衛門は迫真の顔で迫ってくる。吉兵衛は言葉を呑む。

「わしは、お前を弟と思ってきた。吉兵衛、死ぬな、ゆこう、帰ろう、里へ」

吉兵衛はもう何も言えない。

言葉がみつからなかった。


結局、無言で首を振り、郷右衛門の背を見送った。

郷右衛門を責めることはできない。しょせん、足軽である。愛する者のために、いくさを捨てる。その言葉は十分に納得がいくものだった。

だが、吉兵衛は違う。吉兵衛のように守るものがない男が、共にゆくことはできない。

(いっそ、知らねばよかった)

いくさ場では珍しいことではない。寝ている間に足軽が一人逃げただけである。

寝転がり、海老(えび)のように身をまげているうちに、室内が明るくなっていった。

「そら、皆、起きよ、起きよ、刻限じゃ」

当番の者が起こして回る。朝餉を食して、夜守の兵と代わり、城壁の守備につくのである。同僚たちがノソリノソリと寝床を後にするが、吉兵衛は気が重く、なかなか起き上がれない。かなり間を置き、最後に櫓の外に出た。

明けきらぬ薄闇の中、組頭の鳥居源三郎が立っている。

「吉兵衛、ちょっと、来い」

郷右衛門の失踪はもう知れたのか。出たばかりの櫓の一間に戻され、前に座らされた。

「お前は、郷右衛門と特に懇意じゃったな。なんか、知っとるか」

源三郎はそういって、穏やかな目で問うてくる。強面の鳥居元忠に対し、極めて温厚な組頭だった。殿様の厳しさと、この男のやさしさの相乗が、鳥居勢の強さであった。

吉兵衛は無言で首を振り、面を伏せた。なにか言えば襤褸(ぼろ)がでそうだった。

源三郎は少し言葉をためて、低く語りだす。

「吉兵衛、城抜けしたのはな、郷右衛門だけでない」

えっ、と吉兵衛は面を上げる。源三郎は頷き、続ける。聞けば、昨日の鳥居元忠の座談にいた者から数名、夜の間にいなくなっているとのことである。

（皆、そうなのか）

郷右衛門のように、殿様の姿に感じるものがあったのか。

「源三郎様」

もういてもたってもいられない。吉兵衛は床板につくばかりに頭を下げ、口を開く。開けば一気に言葉が溢(あふ)れた。郷右衛門のこと、ただ、彼も殿様はじめ鳥居家への恩義は心底感じ、苦しんでいたこと、妻の腹に子がいることなど、ほとばしるように語った。

「そうか」

源三郎はしばらく沈黙した。吉兵衛は面を落としたまま緊張の身を硬くする。

「よく教えてくれた」

源三郎はそのまま立ち上がり、背を向けて去っていった。

四

その日、七月晦日(みそか)の敵の攻めはやや激しかった。

吉兵衛たちは、各出丸の城壁を駆けめぐっては鉄砲を放った。

敵の大寄せは四度に及び、寄せ手の島津(しまづ)勢が城門まで押し寄せ、城方はなんとか撃退し、橋を落とした。小早川(こばやかわ)勢の先鋒(せんぽう)は堀際まで騎馬を寄せて、さかんに火矢を射かけてきた。

火は櫓を燃やし、吉兵衛たち足軽は火消しに追われた。

その慌ただしさに、吉兵衛は我を忘れた。いくさの間は、郷右衛門のことを考える暇(いとま)もない。それだけは幸いだった。

「吉兵衛」

夕刻までのいくさが終わり一息ついていたところを、鳥居源三郎に声をかけられた。

そのまま源三郎は具足を軋ませて、本丸の中を歩む。吉兵衛は無言で続く。

（どこにゆくのか）

行く手に、伏見城の壮麗な天守が篝火に浮き上がって、そびえ立つ。源三郎は、警固の侍に会釈しながら、淡々と進んでゆく。

ついに本丸御殿の前に立った。足軽ふぜいの吉兵衛など、近寄ったことすらない巨大な殿舎、天下人秀吉が起居していた館である。

気おくれして立ち止まった吉兵衛を振り返って、源三郎は頷く。

「いいのだ、来い」

中に入り、長い回廊を進む。

「鳥居源三郎殿が、おいでになりました」

奥の間前に控えた小姓が障子に向かって叫ぶや、大きな襖が左右に割れる。

中はまた広大な座敷であった。主殿大広間である。吉兵衛の身分では、これだけ大きな畳敷きなど見るのも初めてである。

「おお、来たな」

その真ん中に鳥居彦右衛門元忠が胡坐をかいている。元忠はここでも甲冑姿である。

広大な座敷の中央に座っている将は、元忠はじめ六名。いずれも小具足姿である。

家康の支族である松平家忠、同じく松平近正、三河時代からの譜代家臣内藤家長、安藤定次、大坂城西の丸の留守居役だったところを伏見籠城に馳せ参じた佐野綱正。皆、吉兵衛ごとき輩からは仰ぎ見るほど大身のもののふたちである。

広すぎる座敷を六人で占めるのは困難なようで、皆、部屋の真ん中に丸くなって胡坐をかいていた。本日の攻めを受けてのいくさ評定かと思えば、なんと、皆、盃片手に、にこやかに飲んでいる。

「こう、来い」

主将の元忠はいたって気さくに、手招きする。

と、招かれても、どこに座れば良いかわからない。

「いい、入れ入れ、こんな座敷、やがて燃えてなくなる」

元忠は、皺だらけの顔をくしゃくしゃにして、笑う。

吉兵衛は仕方なく、空けてくれた六名の輪から一歩下がって座り、蛙のように蹲る。

「吉兵衛、昨日は、よきひとときじゃったのう」

元忠は、元服したばかりの孫でも愛でるように言う。

「お主のことは、源三からも聞いておる。よく勤めてくれておるな」

はい、と堂々応じるほど、吉兵衛、世慣れていない。どう応じてよいかわからず、とりあえず、いえ、と恐縮して面を伏せる。ただ、源三郎がそんな風に自分のことを話してくれているのが嬉しかった。

「こたびは、わしから、お主に頼みがある」

元忠は声音を改めた。

「会津に向かっている上様のもとへ使い番をしてほしい。この書状を届けよ」

吉兵衛は閉じていた目を開いた。

応じる間もなく、元忠は傍らに置いてあった書状を掴み、差し出してくる。

吉兵衛のような軽輩では、口答えなどできるはずがない。ただ応じるのみである。

はあ、とにじり寄るが、胸中は混乱している。使い番は大事な役目である。大役を喜ぶ前に、なぜ、自分のような足軽にと戸惑っていた。

「お主は、若く、体が強い、心胆もすぐれているときいた。しかも、足軽連中の中でももっとも健脚らしいの。大役じゃが、頼むぞ」

吉兵衛は小首をかしげる。いや、体力に自信はあるが、足は……誰かと勘違いされていないか。しかし、元忠は、二度三度と頷きながら、話を進めてゆく。

「それで、見事役をなしたらな、お主はそのまま上様の陣に残れ」

え、と、吉兵衛、かすかに面をあげた。わからない。使い番なら家康のもとに伏見の現状を報じ、そして家康の下知を持って帰るべきではないか。

「誰に気遣うこともない。お主は上様のもとへゆくのだ」

吉兵衛は見開いた瞳の黒目だけで左右をみてゆく。

松平、佐野、安藤……皆、頬に武骨な笑みを浮かべ、頷いている。

「いいか、上様はな、天下をお取りなされるのだぞ。信じて駆けよ」

そういった元忠の顔は赤らんで輝いていた。

そのまま、鳥居源三郎に連れられ、引き下がった。

「では、すぐに出立せよ」

御殿を出れば、源三郎が背中でいう。

「すぐに、ですか」

「おうよ、一刻も早くゆくのじゃ。そうせぬと、今宵にでも敵はこの城を総攻めするかもしれぬぞ。なに、上様はな、とうの昔に伏見城が敵に囲まれたのを知っておる。良いか、お主の役はな、援軍を連れてくることではない」

源三郎はそのままスタスタと前へ歩く。しぜん、吉兵衛もそれを追って歩んでいる。

「それでは、私の役目は」

その問いに、源三郎はいきなり振り向いた。

「お主も知っておろうが、殿は、上様が兵を残すと申されたのを、きっぱりとお断りなされた。一兵でも多く率いて上杉攻めに向かうことこそ上様にとって大事、とな」

知っている。それは公にこそならねど、鳥居勢の上から下までが諳んじるほどに知っている。家康は自分が上方を留守にすれば、豊臣奉行衆が挙兵することを知っていた。そして、まず攻めるのは、伏見城であることも。だから、江戸へ帰る前に伏見に立ち寄り、残る元忠のために、兵を残そうとした。だが、元忠はそれを拒絶した。どうせ、落ちる城、援兵などいらぬ、兵は余さず連れていって欲しい、我らが三河武士の意地を見せつけて死にます、と。

「殿は討ち死に覚悟じゃ」

源三郎は、きっぱりという。吉兵衛は頷く。

「わしの心も殿とともにある。何を言うのか。じゃが、お主のような者は違う」

む、と顔をしかめる。何を言うのか。「共に死のう」というのではないのか。

「わしや殿のように主家のある侍は、ご主君のため命を張らねばならぬ。だが、お主らは恩賞と褒美をもって活計としている。そんなお主たちに死を強いることはせぬ」

吉兵衛は、ひそめていた眉根を上げる。

（これこそお家に尽くし、お家を立てんとする侍なのか）

確かにそうだ。主家への忠義を誓い、一族郎党を率いる士分と、吉兵衛たち足軽はいくさに臨む心の根幹が違う。

武家はそうであろう。家を守る、家の繁栄、一族の武名を懸けて命を張る。対して、足軽は、奉公での扶持米給金、勝利での恩賞、功名での褒美、または、その先にある取り立てを願っていくさに臨む。

源三郎は、このいくさには足軽が望む利などない、と言っているのだ。

「良いか、こたびのいくさ、徳川の上様の為に、捨て石となって散ることこそ、我らがなすべきことなのだ。しかし、皆が皆そうではない。殿が、昨日皆に物語りしたのはな、そ

の時を与えたのだ。もうここまでで十分、去りたい者は去れ、となし

源三郎は、諭すように言う。そして、息を大きく吸い、肩を上下させた。

「これは、決して慈悲やら、情けやらではない。これからのいくさは死への道なれど、その死の間際まで我らは戦いに戦う。それゆえ、途中で心迷い逃げたり、裏切り寝返るような輩をだすことは許されぬ。かけらでもそんな気のある者をこの先連れてゆくことはできぬ。だから、先に、逃げたい者を逃がす。一切追わぬ」

吉兵衛は、言葉なく立ち尽くしていた。頭の中で思考が渦を巻いている。

(そうか)

この城は二十倍以上の敵を迎え、十日間も落ちなかった。あとは、いかにすさまじく落城するか。一兵も残さず華々しく散って、その死にざまで遠く関東にある徳川本軍を結束させ、後の奮戦を呼び起こす。生きる道を探すよりも、散り姿を飾ることしかない。

自分のような軽輩で、若輩者は到底及ばない境地に、歴戦の侍たちはいるのだ。

吉兵衛は震えるほどに感動していた。

もとより吉兵衛に帰る里はない。郷右衛門のように待っている愛し人もない。

(わしは、去らぬ)

若い、一途な思いでそう決めていた。いや、決めて、昨夜、郷右衛門と別れたのではないか。自分は、鳥居家に奉公して、初めて人らしく扱ってもらえた。そう思えば、城を去る気などさらさら起こらない。

「源三郎様、わしは残ります。殿様と源三郎様と最後まで戦います」

「阿呆をいうな！」

源三郎の目が怒りで爛と輝いた。

「殿はな、このいくさで、あたら若者の命を失いたくないのじゃ。その書状にはな、お主を上様に推挙する旨も書いてある。お主が無事その書状を届ければ、上様は十分な褒美をくださり、お主を徳川のしかるべき将のもとにつけてくれるであろう。いや、直臣として、上様の御小姓か、近習にしてくれるかもしれぬ。だからゆけ！」

吉兵衛の肩をぐいと摑んで、引き寄せた。吉兵衛、目を張り裂けんばかりに見開く。

「源三郎様」

だが、なおも問いかけた。

「なぜ、私がこの役を」

士分の者は皆、元忠、源三郎と共に戦うのだろう。だが、足軽でも若く健やかな者は他にもいる。元忠は健脚と褒めたが、足は人並みである。なぜに自分なのか。

「わしが推挙した」

吉兵衛の問いに、源三郎は頷いた。語気はやや和らいでいる。

「吉兵衛、お主に一つ、わしから頼みがある。この乱が終わったらな、郷右衛門に会い、今日のことを告げよ」

あっ、と吉兵衛、小さく叫びを上げる。

「郷右衛門の城抜けは決して罪咎(つみとが)ではない。あ奴がまた徳川に仕えるようにお主が仲立ちせよ。いくさがなかったゆえ取り立てることもできなんだが、あ奴の鉄砲放ちは実に見事よ。胸を張って徳川に奉公せよ、とな」

吉兵衛は愕然(がくぜん)とする。

郷右衛門は、今、妻のいる関東を目指し疾駆しているだろう。その心は己を呵責(かしゃく)して乱れているに違いない。

だが、この源三郎の言葉で、郷右衛門は救われる。城を抜けるのは、鳥居主従公認のことであり、逃亡ではない。わかれば、己を責めずに済むのである。

「この役もあるゆえ、わしはお主を推した。わかったろうが、もうここで戦うのがお主の役目ではない。さあ、行け。わしのためと思うなら、今すぐにでも出立するのじゃ」

(な、なんというお心遣い)

殿様の鳥居元忠も、組頭の源三郎も。

それは、いかねばならぬ。吉兵衛ならではの、吉兵衛しかなしえぬ役ではないか。

ここまで言われては、普通の男なら一散に駆けだしているだろう。

(しかし)

なお吉兵衛は、ためらう。いいのだろうか、我らをここまで気遣ってくれる組頭を、主を、見捨てて逃げて。共に死ぬことこそ――

そのときだった。

ズドォンと、巨大な音と共に、城が、揺れた。

ドン、ドォン、凄まじい音響は続き、地の鳴動も連なった。地震か、そう思うほどの揺れだった。同時に、城の至る所から、騒擾の声が湧き上がる。

「あちらだ！」

叫びの方角を見れば、北方の空が赤々と燃えていた。

そのときの吉兵衛や鳥居源三郎が、その理由を知るはずがない。だが、その巨大な炎は、単なる失火ではない。ここまでのいくさの均衡をぶち壊し、城を突き崩す大火となるのに間違いない。それはわかった。今、最後のいくさの火ぶたが切られたのだ。

「源三郎様」

吉兵衛、呼びかけ、振り向いたところを、ドンと強く突き飛ばされた。

「わしは本丸に戻る、吉兵衛、己は早くゆけ」

視線の先に鳥居源三郎の背中が遠のいてゆく。

よろりと後ろにふらついた吉兵衛、しばらく呆然と佇んだ。

やがて、その目に爛と炎が灯った。

（いけるか）

いや、いけない。今、いくさが始まっている。ここで、このときに、城を去れるか。

余念を振り切って、地を蹴り駆け出した。

本丸内は騒然としている。

皆、具足を鳴らし、足早に行き違う。持ち場あたりまでゆくと、同僚たちは、いくさわらじの紐を引き締め、鉄砲を手に仕度をしている。

「松の丸が焼けておる。寝返りらしい。吉兵衛、はやく、仕度せい！」

がなり声の余韻だけ残して、足軽連中は立ち上がる。

この日、松の丸を守っていた甲賀郷士のうちの数十名が寝返った。

寄せ手の長束正家は、傘下の甲賀衆、鵜飼藤助へ命じて、同郷の深尾清十郎が守る松の丸に向け、「内応せよ、さもなくば里に残した親兄弟を磔にする」という矢文を放っていた。これに深尾傘下の山口宗助らが応じた。

八月一日の深更、甲賀者たちは、城壁を五十間余りにわたって破壊し、松の丸の櫓に火をかけた。甲賀郷士といえば忍び、それらしく、火薬を大量にしかけ、一気に火をかけたのである。火は瞬く間に燃え広がり、隣接する名護屋丸に燃え移った。

「吉兵衛」

低い声とともに強く肩を摑まれ、振り向く。鳥居源三郎の顔が間近に迫っていた。

「なぜ、いかなんだ」

朴直な吉兵衛は言い返せない。だが、強く源三郎の顔を見返していた。

目で語っていた。この城で戦う、と。

源三郎は、クッと笑みを漏らした。

「仕方ない奴だ」

あきらめたように頷くと、源三郎は温厚の面を捨てた。厳しく顔をしかめ、

「鉄砲を持て」

そういって、踵を返し、

「敵が来るぞ、皆！」

叫びを上げた。

五

夜の間、城方は消火と寝返り者の討滅、各曲輪を固めるのに動き回った。

やがて、東の空が明るくなり、夜が白々と明け始めると、城の四方からほら貝の音色と鬨（とき）の声が盛大に沸き起こった。いよいよ、総攻めである。

吉兵衛たちは、鳥居源三郎の指揮の下、本丸から出て、他の曲輪で手薄になったところに駆けつけ、鉄砲を放ち、放っては替えた。もう弾どころか、鉄砲自体を惜しむこともない。

敵は一方ではない。松の丸、名護屋丸はもちろん、本丸に連なる二の丸、治部少輔丸、これら皆が雲霞（うんか）の敵勢に囲まれていた。

「退（ひ）け、退けや」

やがて、源三郎は鉄砲足軽を本丸に退かせ、城壁の内側に配し、外の敵を撃つように体

制を変えた。外の敵勢の上げる声が近くなっている。

筒先を突き出す狭間から、時折、槍組が二十、三十と固まって敵勢に突出するのが見えた。吉兵衛は、必死に援護の鉄砲を放つ。敵の侵攻はついに本丸の周囲へ及んでいた。押し寄せる敵兵はあとからあとから溢れでて、きりがなかった。

城門を出た味方は帰ってくるたび半分ほどに減り、皆、血と灰にまみれて、赤黒く汚れていた。手負いとなり、肩を抱かれ、引き摺られるように戻ってくる者もいる。

四方から黒煙が上がり、青空も見えない。どうやら本丸以外は落ちたようだった。

「皆、もう、堀の外に向け、放つな！」

掠れた鳥居源三郎の叫びが銃声の合間に響く。狭間に向かっていた皆、振り返る。

「殿が打って出る。我らも正門に回る、続け！」

一同、一斉に立ち上がる。吉兵衛も続く。もう城壁の外などどうでもいい。いよいよ、最後の槍合わせである。

本丸の馬場では二百ほどの軍兵が列をなしていた。

吉兵衛たち鉄砲足軽もそれに連なる。

「皆ぁ、ゆくぞい！」

大きな嗄れ声が馬場の隅々まで響いた。

鳥居彦右衛門元忠は、いつもの薙刀を地に突き立て、胸を張り仁王立ちしていた。

応！　と、皆、叫び、得物を突き上げる。

「遠慮はいらん。思う存分、斬って斬って、突いて突きまくれ。あたるのは全部、敵じゃあ！」

明るく叫び、兵たちを目で追う元忠は、吉兵衛を見つけて目を剝く。

「お前、まだおったのか」

元忠は片足を引き摺りズイと歩み寄ってくる。この老将にもう怒りの感情などないのか、明るい眉根を寄せ、吉兵衛の肩をポンと叩いた。

「ともに、ゆくか」

「ハ！」

吉兵衛は全身で応えていた。


鳥居彦右衛門元忠は、手勢を率いて、本丸から打って出た。

雲霞の敵勢の中で暴れまわり、三度、戻ってきた。

吉兵衛は、始めは鉄砲で側方から援護射撃。そして、退いてくる味方の助勢。やがて、鉄砲を捨て弓を引き、矢が尽きるや槍を持ち、折れれば刀を振りかざして駆けた。刀槍で殺しあうなど初めてである。目の前で血しぶきが上がり、千切れた手足が飛ぶ。歯を食いしばり、当たるを幸い斬りつけた。絶望も恐怖も跳び越えた不思議な興奮が五体を突き動かす。それは、狂気、かもしれなかった。

三度目の帰還の際は、追いかけてきた敵兵が城門からなだれ込んできた。鳥居勢は、本丸内でそれを討ち、逆に追撃し、門から突出した。そんな激闘は五度に及んだ。鳥居源三郎は何度目かの吶喊で、そのまま戻ってこなかった。

打って出るたび、目に見えて鳥居勢は減ってゆく。だが、吉兵衛は死ぬことなく、本丸内に帰ってきた。いくさ場での運、不運とは、こうしたものであろう。

そのとき、城門は閉まり敵の攻めは止んでいた。

奇妙な静寂が本丸の内外を覆っている。鳥居勢は、もはや十数名となっていた。

「殿、今のうちに天守へ」

叫んだ武者の総髪から赤黒い血が滴っていた。

総大将である鳥居元忠を、喧騒の中、名も知れぬ雑兵に討たせたくない。戦いきった殿様に、天守で静かに切腹させてあげたい。地べたに足を投げ出し束の間休息する元忠のもとに、ぼろぼろの武者が駆け寄ってくる。

「そうです。今なら、いけまする」

悲痛な叫びが本丸馬場に交錯する。

「いや、いい」

元忠の嗄れ声は、乾いている。

「斬り死に、する」

周囲の武者は言葉を呑む。元忠は薙刀を杖にして、すっくと立ちあがる。

「皆、よくここまで戦った。わしは降伏もせん、切腹もせん。討ち死にする。それが、わしの役目」

　そんな元忠の演説を、吉兵衛は横たわり、首だけ持ち上げて聞いていた。

　先程の斬り込みで、右太ももに一太刀(ひとたち)受け、肩を借りて戻ってきた。今、足の付け根を固く縛られてはいるが、もはや、立ち上がれない。疲れと痛みで、意識が朦朧(もうろう)としている。必死に気を保ち、顔だけを元忠に向けている。

「ここまで戦った皆をねぎらいたい、皆を逃がしたい。だが、もうそれはできぬ。皆、ここまで良く残った。残ったからこそ、皆にはわしと共に死んでもらう。皆、共に死のう、共に華々しく散ろう。わしにいえることはこれだけ、ただ、これだけぞ」

　元忠はそういうと、足を引き摺り、残った兵たちの間を回り出す。

　前に来れば、その者の手をとって、頭を下げた。

「かたじけない」

　一人一人に向かい深く礼をする。皆、傷だらけの顔をくしゃくしゃにして面を下げる。

　元忠は、最後に横たわった吉兵衛の傍らに跪いた。

「まだ、生きておるな」

　元忠は、皺深い顔をゆがめた。

　その顔は返り血か、己の血か、白い髭までが赤く染まっている。

「惜しいのう、じゃが」

　元忠はそういって笑う。

「共に死のう」

吉兵衛はただ頷く。余計な言葉はいらない。もとより逃げる気などない。いや、この体ではもう逃げることもできない。

不意に、オオーッと鬨の声があがり、ドーンと、地鳴りのごとき音響が本丸を揺らした。

ドォン、ドオンと続く音に振り向けば、正門の扉が激しく揺れている。

「いよいよ、だな」

元忠の声は落ち着いている。目は城門を見つめたままである。その先で、扉がメリメリと破られていた。

「吉兵衛」

はい、と強く応じたつもりだった。だが、弱弱しい返事がこぼれただけだった。

オオォウという吶喊の声が響き渡る。

敵勢はなだれのように、門から駆け込んでくる。人の津波が押し寄せてくる。

「クソ、じゃった」

吉兵衛は、もう問い返す力もない。

「クソじゃ、馬上グソじゃ。あんとき、馬の鞍についとったのは、クソじゃったわ」

そう言うと元忠は薙刀を握りしめて、身を翻した。

吉兵衛、体を起こそうと首をかしげたとたん、気が遠のいた。

そのまま、眼前は暗くなり、すべては闇の中に消えた。

どれくらい時がたったのか。途方もなく長い時のようにも、一瞬のまどろみのようにも思える。吉兵衛は、気を失い、地べたに倒れ伏していた。

そのまま倒れていれば良かったのかもしれない。だが、吉兵衛は気付いてしまった。気付いたとたん、面を上げた。緩く首をふって左右を見れば、本丸馬場の敵勢はもう疎らである。

エイ、エイ、オーッ

鯨波の声が城内に鳴り響く。それはすなわち、鳥居元忠討ち死にを知らせる合図だった。落城は申の初刻（午後三時）。すでに日は中天を過ぎている。

声の方へと人が流れてゆく。皆、功名首を探している。誰も吉兵衛のことなど気にとめはしない。

「くそっ」

死に遅れた。ふらつく頭を必死にもたげ、地べたに手をついて立ち上がろうとした。

「おっ、徳川方か」

駆けてくる徒士武者がいる。

戦い続けた吉兵衛、もはや旗指物すら背負っておらず、全身、泥まみれである。一見して、どこの兵かわからない。

「鳥居元忠の手の者だ」

足軽ごときが名乗る必要もない。だが、鳥居家の者といって、死にたかった。目の前に霞みがかかるようにすべてがぼやける。上半身はなんとか起こしたが、立ち上がれない。

武者は、「雑兵か」と、落胆したようだが、それでも頬をゆがめ、

「悪いが首をもらう」

佩刀を振りあげる。武者の影が吉兵衛を覆った。刃に反射した陽光が輝いた。

(死ぬのか)

視界がぐにゃりと大きくゆがむ。

ガァンと鉄砲音が響く。

「およね！」

遠くにそんな声が聞こえたような気がした。

六

吉兵衛は背負われて、燃え盛る伏見城を後にしていた。

すぐ横に懐かしい顔がある。

「間に合ってよかった」

郷右衛門は髭面をかしげてニヤリと笑った。

あの晩、城抜けした郷右衛門は、宇治から間道を走り東へと向かった。一晩、駆けに駆け、近江水口へと至った。

近江国甲賀郡、水口は東海道の宿場であり、西軍長束正家の城下である。

　着の身着のままの悲壮な逃避行だった。極限まで腹が減り、里で食いものを物色しようとした。街道からはずれた屋敷に忍び込み、炊事場に潜んでいると、こんな話が漏れ聞こえてきた。

「甲賀者が、伏見の城攻めに参じている……」

甲賀はもともと五十三家の地侍が自治していた里である。至るところに郷士屋敷が点在している。どうやら、ここもその一つらしい。

「……敵味方に分かれて、城内にある者、城攻めをしている者がいるが、近々、どちらかが寝返って、どちらかを助けるだろう」

聞いたとたん、郷右衛門の顔つきが変わっていた。城の名護屋丸、松の丸に甲賀郷士が詰めているのは知っている。あの籠城戦から寝返るとなれば、城方に決まっている。

（寝返りで城が落ちるのか）

落ちる城とはいえ、許せない。両の拳を握りしめ、歯ぎしりしていた。

だが、郷右衛門には、愛する「およね」が、まだ見ぬ子がいる。断腸の思いでここまで来た。帰らねばならない。郷右衛門を待つ人のもとへ。

振り切るように、屋敷から外へと転がりでた。

すると庭の端で、屋敷の子なのか童が二人、驚愕の目で郷右衛門を見ている。

(まずい)

声を出されては——郷右衛門は抑え込もうと踏み出したが、そのまま動きをとめた。

兄弟なのだろうか。兄らしき少年は弟を守って、立ちはだかっていた。

薄汚い大男の郷右衛門を前に、怯えながらも胸をはり、震える両腕を広げ、弟をかばっていた。

郷右衛門の思いは激しく揺れる。それは錯乱にも似ていた。

これは、俺か、俺なのか。兄なら弟を守る。それが使命なのか。

(吉兵衛)

郷右衛門の頭ですでになにかが爆ぜ、すべての思考が消えている。

グイと踵を返し、来た道を伏見に向け、駆けた。

伏見城下に入り見上げると、すでに城は噴煙を上げている。前へ前へと押し出す軍兵の後に続き、倒れた兵の具足を剝いで纏い、落ちていた鉄砲を拾い、徳川勢の亡骸を乗り越え、城内へと入ってゆく。

本丸はいままさに落ちたところである。崩れかけた城壁の上からのぞけば、倒れた足軽を斬りつけんとする、敵武者がいる。

郷右衛門、鉄砲を構え、妻の名をつぶやいて、引き金を引いた。

駆け寄るや、突っ伏した吉兵衛を抱え上げ、背負って城を脱した。

郷右衛門の頑丈な背中で揺られながら、吉兵衛は考えている。

自分は生きて良かったのだろうか。鳥居元忠とともに死ぬべきだったのではないか。

なぜなら、吉兵衛は知ってしまった。

(馬上グソ、か)

あの、皆を前に座談したとき。元忠は生きたい者は逃げるように示唆した。

だから、「味噌だった」と言った。話を聞いた者の中から生き残る者がいるだろう。実際、郷右衛門のように逃げた者もいた。

(嘘をついたのだ)

己のことならなんでも話せる。だが馬上グソは家康のことだ。家康の失態をあの世まで持っていくつもりで、封印したのだ。

そして、籠城の最後まで残った吉兵衛には真実を語った。

共に死んでくれる同志に嘘をついたままではいけぬ、と思ったのであろう。

「生きていいのか」

小さくつぶやいた。

いいのか。鳥居元忠が、冥途の土産にくれた真実を知った自分が。

郷右衛門は無言。そのままユサユサと歩いてゆく。

「わしには守るものがない」

吉兵衛はボソリと続けた。

「お前は、本当に阿呆じゃな」

郷右衛門は前を見てゆるぎなく歩く。

「そんなもん、これから見つければ、いい」

歩みに微塵も澱みがない。

「殿様が上様に命をささげたように、お前も命をささげるなにかを見つけろ。言うたじゃろうが、生きて帰ったら、おかかを娶れ、とな」

そうか、そうなのか。ここまでして、それでも生き残ったのなら、それも宿命なのかもしれない。なら、なすべきことを探して生きる。それが人なのかもしれない。

「それにな、吉兵衛、お前はやらねばならんことがあるだろうが」

え？　と、かすかに吉兵衛は首を起こす。

「この伏見落城の様を伝えねばならんぞ」

吉兵衛の目が見開かれている。そうだ。話さねばならない。鳥居源三郎が吉兵衛に伝えてくれ、と残した言葉を。郷右衛門たちを気遣い、その身を案じた心根を。

そして、忠義の鑑、鳥居彦右衛門元忠の壮絶な最期を。命の限り戦って散った、三河武士の散りざまを。

これぞ見事な徳川侍であったと、徳川の将兵全てに語って聞かせねばならない。

「教えよ、殿様のいくさぶりはいかがであったか」

郷右衛門の声はにわかに郷愁を帯びた。
「ああ」
吉兵衛はかすかに頷いた。
そうだ、それこそが、まず吉兵衛がなすことだ。
だが、言えない。
三方ヶ原で負けた上様はクソを漏らした、とは。
言えない。
それだけは言えない。

（「小説宝石」二〇二二年一・二月合併号）

母でなし

矢野 隆

【作者のことば】

戦国時代の大名は、嫡男として生まれると、母の手から離されて養育されることが一般的でした。今作に登場する伊達政宗だけではなく、織田信長や徳川家光なども母との折り合いが悪かったことで有名です。なかでも政宗は、母に殺されそうになるという特に悲惨な経験をしています。子を殺そうとする母の心境とは如何なるものなのか？ それを主題に据えて書いたのが本作「母でなし」です。

矢野 隆（やの・たかし）　昭和五十一年　福岡県生
『蛇衆』にて第二十一回小説すばる新人賞受賞
『琉球建国記』にて第十一回日本歴史時代作家協会賞作品賞受賞
近著――『至誠の残滓』（集英社）

「貴方(あなた)様は何者にござりましょうや」

胸に湧いた疑念を、義姫(よしひめ)は素直に舌に乗せた。

聞かずにはいられなかった。

裳付衣(もつけころも)に白き小袖。すねには脛巾(はばき)を着け、手に錫杖(しゃくじょう)を持っている。遊行僧(ゆぎょうそう)なのであろう。伸びたままの頭髪が一本残らず白かった。皺(しわ)のなかに埋もれた目鼻が、まっすぐに義姫のほうにむけられている。

白い靄(もや)に包まれていた。馴染(なじ)みのある建物はいっさい見当たらない。白色の天地に老僧と二人で立っている。

先刻の問いに答えが返ってこない。義姫はいたたまれなくなって、もう一度同じ問いをぶつけようと思った。

「貴方様はいったい……」

「宿を借りたい」

言葉を断ち切るように老僧が言った。そのみずみずしい声が、見た目よりもずいぶん若く思える。

「宿にござりまするか」

あたりを見回した。靄がただよう白色の天地である。己がどこに立っているのかすらわかっていない。宿を借りたいと言われても、貸せるような屋敷がなかった。

「そう申されましても……」

とまどいの言葉を聞き流し、老僧が指を立てて義姫の腹のあたりを指した。

「其方(そなた)の腹中を借りたい」

得心が行かぬ。腹を借りるとはどういうことか。

「夫に聞いてみなければわかりませぬ」

想(おも)いを巡らしていた義姫の口から、望外の言葉が飛び出した。己でも思ってもみなかったことを口走ってしまったことに義姫自身が驚いている。しかし老僧は動じない。白く垂れさがった眉毛を動かすこともなく、淡々と答えた。

「ならばまたいずれ」

翁(おきな)は靄のなかに消えた。


「それは瑞夢(ずいむ)じゃぞ義っ」

夢の中での老僧との問答を聞いた夫は、目を輝かせてよろこんだ。

「またその僧が現れたら、よろこんで宿をお貸しすると答えよ」

「わかりました」

そんな会話が夫婦の間で交わされてから数日の後、老僧はふたたび義姫の前に現れた。

「宿を借りたい」

「よろこんでお貸しいたしまする」

　靄に三つ指ついた義姫は、夫に言われたとおりに答えた。

「これを」

　言われて頭を上げた義姫の面前に、老僧が紙片を掲げていた。純白の紙を波型に折った物がふたつ、木の串に挟まれている。

「幣束でございますか」

　義姫は目の前に掲げられた物の名を呼んだ。幣束は神にささげる神具であり、神が宿る依代ともなる。

「これを其方に授けよう。宿を借りる礼じゃ」

　幣束の柄を手に取った途端、老僧の体からまばゆい光がほとばしり、義姫はおもわず目を閉じた。瞼の裏に闇が戻ったのをたしかめてから目を開くと、老僧の姿はどこにもなかった。

　それからひと月も経たぬうちに義姫は懐妊し、十月十日の後に玉のような男の子を産んだ。

「儂は決めたぞ、此奴の名は梵天丸じゃっ。どうじゃよい名であろう」

　産着に包まれた我が子を胸に抱きながら、夫が声を弾ませて言った。義姫は床に伏せ、赤い頬を指先で撫で破顔する夫を見上げながら問う。

「梵天とは」

「幣束は修験（しゅげん）では梵天と申すのじゃ。御主（おぬし）の腹のなかに宿った老僧は、礼じゃと言うて御主に幣束を授けたのであろう」

義姫はうなずく。

生まれて間もない息子を両手で高々と掲げながら、夫が高らかに言い放つ。

「此奴は仏が我等（われら）に授けたもうた幣束の化身よ。故に梵天丸じゃ。のぉ梵天丸っ」

夫の声があまりに大きくて、義姫は思わず顔をしかめた。しかし夫は、そんな妻のことなど気に留めもしない。己の声で驚き、いまにも泣き出しそうな我が子を見上げている。

「御主はかならず伊達（だて）家に吉兆をもたらすであろう。頼むぞ梵天丸っ」

泣き出した。動揺した夫が、赤子を持て余し顔を左右に振って助けを求めている。義姫はそっと手を伸ばした。

指先が産着に触れる刹那、我が子は見知らぬ女に掠（かす）め取られた。夫の前であるのも構わず乳房を露（あら）わにした女は、己（おの）が乳首を義姫の子に差し出す。目も開かぬ赤子が、女の乳首をくわえて物凄（ものすご）い勢いで吸いだした。

「おぉ、よう呑（の）んでおるぞ」

嬉（うれ）しそうに夫が言う。

「梵天丸」

我が子の名を呼んだ。しかし、乳を吸うのに必死な我が子の耳に、母の細い声は届かなかった。

我が子と己との間に、越えられぬ高い壁がそびえているのを悟った日のことを、義姫はいまでもはっきりと覚えている。

暑い日のことだった。

日陰の裡にいても汗が噴くというのに、何故こんな昼日中から縁に出なければならぬのかなどと思いながら、義姫は夫とともに庭を眺めていた。米沢城本丸屋敷の内庭である。中央に配された池の周りを、先刻からぐるぐると子供が走り回っていた。大袈裟なほどに手足をばたつかせながら駆ける子供の姿を、夫が目を細めながら見守っている。なにが嬉しいのか大声で何事かをわめきつつ、子供は池にかかった橋の上を駆け抜ける。

夫の隣に座る義姫の目は、がなり立てる男の子の後ろを静かについて行くもうひとりの童にむけられていた。わめきながら走る子のことを心配するように周囲に目をくばりながら、目の前を行く子よりも短い足を必死に動かし、置いて行かれまいと頑張っている。

二人は兄弟だ。騒いでいるのが兄で、義姫が見つめているのが弟である。

「まわりを見ておらぬと池に落ちるぞ、梵天丸っ」

義姫の隣で夫が言った。そんなに大声で叫ばなくとも聞こえるだろうにと心中で毒づいてから、義姫は溜息をひとつ吐いた。

返事のつもりなのか、己の名を呼ばれた兄が、父に負けぬ大きな声で笑った。破顔したまま駆ける梵天丸の真ん丸な顔が、父のほうにむいている。

父に似て、瞳がやけにぎらついている。男の子は母に似るなどというが、梵天丸は夫に瓜二つであった。

夫に似た眼光鋭い瞳は、ひとつしかない。梵天丸は左目だけで父を見つめている。右の瞼は閉じられていた。目玉が無い。幼少のみぎり疱瘡を患った梵天丸は、右目の光を失った。その目はすでに取り除かれている。しかし、義姫の脳裏にはっきりと残っているのは、病が癒えたばかりの梵天丸の顔であった。光を失った右の瞳は、白く濁ってあらぬほうを見ている。目を取り除いたいまでも、義姫の心のなかにある梵天丸の顔は、病の直後のそれであった。

「こら梵天っ」

夫が怒鳴った。隻眼の我が子が欄干の隙間から顔を出して、池に飛び込もうとしている。その後ろでいまにも泣きそうな顔をした弟が、義姫に助けを求めていた。

「竺丸……」

義姫は我が子の名を呼んだ。

「やめんか梵天丸っ」

そばで聞いている者の身にもなってもらいたいと思わず言ってやりたくなるほどの大音声が、庭内に響き渡った。しかも夫の声には、義姫の心を逆撫でする調子外れなところがあり、それが余計に腹立たしい。

あまりの大声に驚いた竺丸が、尻餅をついて泣き出した。弟の泣き声を聞いた梵天丸が、舌打ちをひとつして立ち上がる。

我が子を助けんと義姫は腰を浮かせた。

「余計な真似(まね)はするな」

梵天丸に目をむけたまま夫が言った。膝立ちのまま義姫は竺丸を見つめる。面倒そうに頬を膨らませながら、兄が手を差し伸べている。泣きながらそれを取った弟を、梵天丸は乱暴に立たせた。

あの童はいくつになるのか……。

竺丸が五つだから、いまは六つ。少し前までは、あんなに乱暴ではなかったと義姫は思う。むしろうつむきがちで笑わぬ子であった。

光の届かぬ目を取り去ったあたりから、梵天丸は変わった。夫が米沢に招いた虎哉宗乙(こさいそういつ)なる僧のところへ通わせはじめたのもその頃である。虎哉がなにか吹き込んだのか、それとも醜い目を取り除いたことで、自信が芽生えたか。

いずれにせよ推測でしかない。

伊達家の当主となるべき梵天丸は、生まれてすぐに乳母(めのと)のもとに連れて行かれた。我が手で育てたという実感がない。

己と父、そして父と祖父。三代にわたって父子の相克を味わってきた夫は、ことさらに梵天丸を可愛(かわい)がった。そのため疱瘡を患ってからは、よりいっそう義姫から遠ざけた。つねに家臣が梵天丸の周囲に侍り、乳母をはじめとした女たちが甲斐甲斐しく世話を焼く。義姫は足利家の流れを汲む名門、最上家の姫である。家のことなどなにひとつしたことがない。そんな女が付け入る隙などどこにもなかった。

義姫の手の届かぬところで梵天丸は右目と決別し、師を得て、赤子から童へと変貌してしまった。それでも、梵天丸はたしかに己が腹を痛めて産んだ我が子であると、この時までは思っていた。

弟の手を引いた梵天丸が、両親の元に戻って来る。

「弱き者をよう助けた。でかしたぞ梵天丸」

胴間声が兄を褒める。

弱き者……。

夫は梵天丸しか見ていない。隣で泣いている子も、我が子であるというのに。

「はいっ」

屈託のない笑みを浮かべ、梵天丸が弟の手を払って駆けだした。腰を曲げた翁のように幹をくねらせた松の巨木をめざす。洟をすする竺丸が、兄を追おうと背をむけた。走り出した竺丸の姿は、夫には見えていない。目尻に皺を寄せ、温もりに満ちた目をむけているのは、松の木に手を伸ばした梵天丸の背中である。凹凸のある木肌に手足をかけて梵天丸が器用に登ってゆく。竺丸は松の木の根元に立ち、そんな兄を見上げている。うろに爪先を差し込み大きく伸びあがって、梵天丸が頭上の枝をつかむ。転げ落ちたら無事では済まない高さである。もし、枝が折れ真っ逆さまに落ちでもしたら、下にいる竺丸も無事では済まない。不意に浮かんだ邪念が、義姫の口からほとばしる。

「御止めなさい梵天丸っ。いますぐ降りるのですっ」

あまりに突然のことに、それまで微笑みを浮かべながら兄弟を見守っていた家臣たちがいっせいに義姫を見た。しかし当の義姫の目は、梵天丸しか捉えていない。

梵天丸は木の股に座り、屋敷のほうへと顔をむけていた。義姫を見つめている。いや、にらんでいた。己が母を見る目付きではない。あきらかな敵意を、父に似たやけにぎらつく左目にみなぎらせ、義姫をにらんでいる。

「戯言など気にするな。登れっ」

義姫の言葉を否定するように、夫が威勢よく言い放つ。すると梵天丸は、我が意を得たりとばかりに、満面の笑みを父にむけて大きくうなずいた。それから、蔑むように母を一瞥し、頭上の枝へと手を伸ばす。

木の下で竺丸がこちらを見ている。

「危ないから、こちらへ」

手を伸ばす。竺丸はちいさくうなずいて母にむかって走り出した。

この子こそが妾の子、あれは……。

違う。

義姫は梵天丸との間に越えられぬ壁があることを、この時悟った。

梵天丸は十八になった。七年前に元服を済ませ、名を藤次郎政宗と改めている。竺丸も元服後、小次郎政道と名を改めた。

「まだ早いのではありませぬか」

目を吊り上げて訴える義姫が見つめているのは、妻の小言にうんざりしていることを隠しもせぬ夫のしかめ面であった。義姫のかたわらには、母と父のやり取りを心配そうに見守る小次郎が座っている。

「貴方様はまだ四十一ではございませぬか。隠居するには、いささか早うございまする」

「もう決まったことじゃ」

女子のお前が口出ししても、もはやなにも変わらぬと夫は言下に告げている。その高慢な態度が癪に障った。尖った指先で床を叩いて、己の目を見ようともしない夫をにらみつけた。

「なにを焦っておられるのです」

「焦っておるじゃと、誰が」

「貴方様の他に誰がおりまする」

怒りの色を帯びた目が義姫を射た。

「母上」

「大丈夫です。妾がちゃんと言いますから」

母の袖をつかんでささやく小次郎に微笑みで応え、膝を滑らせ夫との間合いを詰める。

「御自分が身罷られた後、兄弟が争い家中が割れることを恐れておられるのでしょう。それ故、焦ってあの子に家督を譲ろうとしておるのじゃ」

「繰り言を申すなっ」

二人が互いを見る目は、夫婦のそれではない。何十年と憎みあってきた仇を見る目付きであった。夫は義姫の私室に入ってから一度も小次郎を見ていない。もちろん言葉をかけることもない。

ずっとそうだ。

政宗政宗政宗政宗。

小次郎はどうした。

腹が立つ。

「家督は政宗に継がせると、常日頃から言うておったではないか」

「そんなに政宗が可愛ゆうござりまするか。小次郎も貴方様の御子にござりまするっ」

叫んで己の前に小次郎を出す。

「此奴は弟ではないか」

「あのような猪武者より、よほど伊達家の当主に相応しゅうござりまするっ」

「母上、もうそれくらいに……」

「御主のほうこそ、小次郎ばかりを贔屓にしおって。政宗も御主が腹を痛めて産んだ子ではないのかっ」

夫の怒鳴り声で言葉をさえぎられた小次郎が、肩をすくませ小さな悲鳴をひとつ吐いた。その姿に汚らわしい物を見るような蔑みの眼差しをむけてから、夫は溜息を吐いた。

憎い……。

この男が心底憎い。もはや己を女として見ず、肉親への愛情はすべて政宗に注ぎ、小次郎を見もしない。夫への憎悪が深ければ深いほど、小次郎を愛おしく想う。子の背にそっと触れた。掌から伝わる温もりが、憎き男と相対する勇気をくれる。

「政宗は御主の子だ」

「知らぬっ。あのような者は知らぬっ」

あれは夫の分身ではないか。己へとむけられていた愛情を奪ったのは政宗だ。夫以上に憎らしい。

義姫にとって肉親とは、いつも己のそばにいてくれた小次郎だけ。夫も政宗も他人である。いや、他人よりも憎らしい。

「もうよい」

夫が立ち上がった。

「とにかく家督は政宗が継ぐ。この話はこれで終わりじゃ」

小次郎を突き飛ばし、夫が大股で部屋を出てゆく。

「申し訳ありませぬ」

両手を床につきうなだれる小次郎が、涙声で言った。その背に触れて微笑む。

「何故、其方が謝るのです。悪いのは御主の父ではありませぬか」

「私がいるばかりに、母上と父上は……」

「違います」

悪いのは小次郎ではない。

政宗ではないか。

あれのせいで、小次郎は誰からも相手にされない。父だけではない。家中の誰もが、粗暴なあれを主と仰ぎ、小次郎には目もむけぬ。

憎い。

夫が。

政宗が。

「母上」

小次郎が潤んだ目で義姫を仰ぎ見る。

「なんですか」

「兄上に優しくしてくだされ。お願いいたしまする」

たとえ息子の頼みといえど、聞けぬ頼みであった。

目の前で小次郎がうなだれている。黒々と輝く床をぼんやりと眺めながら震えていた。

「去る十月八日。父上が身罷られたそうです」

小次郎の声に悲しみが宿っている。

夫は四十二、死ぬような病を抱えてもいなかった。仔細を知らぬとも、なんらかの無念の末の死であるということは、女の義姫にも計り知れる。

「義継が……。義継が……」

喉の奥からなにかが飛び出てこようとするのを防ぐように、小次郎は力強く息を止めた。肩が震え、下瞼が濡れる。それが頬に零れぬよう、小次郎は必死に瞬きをこらえていた。泣くまいとする息子の姿に、胸が締め付けられる。

「義継とは、畠山のことですね」

義姫の問いに、小次郎は無言のままうなずく。

二本松城の主である畠山義継は、北の伊達と南の芦名に挟まれた小大名であった。同じ境遇であった小浜の大内定綱が政宗の苛烈な攻勢に耐えきれなくなって会津に逃れたのを機に、伊達への服属を決めたはずである。

服属を決心した義継が助けを求めたのが、隠居している夫であった。

なぜ義継の所為で、夫が死ななければならぬのか。殺したのは義継だと小次郎が明言しなかったのが気にかかる。

胡坐の隙間からのぞく床を潤んだ目で見つめたまま、小次郎がおおきく息を吸った。薄墨色の袴に指がめり込み、深い皺を幾筋も刻んでいる。

「伊達家に服属することが決まり、義継が礼をしに宮森城を訪れたのだそうです」

大内、畠山攻略のため、夫は宮森城を守っていた。

「父上は義継を歓待なさった」

前振りなどどうでも良かった。義継がなんのために宮森城を訪れたかなど聞いてもなんの感慨もわかないし、知りたいとも思わない。どんな死に様で、殺したのは誰なのか。それが知れれば義姫は十分だった。

殺した……。

胸中に湧いた言葉を、義姫はもう一度心に念じた。いま明確に〝殺した〟という言葉を心中に発したことにみずから驚く。

「輝宗殿は殺されたのですね」

唐突な問いに、床をにらんでいた小次郎が顔を上げた。その勢いで、せっかく瞼に溜めていた涙が零れ落ちる。湿った頬を指先でそっと拭い、小次郎はうなずいて肯定の意を示した。

「誰に」

「それは」

息子は口籠り目を逸らした。思わせぶりな態度に、不吉なものを感じる。

「どうしたのです」

「と、とにかく義継は、周旋の御礼のために、宮森城に入ったらしいのです」

義姫の問いには答えず、小次郎は続ける。

「城内で歓待を受けた義継が帰ることになり、父上は城の外まで見送ると、みずから申されたとのこと」

己が聞いたことを小次郎は懸命に、母に報せようとしてくれていた。父が死んだことを母よりも悲しんでいるはずなのに、一語一語言葉を選びながら語ってくれている。母は父が死んだことを毛ほども悲しんでいない。むしろ憎い男が死んだことに胸が高鳴っているくらいだ。目の奥に熱い物を感じているが、それは健気な息子の所為である。

「大手門まで見送りに出られた父上に、義継が頭を下げた時であったそうです。これで長年争ってきた畠山との和睦がなったと思い、二人を見守っていた伊達の侍たちの気が緩んだのだと使いの者は申しておりました」

小次郎がうつむいて、ふたたび肩を震わせはじめた。

「城外で待っておった畠山の重臣たちの姿を認め、義継は突如父上を後ろから羽交い締めにし、懐刀を抜いてその首に当てた」

「何故そのようなことになったのです」

「そ、それは」

「義継は伊達に服属を誓ったのであろう。いまさら大殿を人質に取ってなにがしたかったのじゃ。しかも敵の真っただ中ではないか」

「私にはわかりませせぬ。使者がそう申しておったのです」

「御主に問うても詮無きことであったな」

　優しい笑みを息子に投げる。

「さぁ、続きを聞かせてたも」

「はい」

　洟を啜りながら、小次郎が語りはじめる。どのような死に様であの男は死んだのか。義姫の関心はそれだけである。

「父上を人質に取った義継は、家臣に守られながら二本松城へ戻ろうとしたそうです」

「輝宗殿は黙って連れ去られたのですか」

　息子が首を振った。

「城の者たちは、成す術もなく父上たちを追ったそうです。そんな家臣たちに父上は、儂に構うなと幾度もお叫びになられ……」

　小次郎は瞼を固く閉じ、激しく肩を震わせ始めた。そしてそのままの恰好で口を開く。

「儂もろとも此奴を撃てと、幾度も幾度も仰せになられたそうです」

「撃ったのか」

　端然と言い放った義姫に驚いたのか、小次郎が顔を上げて上座を見た。朱く染まった目をじっと見据え、義姫はもう一度優しく問う。

「家臣どもが輝宗殿を撃ったのであろう」

　これまでの話から考えて、それ以外に夫が死んだ理由は考えられない。

「いいえ」

小次郎が望外な答えを吐いた。

「先刻から其方は奥歯に物が挟まったかのごとき物言いであるが、いったいなにがあったのじゃ。家臣たちが撃ったのではないとしたら、何故大殿は身罷られたのじゃ」

「も、申し訳ございませぬ」

眉尻を下げながら小次郎が辞儀をした。

「先刻からの其方の物言いは、大殿を殺した者を妾に報せとうないように聞こえるが」

小次郎は答えない。頭を下げたまま固まっている。図星なのだ。

それで察しはつく。

「政宗なのですね。政宗が撃ったのですね」

これまで堪えていた物が一気に溢れだしたのであろう。小次郎が床に突っ伏した。義姫は息子に駆け寄り、肩に手を置いて耳元でたずねる。

「報せを聞きつけ、政宗が現れたのであろう。どこにおったのじゃ彼奴は」

「は、畠山との戦もいち段落し、鷹狩に出られて小浜にはおられなんだとのこと」

大内定綱を追い出した小浜城に入った政宗は、しばらく米沢を留守にしている。

「鷹狩から急いで戻られた兄上に、父上は家臣に申されておったのと同じことを叫ばれたそうです」

「撃ったのですね政宗が」

小次郎が床に頭を何度も叩きつける。

「母上ぇ、母上ぇ……」

「御止めなさい小次郎」

息子の体を抱え上げ、強く抱きしめる。義姫の肩に顎を載せて、小次郎が大声で泣きはじめた。

「母上ぇ、兄上が父上をぉぉぉ」

小次郎にとって二人は、血を分けた父と兄なのだ。兄が父を撃ったと聞いて、どれほど動揺したことか。心の揺れを家中の者に知られまいと、ずっと耐えていたのだ。それが先刻のひと言で一気に崩壊したのである。

「大丈夫じゃ、大丈夫じゃ小次郎」

激しく上下する背中をさすりながら、義姫は虚空をにらみつける。白百合(しらゆり)が咲き乱れる襖(ふすま)のなかに、憎々しい顔が浮かび上がっていた。

鬼子(おにご)めが……。

右目を閉じた悪鬼(あっき)の幻にむかって心の裡で怨嗟(えんさ)の言葉を紡ぐ。

「母上ぇ、私もいずれ兄上に殺されてしまう」

「そんなことは妾がさせぬ」

「母上ぇ」

「其方は妾が守る」

泣き続ける息子を抱きしめ、義姫は固く誓った。

夫が死んで五年。伊達家の版図は陸奥国五十五郡、出羽国十二郡、計六十七郡のうち、三十余郡にまで膨れ上がっていた。奥羽の半分が政宗の物となったのである。畠山、大崎、相馬、芦名など、父祖の代より争ってきた者たちを打ち破った末の膨張であった。

さもありなんと義姫は思う。

あの男は欲しい物はなにがあっても手に入れる。あの男は、因縁の敵を葬り去るためならば、実の父であろうと平気で撃ち殺す。戦につぐ戦。それはあの男にとっては、みずから望んだ修羅の天地なのである。

どれだけ広大な版図を築いたとしても、それがなんだというのか。我欲のために、無数の屍を築き上げただけのこと。あの男が笑えば笑うほど、多くの者が涙にくれる。

しかし上には上がいるもの。

強欲のおもむくままに関東以西を平らげ、帝より関白の位をせしめた男が、奥羽に手を伸ばそうとしていた。

豊臣秀吉という名であるという。

関東の雄、北条を小田原城に押し込めて十万の大軍で取り囲む秀吉は、いまや奥羽の覇者となったあの男に臣従を迫ったのである。当然、伊達家は割れた。秀吉に従うべきだという者と、奥羽を思い通りにさせてはならぬという者の狭間に立たされたあの男は、迷っていた。

いましかない……。

伊達家最大の窮地を、義姫は己が瑞兆であると見た。

あの男が大きくなればなるほど、己と小次郎は窮地に立たされる。我欲のために父すら殺した男だ。いつ何時、その牙が義姫母子にむくか解(わか)らない。

義姫は伊達家と因縁の間柄である最上家の娘だ。最上家の現当主、義光(よしあき)は兄である。両家の争いが、義姫、ひいては小次郎の禍根にならぬとも限らない。

義姫は覚悟を決めた。

今宵(こよい)しかない……。

上座でゆったりと胡坐をかいた男の左目を見つめながら、義姫はぎこちない笑みを浮かべる。

「母上から夕餉(ゆうげ)に招かれる日が来ようとは思いもいたしませなんだ」

閉じたまま開くことのない右の瞼を弓形(ゆみなり)にゆがめ、男は嬉しそうに言った。

久方振りにまじまじと顔を見た。義姫の脳裏にあるのは、木登りを叱った己をにらんだ幼子の丸い顔である。骨ばった四角い顎に頑強そうな太い眉。その下でぎらぎらと輝いている左目。顔に付いている物のことごとくが父に瓜二つであった。若い頃の夫に見つめられているようで、義姫は居心地の悪さを感じる。立ち去りたい気持ちを必死に押し殺し、追従(ついしょう)の言葉を紡ぐ。

「明日、御出立なされるのでありましょう。此度はこれまで以上の大戦」

「太閤殿下に御会いするだけ。遅参を詫びれば、何事もなく帰ってこられましょう。御心配なされまするな母上」

誰が心配などするものか……。

心に湧いた言葉を曖にも出さず、義姫は笑みを湛えた口許はそのままに、眉尻だけを男に解るほど大きく下げてみせた。

精一杯の演技である。

この男のためではない。息子のためだ。

「秀吉は十万もの大軍で小田原を包囲しておるのでしょう。そのような中にわずかな家臣を連れて飛び込むなど、わざわざ殺されにゆくようなものではありませぬか」

「御案じめさるな母上」

〝母上〟という言葉が耳に触れるたびに吐き気を覚える。

真一文字に結ばれた紫色の唇に宿る力強さが、なんとも腹立たしい。この男の強さが少しでも、我が息子にあればと思う。小次郎には欲がない。伊達家の家督を手に入れようなどという野心は、どれだけ腹のなかを探しても、ひと欠片とて見つかりはしない。

「かならず……」

男の見開かれた左目が潤んでいる。

「かならず無事に戻って参りまする。その時は……」

わずかに膝を滑らせて男が一段高くなった上座の縁まで来る。膝が縁を越したあたりで進むのを止めたのは、義姫への遠慮からであろう。

男の荒い息が顔に触れたような気がした。獣の臭気が鼻腔(びこう)から喉へと流れ込んできて、酸っぱいものが喉へと上ってくる。腹に力を込め、吐き気を堪えながら笑う。

「小次郎に見せるような笑みを浮かべ、某(それがし)の名を呼んでくれまするか」

義姫は固い笑みを浮かべ息を止めたまま、男の言葉を受け流す。

まだか……。

このまま答えを先延ばしにしている訳にもいかぬではないか。そんな義姫の逡巡(しゅんじゅん)が伝わったのであろうか、男の目が開かれたままの襖のほうにむく。なにかを認めた男は、縁まで進めていた体をもといたところまで戻した。それと同時に、義姫は腹の底までしずかに息を流しこむ。男が背筋を伸ばしたのと同時に、義姫の脇を下女たちが通り過ぎた。女たちは、膳や酒器を掲げて静々と進む。男の前に瞬く間に酒肴(しゅこう)が並べられる。それらをひと通り眺めた後、器に盛られた煮物や皿の上の肴(さかな)に目を止めた。

「妾が作りました」

膳を見つめていた男の顔が義姫にむけられた。笑みのまま義姫は己が手を掲げる。左の丈高指(たけだかゆび)の中程にちいさな赤い切れ目が入っているのを、男にわざとらしく見せつけた。

「これまで一度として厨(くりや)に立ったことがない故、女たちに加勢してもらいながら」

言いながら目を膳にむける。

「そこの芋と、鯛(たい)の焼き物を」

「母上が某のために……」

小鼻をひくつかせながら、男がふたたび膳の上の器に目をむけた。黒塗りの器に、形の崩れた里芋が山盛りになっているはずなのだが、下座に控える義姫からは見えない。

「嬉しゅうございまする」

言って深々と頭を下げる男に、義姫も三つ指を付いてひれ伏した。

「御武運を」

「はい……」

涙をこらえるようにうつむいた男に、ことさら明るい声で語りかけた。

「どうか妾の作った夕餉を味おうてくだされ」

頬を濡らしながら、男が満面の笑みで下座を見た。

「それでは母上、いただきまする」

父に似た太い指で箸を取ると、男は黒い器を大事そうにつかんだ。

余所人(よそびと)が作った物など信用できなかった。

やるなら己の手で。

秀吉に服属するか否かで揉(も)めた火種が家中にくすぶっているいましかなかった。

義姫は腹を決めた。いや、叱った己を憎しみに満ちた目で睨む童を憎いと思ったあの日から、義姫はいつかこの男を、という邪悪な種を心に蒔(ま)いたのだ。それが花を咲かせ、実を結んだだけ。

「母上が御作りになられたというこの芋からいただきまする」

嬉しそうに男が箸を器に差し込んだ。義姫は顔が強張るのをどうすることもできない。笑みでごまかしていなければ、目に宿る殺気を隠せなかった。

男が崩れた里芋をつまんで笑う。

「それでは」

丸ごと口に入れた。四角い顎をゆっくりと上下させながら味わっている。

「美味しゅうございますっ」

「そうですか。それは良かった。おかわりもたんとありますから遠慮などなされまするな」

男が乱暴に飯を掻き込み、何個も芋を頬張る。瞬く間に十ほどの芋と碗一杯の飯が、大きい口に吸い込まれてゆく。

箸が止まった。

男の太い眉の間に深い皺が寄る。

左目が義姫を見据えた。

「母上……」

義姫は答えず、笑みのまま固まった顔を男に見せつける。咳き込んだ男の口から嚙み砕かれた飯と芋が混じった血飛沫が舞った。碗と箸を放り投げながら、膳を払い除け上座から転げ落ちる。畳の上を転がり、口から溢れだす血を撒き散らす男の姿を、義姫は眉も動かさず眺め続けた。

「は、うごぅ、は、う、げあっ、えぇ……」

呻きながらも必死に〝母上〟という語を紡ごうとしている男の左目は、虚空を漂うばかりで義姫を捉えることはできないでいる。いっぽう義姫は、苦悶の声と血を吐き散らしながら暴れる男だけを見ていた。

「小次郎……。小次郎……」

忘我のうちに息子の名を幾度もつぶやいていた。

我が子のために。その一念であった。

何故、先刻からこの男は自分のことを〝母上〟と呼んでいるのか義姫には理解できない。己の子は小次郎と幼くして死んだ娘がふたり。それだけだ。

「小次郎……。小次郎……」

我が子の名を繰り返しながら、ゆっくりと立ち上がる。赤黒い血でそこらじゅうを汚してまわる男の前に立ち、潰れた羽虫にむけるような目で見下す。

「小次郎……。小次郎……」

男の体がくの字に折れ曲がったまま止まった。そのまま小刻みに体を震わせている。青ざめた顔に穿たれた左の瞳が、義姫を捉えた。

「何故」

食いしばった血塗(ちまみ)れの歯の隙間から怨嗟の声が漏れるのを、義姫は見下したまま聞く。

「何故じゃ母上」

「小次郎……」

右足を上げる。

「答え……。母う……」

振り上げた足を汚い左目にむかって振り下ろす。

一度、二度、三度、四度……。

「小次郎……。小次郎……。小次郎……」

男は動かなくなった。

駆けつけた男たちが、あれを運びだしてから、義姫は自室に押し込められていた。硬く閉じられた襖のむこうには、あれの家臣たちが寝ずの番をしている。あれの実母であり隣国最上の姫である義姫を、罪人として扱うわけにもゆかぬのであろう。

己が身のことなどどうでも良かった。

あれはどうなったのか。

それだけが気がかりだった。血塗れで小刻みに震えていたあれの頭を幾度も踏みつけて止(とど)めをさした。

異変を感じ取って駆けつけた男たちの手であれが運ばれてから、すでに二日。なんの音沙汰もない。

義姫は小次郎を待っている。

あれが死んだのならば、小次郎が助けに来てくれるはずだった。

もはや小田原参陣に一刻の猶予も残されていない。あれが死ねば、伊達家を継ぐのは小次郎しかいない。速やかに家督の委譲は行われ、伊達家は小次郎のものとなる。

小次郎が己を殺すわけがない。あれとは違う。血を分けた親を手にかけるような鬼畜ではない。きっと助けてくれる。

小次郎なら。

息子のことを想いながら時を過ごしていた義姫の目が、咲き乱れる白百合をとらえた。金箔（きんぱく）の上に描かれた純白の花弁が、風に吹かれて揺れたように思えたのである。そんな訳がないと思い直す。襖に描かれた絵が動くはずがない。

「母上」

白百合のなかにいつの間にか誰かが立っていた。廊下のむこうから射（さ）し込む光を背にしているから、義姫には黒い影にしか見えない。

それでも……。

声でわかった。

白百合を掻き分けたまま、影がゆっくりと近づいてくる。

「何故じゃ」

喉から絞りだすように、義姫は呻く。手を振り、遠ざけようとするのだが、影は容赦なく間合いを詰めてくる。近くなるたび、影は男の姿を形作ってゆく。

あの顔だ。

憎らしい夫に瓜二つ。四角くて武骨で無粋なあの顎だ。太い眉に、やけにぎらつく目。そうだ目だ。この男には。

右目が。

ない。

「何故、御主がここにおる」

義姫の問いに答えず、男は眼前にどかと腰を下ろした。胡坐をかいて悠然と胸を張り、己を見据える左目には、精気が満ち満ちている。二日前に血反吐(ちへど)を吐き散らしながら、のたうちまわっていた男とは思えない。

「天が味方してくれ申した」

男は義姫に力強い眼差しをむけたまま、毅然(きぜん)と言い放つ。

「某は仏に愛されておる。この世に生まれ出でる時、母の夢枕に老僧が立ち、その腹を貸してくれと申され、それで宿ったのが某であると、父上が幾度も語っておられました」

知っている。なぜならその夢を見たのは、義姫なのだ。

「仏に愛されておる某が、毒などで死にはいたしませぬ」

「そんな……。御主は妾が……」

「殺した。と申されたいのでござりましょう」

あの目……。

あの時の目が義姫をにらんでいる。まだこの男が幼かった頃のことだ。木を登ろうとしたのを叱った時の目だ。

「何故じゃ。何故御主は」

「聞きたいのは某にござる」

薄く開いた唇の隙間から覗く歯が鋭く尖っている。あの牙で首に噛みつかれたら、ひとたまりもないだろう。いまにも殺さんとするほどの殺気に満ちた左の瞳が睨む。全身から放たれる覇気に当てられ、義姫は動けずにいる。

「そんなに某が憎うござりまするか」

義姫の耳に男の声は届いていない。

「そんなに某は醜うござりまするか」

男の顔が鼻と鼻が触れ合うほどに近付く。

獣臭い。

吐き気がする。

「見よっ某の顔をっ。其方がこの世に産み落としたこの顔をっ」

思わず吐いた悲鳴を聞いた男の歯が、鈍い音をたてる。

「どうじゃっ、醜いかっ。我が子とは思えぬかっ。答えよっ」

目を背ける義姫を前に、男が猛(たけ)る。

「某は忘れもいたしませぬ。疱瘡を患い、なんとか命を取り留めた後、某を見た其方の顔を」

いったい己はどんな顔をしていたのだろうか。覚えていない。痘痕(あばた)が点々と残る顔を見て、なんと哀れなことかと思うたのだけは頭の片隅に残っている。

男は食い縛った歯を重そうにこじ開けながら、怨嗟の声を吐いた。

「まるで道端に転がる犬の骸(むくろ)でも見たかのごとき目で見下しおった其方の顔を、某は忘れたことがない。其方が小次郎を慈しんでおるのを見る度に、この女は己の母ではないと心に念じ、ずっと其方から目を背けて生きてきたのじゃ」

「あぁ……」

義姫の口から声が漏れた。

この男も己と同じ。

あの日。

咎(とが)めた己を憎々し気ににらんだ幼子は、心中で必死にこの女は母ではないと念じていたのだ。それを見て義姫は、此奴は己が子ではないという疑念に駆られたのだ。互いに顔を背け続けた結果、二人は親子ではなくなった。

だが、いまさらそんなことに気付いて、なんになるというのだ。失われた時は戻らない。どれだけ目の前の男を息子だと思おうとしても、もはや心が付いてゆかない。

「夕餉をともにと誘われた時、某は本当に嬉しかった」

義姫をにらみ続ける左目から滴がひとつ零れ落ちた。怨嗟の眼差しに変わりはない。憎みながら男は泣いている。

「敵は十万もの兵を関東まで率いてくるほどの男。其方が申す通り、某も大戦じゃと思うておった。その大戦に出陣する前夜に、やっと……。やっと其方と」

そこまで言って男は口籠った。一度目を伏せ歯を硬く締め、鈍い音を鳴らしてから、ふたたび義姫をにらむ。

「某は、淡い望みを抱いておった己を恥じた。己の甘さをつくづく思い知らされた」

床を叩き男は吠える。

「よもや実の母に殺されようとは思うてもみなんだわっ」

「生きておるではないか」

義姫は淡々と告げた。男の眉が激しく揺れる。

「小次郎に殺してくれと頼まれたか」

「御主は生きて妾の前におるではないか。殺してはおらぬ。小次郎はなにも知らぬ。妾が一人でやったことじゃ」

「いまさらなにを申す」

呆然と男が言った。

義姫は、あまりのことに我を忘れていたが、一番肝心なことを失念していた。この男が生きていたということは、これは謀反である。義姫は謀反を企み失敗したのだ。そうなれば、やるべきことはただひとつ。

「小次郎が虫すら殺せぬのは御主も知っておろう。あの子が人を殺せるわけがなかろう。小次郎はなにも知らぬ。妾一人でやったこと」

「最上の伯父上が嚙んでおるのではありませぬか」

義姫が思ってもみなかった者の名を、男が口にした。今回の一件において、義姫は兄のことなど頭の隅にも浮かべたことはない。だが、この男の推測はあながちないことではない。兄が常々、伊達家の所領を狙っていることは義姫も知っている。

そうだ。

兄は使える。

「そうじゃ。兄上じゃ。兄上が其方を殺し伊達家を奪えと申された故、妾は御主を殺そうと思うたのじゃ。小次郎はなにも知らぬ」

「其方はどこまでも……」

男が身を引いた。

逃してはならぬとばかりに、男の両肩をつかんだ。この男の体に触れるのは何時ぶりだろうか。あんなに柔らかかった肩が、硬い肉で覆われている。

「小次郎は……。小次郎はなにも知らぬのじゃ。妾と兄がやったこと」

「もう遅い」

左目を閉じ、義姫の両の手をねじるようにして引き剥がすと、男は立ち上がった。

「小次郎は死んだ」

言って男が両手を義姫の顔の前にかかげた。

「この手で弟を殺し申した。そうさせたのは其方じゃ。母である其方が、某と小次郎の仲を引き裂いたのじゃ。小次郎は其方とは違った。幼い頃から死ぬその時まで、兄上兄上と言って某を慕ってくれた。最期のその時までも……」

そこで男が声をつまらせた。手を払われたまま動かない義姫に侮蔑の眼差しを投げたまま、鼻から深い息を吐き出し続ける。

「兄上に殺されるのならば致し方ありませぬ。どうか私が死んだら、母上と仲良くしてくだされと言って小次郎は」

剥がれ落ちた。

義姫の骨と肉と腸（はらわた）が、心から剥がれ落ちる。傷ひとつないというのに痛い。いや。痛みなど感じていない。ではこれはなんなのだろうか。虚（うつ）ろではない。義姫はたしかに男の前に座っている。座っているのだが、義姫自身はそこにはいない。ふわふわと虚空を漂っている。漂っている義姫を、痛みではないなにかが苛（さいな）んでいた。骨や肉が剥がれ、座しているのが果たして本当に己なのかということすらあやふやなくせに、みずからがそこにいることだけはしっかりと感じている。

「実の母を手にかけることはできぬ故、小次郎に責めを負うてもろうた。其方の所為で、小次郎は死んだのだ。わかっておられまするのか母上は」

「人殺し」

やっとのことでそれだけを言えた。

男は答えない。

「小次郎を殺したのは御主じゃ」

みずからの口から〝小次郎を殺した〟という語がこぼれ落ちた時、義姫のなかで意味が刃（やいば）となって、己の心を突き刺した。その刹那、ばらばらだった骨と肉と腸と心がひとつに戻り、義姫は男の前に崩れ落ちた。

「嫌ぁぁぁぁぁっ」

藍色の袴に取りつく。男を見上げた目はもはや人の心を失っていた。

「外道めがっ。父を殺しただけでは飽き足らず、己が弟まで手にかけよったかっ。なにが母を手にかけることはできぬじゃ。嘘（うそ）を申すなっ。妾を殺しにきたのであろうっ。さぁ殺（や）れっ。息子のおらぬこの世になど、なんの未練もないわっ。さぁ外道っ。妾を殺せっ」

「某も其方の息子じゃぞ」

袴をつかむ手を上から握りしめ、男が苦しそうに声を吐いた。義姫は目を朱に染めながら呪詛（じゅそ）の言葉を舌に乗せる。

「御主を息子と思うたことなど一度もないわっ。妾の息子は小次郎だけじゃっ。御主など産んだ覚えすらないわっ」

夢を見た。

白髪の僧が己の腹を宿にする夢を。幣束を授けられたから、名を梵天丸とした。

「何故じゃっ。何故、小次郎が死なねばならぬっ。御主が死ねばよかったのじゃっ。さすれば伊達家は。違うっ。疱瘡で死んでおればよかったのじゃっ。そうすればあの人も死なずに済んだっ。小次郎だってなに憚ることなく伊達家の惣領になれたのじゃっ。御主がおった所為で、御主の所為で、妾は、妾はっ」

何故……。

何故、己ではなくあの子が疱瘡などに。代われるものならいますぐにでも、己の命を持っていってくだされ。そしてあの子を。

「死ねっ。死んでくれっ。頼むから妾のために死んでくれっ。それができぬならいまここで妾を殺してたもれっ」

でかしたぞ。伊達家は立派な嫡男を得た。御主の御蔭ぞ。

大丈夫じゃ。梵天丸は仏に愛されておる。こんなことで死ぬはずがなかろう。だから御主も寝よ。

「頼みまする。死んでたもれ」

義姫が黒川城を出て、兄のいる山形に逃れたのはこの夜のことだった。

（「小説宝石」二〇二二年一・二月合併号）

山茶花の人

今村翔吾

【作者のことば】

直木三十五賞を受賞すると、翌月号の「オール讀物」に受賞後第一作を書くという慣習があるらしい。とはいえ、ここ暫くは形骸化していたとか。前に書いた人は確か十年以上前と聞いた。私の直木賞は米澤穂信氏といわゆるW受賞だった。編集者に米澤氏の動向を尋ねると「前向きに善処」とのこと。となればやるしかないと二、三日で書き下ろした。相当多忙だったのか記憶が殆ど無い。私の作家としての本能が書き上げたのだろう。

今村翔吾（いまむら・しょうご）　昭和五十九年　京都府生

「狐の城」にて第二十三回九州さが大衆文学賞大賞・笹沢左保賞受賞

『火喰鳥　羽州ぼろ鳶組』にて第七回歴史時代作家クラブ賞・文庫書き下ろし新人賞受賞

「童神」にて第十回角川春樹小説賞受賞

『八本目の槍』にて第四十一回吉川英治文学新人賞受賞

『じんかん』にて第十一回山田風太郎賞受賞

「羽州ぼろ鳶組」シリーズにて第六回吉川英治文庫賞受賞

『塞王の楯』にて第百六十六回直木三十五賞受賞

近刊――『茜唄（上・下）』（角川春樹事務所）

勝三郎（かつさぶろう）は戦慄した。

味方がまるで濁流に呑（の）み込まれていくかのように薙（な）ぎ倒されてゆくのである。今までどのような悪夢を見てもこのように恐怖したことなどない。それが現に起こっている。

――死ぬ。

頭の中にはそれだけが何度も繰り返されている。

幾多の弾丸に打ち抜かれた愛馬は、哀（かな）しげな嘶（いなな）きを発しながら地に横たわっている。間もなく己の身に降りかかる災いを暗示しているかのようであった。

父が上野国（こうずけのくに）を追われ、越後国（えちごのくに）に逃れたことでこの地で元服し、上杉（うえすぎ）家の一員として初（うい）陣（じん）を飾った。それ以降、それなりに修羅をくぐってきたつもりであった。兜首（かぶとくび）を挙げたことも一度や二度ではないのだ。己の武勇を誇る気持ちも些（いささ）かある。それが今、蛇に睨（にら）まれた蛙（かえる）のように身を竦（すく）めることしか出来ない。

落馬した際に地を転がった勝三郎は全身が泥に塗（まみ）れ、手槍（てやり）もどこかへいってしまった。

――これが謙信（けんしん）公を支えた武……。

勝三郎は眼前の凄惨な光景を呆然（ぼうぜん）と眺めた。

今までは上杉家の家臣として他家と戦って来た。先代上杉謙信公の威光が未（いま）だ健在と見え、敵はこちらの武威に気圧(けお)され、さしたる苦労もなく崩れてゆくこともしばしばあったのだ。しかし、今度の相手はその上杉家きっての猛将、新発田重家(しばたしげいえ)である。

「槍はどこだ……」

誰に尋ねるわけではなく譫言(うわごと)のように呟(つぶや)いた。このまま案山子(かかし)のように突っ立っていては死を待つだけ。気力を奮い立たせて己を取り戻そうと下唇を噛(か)みしめた。

三間(けん)ほど先に槍が転がっている。勝三郎は慌てて駆けだした。この間にも敵の騎馬武者は群れを成して殺到してくる。

ようやく槍を手中に納めたとき、迫ってきた騎馬武者が馬上より槍を繰り出してきた。身を捻(ひね)り何とか躱(かわ)すと、勝三郎は無我夢中で突いた。稽古の型とはほど遠い。無様な槍捌(さば)きであったが見事に脾腹(ひばら)を捉え、騎馬武者は大層な呻(うめ)き声を上げ馬からどっと落ちた。

周囲を見渡したが味方はほとんどおらず、すでに算を乱して退却を始めている。勝三郎は自身の脇をすり抜けて逃げ去ろうとする侍の首根っこを捕まえた。

「何をする」

侍は慌てて振り払おうとするが、勝三郎の腕力は並ではなく容易ではない。

「どこの家中だ」

「離せ」

「答えよ」

「春日(かすが)様の配下じゃ」

答えるまでは離さぬという気迫が伝わったのであろうか、侍は渋々返答した。春日様とは甲斐武田家の旧臣、春日元忠のことであろう。上野国出身の勝三郎と同様に他国衆と呼ばれ、直江兼続の配下に附けられている武将である。

「直江様は半刻耐えよと仰ったではないか。その隙に敵の側面に回り込み横槍を入れると」

「陽を見てみよ。疾うに半刻は過ぎたわ。どこに御味方が現れた」

はっと天を見上げる。夢中で戦っていたために気がつかなかったが確かに半刻はとっくに過ぎているようである。

「何かの手違いだ。今暫く耐えよ」

「そうだとしても最早支えきれぬ。既に我が殿も落ちられた」

「馬鹿な……」

憤りが込み上げる。知らぬうちに勝三郎の手に力が籠もり、侍は苦しそうにしている。

「お主も急ぎ落ちられよ。討ち死にならばまだましというもの。新発田に捕まれば凄まじい責め苦を受け、挙げ句には殺されると聞いておろう！」

侍が言ったことは嘘ではない。出陣前に上役である兼続が皆に滔々と語ったことである。

――新発田は猛将なれども粗野にして礼を知らず。

と、聞かされている。上は一軍を率いる将から、下は足軽小者まで、容赦ない拷問をしてこちらの内情を引き出してくるであろう。兼続はそう語っていた。

その時である。戦場で悠長に問答していると見たのか、敵の徒武者が迫ってきた。勝三郎は侍を手放すと槍を扱いて待ち構えた。春日の侍は無様な悲鳴を残して走り去ってゆく。胸板目がけて槍を突き出す。徒武者はすかさず身を開くと太刀で槍の柄を叩き切った。渾身の一撃が躱され、死に体となった勝三郎の頭を太刀が襲う。勝三郎は突進して体当たりを見舞うとそのまま組み付いた。二人の男が一つになり地を転がり回り、やがて敵に上を取られる格好となった。敵の手がぐいと伸び、勝三郎の喉輪を締め上げる。敵の目は血走り、鬼のような形相で見下ろしている。

勝三郎は手をばたつかせて腰のあたりをまさぐった。そして鎧通しを逆手で掴むと一気に敵の脇腹にねじ込んだ。

敵は苦悶の表情を浮かべているがそれでも尚も締め上げてくる。さらに力を込めて脇を抉ると、敵の表情は和らぎ、やがて穏やかな顔へと変わっていった。魂が剝がれてゆくのがはっきりと解った。

勝三郎は死体となった敵をはね除けると、急いで立ち上がった。

——これまでか。

こちらに迫り来る多数の騎馬武者を確認し、勝三郎は覚悟を決めた。再び脚が震えだし、雲の上に立っているかのような心地がする。

常に勝ち続ける上杉家にいたからか、どこかで己だけは死なないと思っていたのかもしれない。しかし当たり前のことだが死は平等に訪れるのである。

斯くなる上は潔く散ることを心に決めた。戦という命のやり取りを舐めきっていたことに自嘲しつつ、勝三郎は腰の刀を抜いた。

「御味方は皆逃げ出した。神妙にして降れ」

敵の群れは勝三郎の目前で止まり、先頭の騎馬武者が呼びかけてきた。その鎧兜から大層な身分であることが窺えた。

「我が首取って手柄に致せ」

先頭の武者はなぜか驚いた表情を見せ、左右の者達へ視線をやった。それと同時に皆が微かに嗤った。その中に嘲りがあるのを感じて勝三郎は激昂した。泥に塗れているからかよほど軽輩に見られたと思ったのである。

「上野の他国衆、由良勝三郎景隆を知らんか」

「すまぬ。別に侮った訳ではありませぬ。今の我らには手柄は縁遠きもの故……」

「名乗れ！」

勝三郎は吼えた。そして向かって来いと念じながら。

「元は貴殿と同じ他国衆、五十公野勘五郎信宗と申す」

「お主がおべっか道如斎か」

勝三郎は憎らしげに地に唾を吐いた。

元は越中国人の小姓という軽輩である。先代の謙信が越中を併合した際に召し出され、長沢勘五郎義風と名乗った。上杉家中では号である道如斎のほうが有名である。

他国出身ながら越後三条の町奉行に抜擢され辣腕を振るった。さらに新発田重家室の妹を娶り、新発田一族の五十公野姓を名乗ると名も信宗と改めた。その信宗も現在では五十公野城の城主である。

順風満帆に出世していること、弁舌が爽やかであることから、諂って取り入っているのであろうと皆が思っている。故に譜代の者は勿論、同じ他国衆からも「おべっか道如斎」と揶揄されている男だ。

「由良殿、勝負は決しました。悪くは致しませんので降って下され」

信宗は下馬して慇懃に語りかけてきた。

「我ら他国衆が上杉家より受けた恩義を忘れたか！」

勝三郎が罵倒したので、左右の侍も色めきたったが、信宗は右手を微かに挙げてそれを制した。

「義を忘れたのは果たしてどちらであろうな」

信宗はぽつりと呟いた。その様が妙に哀しげに見えるのは気のせいであろうか。

「どちらとは……」

「ともかく由良殿がお望みとあればお相手仕ろう。槍をお貸し差し上げる。得物のせいにして無念を残されてはいかぬからな」

信宗の物腰は依然柔らかである。皮肉も混じっているのか、それとも華奢な見かけによらずよっぽど腕に自信があるのか、槍を受け取ると目の前に放り投げた。

勝三郎はそれを拾い上げると、腰を落として身構えた。これが人生で最後の戦いとなる。信宗を討ち取り、後は壮絶に斬り死にするのみである。

信宗も槍を小脇に構え身を沈ませた。

――これは。

小賢しい文吏とばかり思っていたが、信宗の構えには一分の隙も見あたらない。相当な手練れであることは見て取れた。

奇妙な光景である。戦場であるにもかかわらず、あちらこちらから仕舞いの催しを観に来るかのように人が集まってきている。勝敗は既についている。味方で取り残されたのは、勝三郎ただ一人であるらしい。

「死に場所を与えて下さり感謝する」

「義を失していると言われては叶いませぬ故」

信宗の口元が微かに緩んだ。やはり相当自信があるようで、悪気はないのかもしれないがこのようなところが反感を買う要素なのかもしれない。

機は熟した。二人の息が重なり合い、あとはぶつかるのを待つのみであった。その時、勝三郎の背後から新たな軍勢がこちらに近づいてくるのを感じた。嘶き、蹄の音の数からして相当な数であることは判ったが、対面する信宗らが何の反応も示さないことから、味方が救援に現れたのではないことは確かだった。

勝三郎の背後で止まったようだ。退路を塞がずとも逃げはしない。勝三郎が内心で罵りながら、槍を突き出そうとしたその時である。

「何をしておる」

と、背後から声が投げかけられる。錆びのある鷹揚な声である。

「は……降れと申しましたが、ここを死に場所にしたいと言い張るもので」

「ほう。豪気なことだ。どうしてもと申すならば止め立てはせんが、どうせ狙うならば大将首のほうがよいのではないか」

勝三郎は身を翻した。馬上にある男は鞣し革のように日焼けした肌から白い歯を見せて笑った。口元と顎に髭を蓄えているが、元来毛の薄いたちなのか赤子の毛のようで、褐色の肌と妙に不釣り合いに見えた。

「新発田……重家」

「そうだ」

「他国衆の由良殿ですよ」

勝三郎が押し黙っていると、代わりに信宗が答えた。

呆気に取られていて今し方気がついたのだが、重家の背後に控える武者が携えているのは、先程逃げ去った侍の首である。胴と離れて尚、恐怖を感じ続けているかのように両眼が大きく見開かれている。

「その者はもはや戦う気はなかったはずだ」

「戦に出てそれは通らぬ。謙信公は生きようとすればするほど死ぬるものと仰せられていた」

「ならば俺と戦え」

「威勢の良いことだ」

重家は豪快に笑い飛ばした。重家は齢(よわい)四十を超えていると聞き及んでいる。子ほど離れた己を侮っているのだろう。勝三郎はまた怒りが込み上げてきた。それを察したのか、重家は口髭を弄(いじ)くりながら笑いを止めた。

「由良殿、我が城にお越し下され。馬を都合しよう。好きなだけ城を見聞して帰られよ。さすればこの謀叛人(むほんにん)を討伐しやすくなるであろうよ」

重家は兜を脱ぐとそう言葉を重ねた。拷問にかけるための虚言かと疑ったが、眉を開いて向けてくる優しげな眼差(まなざ)しを見ていると、何故かその言葉に偽りはないように思えた。勝三郎は重家の顔を茫然(ぼうぜん)と見つめ続けた。鬢(びん)から溢(あふ)れた髪が、戦場を駆け抜ける一陣の風に揺れている。

新発田重家が突如上杉家に反旗を翻したのは、今から四年前の天正(てんしょう)九年のことであった。当時の上杉家は謙信の死後、二人の養子による家督争いにようやく決着がついたばかりである。

直江兼続は養子の一人、上杉景勝(かげかつ)の腹心である。その頃、勝三郎はまだ齢十三と若年のため出陣はしていないが、兼続配下である勝三郎の父も景勝派として転戦し、その中で流れ弾に当たり命を落とした。

　このとき重家も景勝陣営に加わり、御家争いに干渉しようとする伊達家や蘆名家を相手取り大いに奮戦した。それが一転、景勝が勝利を収めると急遽謀叛を起こしたのである。

　重家は越後北部の国人集団、揚北衆の一員である。揚北衆は元来独立の気風が強い者達であるが、謙信の代になってから反乱は少なくはなっていた。だが重家が離反したことにより、多くの国人達もこれに付き従うこととなった。

　内輪もめで満身創痍であるところに、強大な織田家から南と西より侵攻を受けていたこともあって、当初重家はかなり優勢であった。

　しかし、織田信長が本能寺で倒れたことにより状況は一変した。現在では織田政権の後継者である羽柴秀吉の後援を受け、上杉家は余裕を持って重家を攻めてきている。それでも戦巧者である重家はこれを悉くはね除けてきているのである。

　――おかしなことになったものだ。

　新発田城にある重家の館の一室で勝三郎は首を捻った。

　ここに来て早三日が過ぎたが、拷問を受けるどころか、至極丁重に扱われている。

　この三日間、重家は少し顔を見せる程度で何やら忙しく過ごしているようだ。上杉家相手に善戦しているとはいえ、やはり凌ぐためにはやらねばならぬことが多いのだろう。

　勝三郎は狭い一室を与えられていた。そこに廊下の軋む音が少しずつ近づいてきて、そろりと襖が開く。

「おべっか……」

「酷い申しようだな」

立っていたのは信宗であった。信宗は目を細めて苦笑するのみで怒る素振りは見せなかった。改めてよく見ると苦み走ったよい男である。

「殿がお呼びだ」

信宗の後ろについて歩いてゆく。大広間かと思いきや、城門の方へ向かってゆく。些か不安に感じて、勝三郎は口を開いた。

「重家殿はどのような御方か」

「よい御方であられる」

と、信宗は曖昧に答える。

「心服しているのか」

「御屋形様と殿に出逢わなければ今の私はない」

信宗は迷うことなく言い放った。ここで言う御屋形様とは現当主の景勝ではなく、前当主の謙信のことであろう。

そのような話をしている間に重家のもとに辿り着いた。従者に馬が二頭曳かれている。一頭は栗毛馬、もう一頭は見事な体軀の白馬である。

「来たか勝三郎。部屋にいるだけでは躰が鈍るというものよ。野駆けでもしようではないか」

呼び捨てにされたが不思議と腹が立たなかった。何年も前からこう呼ばれていたかのように寧ろこちらのほうが自然に感じる。

信宗が目配せしてきた。栗毛馬のほうに乗れというのであろう。勝三郎は小さく頷くと鞍に跨った。

「では、行くぞ」

重家はそう言うと、颯爽と白馬に飛び乗るやいなや短く叫んで駆けさせた。勝三郎もその後に続き馬を駆る。

野原を二騎が走る。そのあとに巻き起こる疾風により、路傍の芒は命を吹き込まれていくかのように踊り出す。秋も終わりに差し掛かっているため、向かって来る風はことのほか冷たいが、それがまた心地よくもある。

重家は何も語らなかった。四半刻ほどゆくと小さな集落が現れた。重家は一軒の家の前で馬を止めると、一本の木に手綱を括った。

「勝三郎、ついてこい」

それだけ言い残して入ってゆく。ここには何度も来たことがあるのであろう。勝手は知っているようだ。

応対してくれたのは一人の女である。名はお牧と謂うらしい。三十路には入っておろうが、すらりと背が高い美しい人であった。

「むさ苦しいところで大したおもてなしも出来ませぬが……」

お牧はそう言うと二人の前に白湯を差し出した。重家が口にするのを待ち、勝三郎も口をつけた。冷えた躰に染み渡る。

「寒くなったが躰に障りはないか。不自由なことがあれば何でも申してくれ」

勝三郎はお牧の腹に視線を落とした。懐妊しているようである。重家はそれを見舞うために訪れたのか。

一頻り雑談があった後、お牧が切り出した。

「夫は……杉山甚兵衛はどのように」

「勇ましい最期であった。組下の者を守って散ったらしい」

「そうですか……あの方らしいことですね」

お牧の口元が緩み、僅かに微笑んだように見えた。

「討ち死にする前に甚兵衛は兜首を二つ獲っておる」

「お味方や殿の為に逝かれたとのことであれば、その他は余事でございます」

お牧は懸命に涙を堪えているようであった。

「追って恩賞を沙汰する」

重家はそう言い残すと席を立った。勝三郎も軽く会釈すると後に続いた。

杉山家の居宅を後にすると、重家は再び馬上の人となり、鉛色の群雲に覆われた空を見上げた。

「雪か……」

雲の合間から溢れるように粉雪がちらつき始めている。他国ならいざ知らず、越後の冬は早い。晩秋というものを楽しむ間もなく白雪にすっぽりと包まれるのである。来るときとは打って変わって、帰路はゆるりとしたものであった。

「これで最後だ」

唐突に重家が呟いた。

「……と、いいますと」

「此度の戦で死んだ者。四十三となる」

勝三郎ははっとして重家の顔を覗き込んだ。この間忙しそうにしていたのは、残された家族を見舞っていたというのか。

「四十三……」

しかし若干の疑問が浮かぶ。一回の戦で四十余人もの侍大将が死ぬほどの激戦には思えなかった。味方は完膚無きまでに叩きのめされ、新発田勢の圧勝だったのだ。

勝三郎が怪訝そうな顔をしているのを重家は敏感に察知したようである。

「士分のみではない。足軽、小者も同様だ」

驚愕の事実を聞かされ勝三郎は仰け反った。数千規模の軍勢がぶつかり合ったにもかかわらず、新発田勢の被害が極めて少ないことではない。重家自ら軽輩の者の家まで見舞っていることに愕然とした。

「何故……」

「何故……か。出自、身分、生まれた地は違えども共に戦う者には違いあるまい」

重家の口より吐き出され、宙を漂う白い息をぼんやりと眺めた。

――真に直江様のいうような男なのか。

重家は恩賞の多寡に酷く拘る虎狼のような男だと聞き及んでいた。勝三郎の眼前にいる男がどうしても想像していた重家と重ならない。

「お牧の夫、杉山甚兵衛を討ち取ったのは……」

「まさか……」

勝三郎の心に暗いものが走った。

「お牧も承知のことだ」

――この者達は何なのだ……。

眩暈を起こし、鞍からずり落ちそうになるのを懸命に耐えた。重家といい、お牧といい尋常とは思えない。夫を殺した男を家に招き入れるなど正気ではあるまい。

「我が家中の者は、戦が何たるかをよく知っている。命を粗末にするそなたに見せたかったのだ。そのことをお牧にも言い含めてある」

「何故、私に……」

「若い頃、そなたの父に助けられたのよ」

関東出兵の折、若かりし重家は名誉と恩賞を追い求めて随分無茶な戦もしたという。苦境に陥った重家を果敢に助けた父は、

——守るべきもののある御方の戦振りではありますまい。

と、叱り飛ばしたという。国も城も失った亡国の将であった父らしい言葉である。

「今になってよう解る。ただ、それぞれ守るものが異なる為に戦になるのだ。お主には？」

あるのか。と、いう意味である。

勝三郎は押し黙った。咄嗟に出てこなかった。ただ日々に流されるまま、目先の手柄の為に戦ってきたような気がするのだ。いよいよ雪は本降りになりつつある。

「美しいな」

重家は唐突に呟いた。

刈り田の脇に山茶花の木が一本、赤い花が寒風に晒され哀しげに揺らめいている。この花は冬に咲く。まるで春夏、花々の賑わいから遅れたかのように。

「はい」

「似ているな」

と、重家は独り言の如く呟いた。ただ一人、上杉家からはぐれた己と重なったのか。

勝三郎は何も答えずに天を見上げると、舞い散る粉雪を手で掬い上げた。暫しの間、掌の上で形を留めていた氷の粒はやがて水へと変わった。

先程去り際、横目で盗み見たお牧の涙を思いだした。勝三郎には悟られぬように、頬に伝ったそれをすぐに拭っていたのだ。

戻って謝ることも一瞬過ったが、己が何と声を掛ければよいというのだ。たとえどのような気の利いた言葉であろうとも、お牧の言うように余事に違いない。

城に戻った勝三郎は、謀叛に至った真相を知るべく信宗を摑まえた。

信宗が語るにはこうである。

謙信の死後起こった跡目争いにおいて、景勝は新発田家の活躍によって勝利したといっても過言ではない。

重家は連戦連勝を重ね、重家の兄である長敦も、敵陣営を支援していた武田家を交渉によりこちらに付けるという大殊勲を上げた。

しかし戦後、直江家の出身である与板衆のみに土地が配分され、新発田家を始めとする揚北衆には何の恩賞も下されなかった。

兄の長敦が急逝したことにより家督を継いだ重家は、上杉家の宰相となった兼続に対し、一年に亘って異議を申し立てた。

恩賞が無ければ、新発田家の為に死んだ多くの家臣に、何も報いてやることは出来ないと。

しかし、重家の願いは聞き遂げられることはなかった。重家を景勝陣営に勧誘した安田顕元などは、新発田家への申し訳が立たぬと自害して訴えてくれた。それでも何一つ覆らなかった。

「銭も土地も、幾分かは余っておったのだ」

信宗はそう言う。奉行を務めていたことにより、信宗は上杉家の内情についても把握していたらしい。それでも揚北衆への恩賞は薄いものであった。

「呉れぬというなら力ずくでも奪ってやる」

信宗は義兄である重家からそう打ち明けられた時、最初こそ止めようとした。重家は自身の所領を極限まで減らし、配下の者に分け与えているのだ。我欲の為ではないことは明らかである。それを知る信宗には、重家を止める言葉が思い付かなかったという。

「五十公野殿、上杉家は羽柴の後援を受けている。いずれは……」

勝三郎の信宗への見方もいつの間にか変わりつつある。

「それでも殿は戦うだろう。私も何処までも付き従うつもりだ」

信宗は狐のように目を細めて微笑んだ。早い出世への嫉妬と、この相貌により家中より厭われてきた信宗だが、真実は何ともよい男らしい。重家もそこを見抜いて妹婿に迎えたのであろうと思われた。

翌日、勝三郎は新発田城を辞した。冬の訪れにはまだ早いようで、昨日の雪空が嘘のような蒼天である。

帰参して三日後、勝三郎は兼続に招かれた。

勝三郎が春日山に帰った時、白昼に物の怪でも見たかのように皆が驚き、その後、大きな歓声が上がった。

帰ってこなかった者は死んだか、新発田に捕まったかのどちらかである。どちらにせよ生きて会うことはもう無いと思われていても仕方ない。

皆が感喜に沸いている中、騒ぎを聞きつけ遅れて現れた兼続だけが、無表情でいるのを離れていてもはっきりと解った。

「よくぞご無事でしたな。暫くはゆるりとされるがよかろう」

兼続は感情の無い声で言った。戦にはもう出るなという意味が含まれているのであろう。

「新発田様にお会いしました」

「新発田……様？」

依然、兼続は無表情である。

女の如く美しい顔立ちで、目元も涼やかである。だがその目を見ていると、どこまでも続く深淵(しんえん)の闇を覗いているような心地になる。以前はこのようには見えてはいなかった。むしろ容姿端麗で才気溢れる兼続を眩(まぶ)しく見ていた。

「新発田様は見合った恩賞さえ得られれば矛(ほこ)を納めて下さることでしょう」

暫しの間、静寂の時が流れた。

立て付けの悪い引き戸を開ける時のような奇声を上げて兼続は笑い始め、それはやがて大きくなっていった。

「毒されたか勝三郎」

今やこの男に呼び捨てられると、身の毛がよだつ思いがするから不思議である。

「揚北衆は上杉家に必要な方々です」

「禄がかかり過ぎるわ。今の上杉家はさらに力を付けねばいかん。千石では奴ら一人、二人の加増分にしかならぬが、同程度の浪人ならば五人は抱えられよう」

「与板衆は加増の沙汰があったとか」

兼続のこめかみがぴくりと動いた。

「揚北の者どもは、口うるさくて敵わん。そして気に食わんことがあればすぐに武力に訴える。これ以上力を付けさせてはならぬ」

本音が堰を切ったように溢れ出した。表情にも若干の憤りの色が見て取れる。

兼続の言い分も解らないではない。しかしそのやり方で上杉家は今より強靭になるかと問われれば甚だ疑問である。

――それぞれ守るものが異なる為に戦になるのだ。

重家の言葉が思い起こされた。

兼続にとってもそれはあるのであろう。しかしそれは皆が思っているような崇高なものではなく、人間味が滲み出ているものであることを知った。

「これからの武家はもっと……」

「もう結構です」

勝三郎は遮った。才人を自称する目の前の男が、己の如き若造相手に必死に弁明しているのが哀れに思えてきたのである。

「まだ守るべきものすら無い私が出過ぎた真似を致しました」

話を断ち切ったが、兼続はまだ言い足りないのであろう。身をそわそわと揺すり、怨めしそうに睨んでいた。

天正十四年となった。この年に景勝は上洛して正式に羽柴秀吉に臣従した。これで完全に後顧の憂いがなくなり、新発田攻めに専念することになる。

さらに重家にとって誤算であったのは、反乱を後ろ押ししていた伊達家の当主が代替わりをすると共に支援を打ち切った。それどころか同じく援護していた蘆名家を牽制する動きすら見せている。これにより新発田勢の劣勢は明らかとなった。

それでも重家は諦めていないらしく、抗う姿勢を崩そうとはしない。何度か戦にも出たが、重勝三郎はこの「乱」の終着点を見届けたいという思いがある。

家にも信宗にも再びまみえることはなかった。

さらに年が明けて天正十五年夏、景勝は一万の軍勢を興し新発田城下に乱入した。当然、直江兼続も帷幕に侍っている。

重家のもとに秀吉から和睦を勧める使者が発せられた。重家は断固としてこれを受けなかった。激怒した秀吉は、景勝に急ぎ事態を収拾させるように厳命した。

一万からなる軍勢に対し、新発田勢は二千余である。流石に多勢に無勢で、新発田方の諸城は瞬く間に陥落していった。

その中に五十公野信宗の籠もる五十公野城もあった。

十月二十三日、信宗の家老が調略を受けて寝返ると、上杉勢がどっと雪崩込んで落城した。信宗は僅かな手勢で最後まで戦った。信宗は寝返った家老の兵に刃を受け重傷を負うも、城奥まで撤退し、そこで妻と共に果てたという。

残るは重家の籠もる新発田城のみである。兵も七百ほどしか残っていなかった。

ここでも景勝は降伏の使者を送った。

――城を出て降伏するならば赦すべし。

といった内容のものである。

重家はこれを一笑に附してはね除けた。

十月二十八日、この日は未明から降り出した雪が止まず、新発田城下は薄化粧を施したかのように白く染まっていた。

陽が中天に差し掛かる頃、何重にも厳重に包囲された新発田城が突如騒がしくなった。すわ戦かと皆が身構えたがそうではない。どうやら宴を開始したようである。襖を開け放っているのであろう。楽しげな笑い声や、歌の調べが城下にまで届いてきている。

「重家殿……」

届くはずはないのだが勝三郎は呼びかけた。そして念入りに具足を改め、馬に跨り、その時を待った。

「気の小さいことだ」

同輩達は勝三郎を小心と見て笑った。

――間もなく来る。

勝三郎はそう直感している。恐らく重家は今日死ぬつもりであろう。

予想は見事に当たった。宴の声が収まるや否や、突如城門が開き新発田勢が打って出てきたのである。

最後まで籠城するものと決めてかかっていた上杉軍は、目も当てられぬほどの混乱を来した。

すべての支度を終えていた勝三郎は慌てふためく自陣を搔(か)き分け、新発田勢に向かって猛然と馬を駆った。

七百の新発田勢は縦横無尽に暴れ回っている。その先頭に三尺五寸はあろうかという大太刀を小枝のように軽々しく振り回す男がいた。重家である。

――あれは。

重家が乗馬(のりうま)はあの日の白馬のようである。ただ最後に見たときと大きく異なっている部分がある。鬣(たてがみ)と尾が血を振りまいたかのように深紅に染まっているのだ。

「染月毛(そめつきげ)……」

実際には見たことがなかったが話に聞いたことがあった。茜(あかね)などの染料を刷毛(はけ)で塗って染めた馬をこのように呼ぶ。己の活躍を際だたせる為に稀(まれ)にそのようにする者がいるのだ。

重家は自身が生を終えようとするときに、虚栄心を満たすため異容を誇る類(たぐい)の男ではないことを勝三郎は知っている。

「新発田殿！」

重家に向かって大音声で呼びかけた。

「勝三郎か」

舞い散る雪を借景に、重家は呵々と笑いながら答えた。彼の最期を彩るが為に、天が降らせているのかと錯覚してしまうほど絵になる男振りである。

「見事な山茶花ですな」

「よく見た。流石にもう枯れ果てたのでな」

勝三郎は槍を小脇に構えた。このまま突進するつもりである。

「頂戴仕る」

「それでよい。守るべきものは出来たか」

勝三郎はもう何も答えなかった。一心不乱に突撃してゆく。重家は周囲が遮ろうとするのを一喝すると、こちらに馬を向けた。

二頭の馬が重なり合う刹那、けたたましい金属音が耳朶を揺らし、鉄の匂いが鼻を劈いた。

気がつけば勝三郎は馬から振り落とされ大の字になって天を仰いでいた。睫についた雪の結晶の奥に、見下ろす重家の姿があった。

「まだ見つかりませぬ」

「ならばもう暫く生きてみよ」

重家はそう言い残すと、勝三郎を置き去りにしていった。急いで躰を起こしたが、駆け去った重家の背はもう小さく、白い景色の中に溶け込んでいった。

逆光で表情ははっきりとは見えなかったが、重家はやはり笑っていたように思う。


それから間もなくして重家は世を去った。

七百騎が十数騎まで討ち減らされると、最早これまでと見たのか敵の中にいた親族、色部長真の陣に駆け入ると、

「一族の誼で首をくれてやる」

と声高に叫び、鎧を脱ぎ去り真一文字に腹を割き果てたという。

これにより足掛け七年に亘った「新発田重家の乱」は収束した。

十三年後、会津に移封された上杉家は再び苦境に立たされる。秀吉の死後起こった勢力争いで、天下一の大国を治める徳川家康と対峙することになったのである。

他国衆の一人が、家康陣営に「謀叛を企んでいる」と訴えたのだ。兼続が新しい人材を集めることに固執したため、長年付き従ってきた者の中にはこのように不満を持つ者も少なくなかった。

兼続は徳川家に挑戦状を叩き付け、奮戦するも関ヶ原で味方が敗れると降伏した。戦の後、領地は四分の一に減らされる苦難に陥ったものの、兼続は家臣を召し放つことはなか

った。その胸中は計り知れないが、重家と被るものがあったのではなかろうか。

勝三郎は重家が死ぬと上杉家を辞した。

それまで貯めたものや、家財を売って銭を作ると、名を伏せて届けさせた。宛先はあのお牧である。今更という迷いと葛藤はあったが、重家がお牧と交わした約束を果たしたいという思いがそうさせた。

その後、勝三郎の足取りはよく分らない。肥後細川家に仕え、承応二年に死んだことは事実である。齢八十を超えての大往生であった。

子孫は代々細川家に仕え、明治を迎えても家従として付き従った。記録を見るに、妻を迎えたことも、実子があったことも間違い無い。彼にも守るべきものが出来たらしい。

（「オール讀物」二〇二二年三・四月合併号）

供米（くまい）

米澤穂信

【作者のことば】

誰についての話でしたか、物故作家の未発表原稿が見つかり刊行されるというニュースを目にした時、ふと抱いた感慨からこの小説が始まりました。記念になりそうなことがあった時は当日の夕食に材を取った短篇を書くことにしていまして、この小説も、さる受賞の記念です。実際には鮨を食したのですが、「供え鮨」では面白すぎるのでこのような題をつけています。

米澤穂信（よねざわ・ほのぶ）　昭和五十三年　岐阜県生

『氷菓』にて第五回角川学園小説大賞ヤングミステリー&ホラー部門奨励賞受賞

『折れた竜骨』にて第六十四回日本推理作家協会賞長編及び連作短編集部門受賞

『満願』にて第二十七回山本周五郎賞受賞

『黒牢城』にて第十二回山田風太郎賞、第百六十六回直木三十五賞、第二十二回本格ミステリ大賞受賞

近著――『栞と嘘の季節』（集英社）

畏友小此木春雪（おこのぎしゅんせつ）の遺稿集が世に出た。北原白秋（きたはらはくしゅう）の妥協なき造本と透徹した美意識にはさすがに一歩を譲るが、春雪もまた、本の美しさというものにはこだわる男であった。だのに『空色の楽園』と名づけられたその詩集は、意味ありげでその実ありきたりな題も含め、さして目を惹（ひ）くような本には仕上がっておらず、私は首を傾（かし）げずにはいられなかった。詩人という船頭がなければ本はこのようなものになるかと思えば、いまさらながらに春雪の早逝が惜しまれてならなかった。

造本ばかりでなく、肝心の詩文もまた、斯界（しかい）を戸惑わせた。工夫のない活字で組まれた詩は、ところどころに春雪らしい言葉の重みもなくはなかったが、かのおそるべき練磨からはほど遠く、どこかしら弛緩（しかん）したものであったからだ。

　　二つ輪

テエブルに二つの輪染み
ひとつは汝（な）が生活（くらし）の証（あかし）なり

ひとつを我が形見に遺し置く
汝が見ぬ間に湯呑をテエブルに捩じつける
（後略）

そもそも春雪は、こうした日々の起き伏しのようなものはほとんど詩に書かなかった。だが、病み衰えた春雪の意識の変化が詩風に表れたと思えば、これはそれほど不自然ではない。私が不審でならないのは、たとえばこの詩の三行目、「形見に遺し置く」という言葉である。形見を遺すという言いまわしはあるが、形見ならば遺すのが当たり前なのだから、言葉を削ること鬼の如き春雪ならば「ひとつは我が形見」、あるいは「ひとつを遺す」としそうなものだ。語調が合わぬというならば、前の一文を整えればよい。上田敏先生が『空色の楽園』を手に取り、数編に目を通すや本を閉じて嘆息し、一言も発しなかったという噂を聞いた。これは所詮ただの噂であったらしいが、そういうことがあっても然るべきと思わせる緩みが、春雪の遺稿集にはあった。春雪が生きて世にあるならば、自らの詩がこのような形で世に出ることを許さなかっただろうとは、たしかに言えた。

春雪の遺稿が上梓されたのは、彼の細君加代子夫人の意向が強く働いたという記事が東京日日新聞に出た。このため斯界には、亡夫の第二等の仕事を世に晒して銭に換えた悪女であると加代子さんを誹る声も上がった。私は加代子さんのことも少し知っているが、およそ、そうしたことをしそうな人ではない。だが小此木夫妻が帝都を去ってから後のこと、春雪没後の加代子さんの暮らしぶりは詳しく知らないので、苦しい生活が人の心を変えてしまったのかもしれぬとは思った。そこで、一つは抗議のため、一つは加代子さんの心づもりを見極めるため、私は、かつて葬儀のために訪れた春雪の故郷中津川を再び訪れた。この文章は中津川再訪の顚末を記すためのものである。

著者の名前を伏せるのは卑怯であるという誹りは、甘んじて受けるつもりである。私が自らの正気を疑われることをおそれ名を伏せた心理も、最後には理解してもらえるだろうと思う。

中津川再訪について書くには、まず、春雪の人間について書かなくてはならない。

小此木春雪はおよそ詩人らしくない男であった。トルコ帽をかぶり半コートを着込んだ萩原朔太郎の気障や、風呂敷に原稿用紙と石鹼を包んで持ち歩いた室生犀星の無骨に比べると、春雪はその意味ありげな雅号に反して、月給取りとしか受け取れぬ、至極まともな恰好を一年中貫いていた。詩作を志す者同士として初めて彼に会った時、私は、こんな十人並みの男が詩人でなどあるものかとてんから彼を馬鹿にした。後に彼と友情を結んでから、酒の酔いにかこつけて君の衣服の当たり前さが気に入らんと言ってやると、春雪はむっとした風もなく言い放ったものだ。

「世間並みの恰好しかしないというのは、君、服なんぞどうでも構わないと心底から思っている証だよ。好んで襤褸を着こむような連中ほど、見てくれの御利益を信じているものさ」

この春雪一流の御高説に従うなら、春雪は家屋敷にも一切のこだわりも持たないらしかった。田端の一角に一軒家を借り、春雪はそこに細君とふたり暮らしていた。これがおよそ特徴らしい特徴のない家で、高村光太郎のアトリエの窓を飾った赤いカーテンが、詩人らしいかはともかく何者かの家であるという風格を漂わせたのに比べると、春雪の家はまったくつまらぬ、陋屋からも豪邸からもかけ離れた、どんな些細な代わり映えも願い下げだという強固な哲学さえ感じさせるほどの、ただの家であった。

春雪はまた、食にも意を払わない男であった——少なくとも私は、そう思っていた。春雪があまりに白飯ばかりを好むから、これもまた世間並みであることで無関心を表すという、春雪流の仕方なのだろうと思っていた。ただ、これには少し勘違いがあった。

いかなる場合においても、春雪は決して、白飯に何かを乗せることはなかった。沢庵でも柴漬けでも、豆腐でも納豆でも、梅干しでさえも、かれは意固地なまでに飯に触れさせようとしなかったのだが、私はそれをある種の行儀作法なのだろうとのみ考えていた。ある日、新宿のいんちきな酒場で春雪と痛飲した折のこと、誂えれば鮨も出すと聞いた私が面白がっていくつか握ってもらおうと言い、春雪にも勧めると、春雪は彼の得意であった憂いと照れのある笑みを浮かべて、

「僕は鮨は食わんのだ」

と言った。衛生からかけ離れること月の如く、潔癖で知られる鏡花(きょうか)先生なら寄りつきもせぬような場末の店であったから、ここでは食う気にならんというのなら話はわかる。だが春雪は、鮨は食わんと言ったのだ。

「鮨は嫌いか」

「嫌い、か」

春雪はさすがに詩人らしいところを見せて、少し言葉を選んだ。

「嫌いではないな。憎いのだ」

「穏やかじゃない。饅頭(まんじゅう)怖いの類(たぐい)じゃあるまいな」

私がそう揶揄(やゆ)すると、春雪はさっと頬を赤くした。

「僕は嘘(うそ)を言わない。憎いと言ったなら、そのまま受け取ってくれ」

さすがに私は自らの非を悟り、

「知らなかった。許してくれ」

と詫(わ)びた。春雪はすぐ恥ずかしそうに俯(うつむ)いて、

「いや、僕の方こそ」

などと、覚束(おぼつか)ないことを言った。

帰り道、花園稲荷(はなぞのいなり)の境内に立ちよって、ふたり夜風に吹かれて酔いを醒(さ)ました。春雪は鮨の一件以来もの静かだったが、酔歩のうちに、こんなことを言い出した。

「今日は済まなかった。僕はどうにも、飯に混ぜ物をしたり、菜(さい)を乗せることは受け付け

んのだ」

　私は酒場でのいさかいなどほとんど忘れていたから、思い当たるまでに時がかかった。

「なんだ、そんなことを気にしていたのか」

「気にもする。君が悪気で言ったのでないことは、わかっているんだ」

「話があるなら言いたまえ」

　春雪は長息し、月を仰いだ。

「僕は中山道(なかせんどう)の、家名だけは高いが豊かでない……いや、没落し、貧窮した家の生まれだ。物心ついた頃から、飯とは粟(あわ)や稗(ひえ)や麦で嵩(かさ)増しするものだった。初めて白米を口にした時の、これで貧から抜け出したという悦(よろこ)びは、たぶん君にはわかってもらえんだろう。非純粋の飯は僕にとって、詩に出会う以前の薄暗がりを思い起こさせるのだ。僕はこの執着を恥とする。だから片意地を張った。気取ったわけではないのだ。許してくれ」

　たしかに私は、白飯にこだわる心理を本当のところで理解することは出来なかった。私は神奈川の商家の息子で、飯が白いのは当たり前だったから、かえって春雪の執心はわからなかったのだ。ただ一方で、飯は白をもって良しとする考え方を、春雪が思っているらしいほど奇矯とも思わなかった。

「君が知っているか知らんが、人形町(にんぎようちよう)に玉(たま)ひでという軍鶏鍋(しやもなべ)屋がある。軍鶏鍋の卵とじを丼飯に乗せて出してくれと客に望まれた時、客が勝手にかけるならいざ知らず、店で汁かけ飯みたいなものを出せるはずがないと言って、献立に載せなかったそうだ」

「…………」

「君は執着を恥じると言ったが、飯に菜を乗せることを嫌うのは、世間並みにある話じゃないか。それで鮨も嫌うというのは聞かないが、あり得ることだ。からかった僕もまずかった。仲直りしよう」

春雪のかたくなな頬に、安堵が浮かんだ。

「そういうこともあったか。少し、気が楽になった。ありがとう」

だが私は――まだ若かったので――もうすこし春雪をからかってやりたくなって付け加えた。

「いつか君が筆一本で栄耀栄華を極め、奢侈に溺れる日が来たら、僕は鮨を持参して君に昔日を思い出させるとしよう」

春雪は苦笑いをした。

「そんなことをしてみろ。誓って、化けて出てやる」

だが春雪は、いかに筆名が上がっても、それで驕るということはなかった。慢心して義理を忘れたという評判が立ったことがあるが、とんでもないことだ。慢心や不義理ほど、春雪から遠い言葉もない。知られた話ではあるけれど、私の目から見た経緯を記しておこう。

初めての詩集『斧琴菊』が世に好感を持って迎えられると、春雪には寄稿の依頼が引きも切らずに舞い込んだ。春雪は「スバル」に書いたし、「中央公論」にも書いた。これが誹謗の種となったのだ。

Aという詩人が言うことには、春雪はAが主宰する同人雑誌に書くことを約しておきながら、大雑誌から声がかかると一も二もなく飛びついて遂に原稿を届けなかった、これは金と名誉に目がくらんだ俗人の仕方だというのだ。この讒言に対し、春雪は沈黙を守った。それで世間では春雪に非があるということになったが、田端の家を訪ねた私に対して、春雪は胸のうちを明かしてくれた。

「僕は約束を守る。いやしくも詩人として、口に上して誓った言葉を守らぬということはない。それでは人生が窮屈でならないから、僕は滅多なことでは約束をしないのだ」

春雪は、一言一言を絞り出すように続けた。

「だから、Aから詩が欲しいと言われた時、世間一般の礼儀として断固撥ねつけもしなかったが、書くという約束も、決してしなかった。だがそう言えばAが恥を掻くから、僕は何も言わない」

「だがそれでは、君が恥を掻く」

「掻いておくまでだ。Aの噂なぞを信じる連中に蔑まれて、こたえるような僕ではない」

私は、春雪の言や良しと思った。だがそれでも一つ、問わずにはいられなかった。

「それにしても、なぜ君は『中央公論』や『スバル』に書いたのだ」

すると春雪は、当たり前のように言った。

「それは稿料がいいからだ」

「すると君は稿料で雑誌を選んだのか」

　春雪はどこまでも涼しい顔をしていた。

「僕は、詩が載るならば『スバル』でも『詩歌』でも『小學生』でも、一向に構わんのだ。一向に構わんから、稿料で選ぶ。僕はこの世に特別なものを詩のほかに持たない、詩をもってしか人と関われんという身勝手な男だが、それで加代子に寒い思いはさせたくない」

　人を思うということを、おおっぴらに言葉にすることの少ない時代だった。あからさまな言葉に、私は言い返す言葉を失った。とはいえ、加代子さんが席を外していたから言えたことではあっただろう。春雪は煙草をふかし、それを揉み消して、話を続けた。

「『スバル』に書くのはけしからんがＡに書くのは天晴れだなどというのなら、これほど金と名誉にこだわった物の言い方もあるまいよ」

　私は春雪のために、彼の哲学を危ぶんだ。私は春雪の理屈を呑み込めるが、世間、なかんずくＡは承知するまいと思った。この頃、私は自らの詩を諦め、さる銀行に職を求めていた。春雪に言ったことはなかったが、それだけに私は、春雪の詩業の大成を心から願っていたのだ。初めての詩集が好評を得たというのに、やっかみ半分のくだらない噂に足をとられるようなことがあっては私が困る。そこで私は二人の間に立とうと考えた。

「君の言うことは正しい。だがそれでは、Ａは収まるまい。ここは一つ、Ａにも原稿を届けてはどうだろう。こう話がこじれては君らを会わせても火に油を注ぐようなものだから、原稿のやり取りは、僕が請け負う。君としても面白くはないだろうが、古い因縁の清算だと思ってはどうだろうか」

春雪は暗い目をしていたが、不意に笑顔になった。

「清算か。君は銀行に勤めるようになって、そういう言葉を使うようになったのか」

僕は腹を立てた。

「君を思えばこそ仲立ちをしようというのに、君はそうやって僕を馬鹿にするのか」

すると春雪は目を丸くした。

「馬鹿になどするものか。君の言葉を馬鹿になどしない。僕はただ、僕の字引にない言葉を君が使うのが嬉しかったのだ。清算か。字は美しいのに、意味するところは妙に生々しい。どこかで使いたくなる言葉じゃないか」

そう言うと矢も楯もたまらない様子で万年筆を執ると、春雪はそこらに落ちていた反故に「清算」と書きつけ、そして、居住まいを正した。

「わかった。君の言うことも、わからんではない。Aに書く約束はしなかったが、いま、君に約束しよう。必ず書く」

私は春雪の言葉の峻厳さに、今更ながらに圧された。春雪の将来のために言ったのだが、とんでもない間違いを犯したような気がしたものだ。春雪が一編の詩にどれほどの心血を注ぐか、私は知っていた。春雪は十の詩を作ればそのうちの八を捨て、残る二の詩から、言葉を半分削ぎ落とす。詩は短ければ短いほど良いなどという単純な考え方のゆえではなく、決して揺るがぬ大岩のような重みを言葉に持たせるにはそうするよりほかないというのが、春雪の仕方だったのだ。そのために春雪は寝食を忘れ、人たることを忘れ、命を削っていた。それを誰よりも承知しながら、たかだかAがうるさいからという理由で、私は詩を作れと言ってしまった。

だが、それでAの同人雑誌に掲載された〈清算〉が春雪の代表作の一つになるのだから、詩とは、世間とは実にわからないものだ。Aは間もなく雑誌を畳んだが、春雪の評判を妬んで気が塞いだためというのがもっぱらの評判だった。あの詩の誕生に私が関わっていたことは、今日に至るも、私の喜びである。

訃報が届いた頃、私は銀行の監査役心得として多忙な日々を送っていた。去るものは日々に疎しとは言うが、春雪が病気療養のため東京を去ってから三年にもならないというのに、私は彼の病気がそれほどまでに改まっていたことさえ知らなかった。

春雪には喘息の持病があり、たしかにときおり、内臓を吐き出しそうなほどに激しい咳をすることがあった。しかしごく稀なことでもあり、それが命取りになるほどだとは、私は夢にも思っていなかった。私は、何年か養生すれば春雪は戻ってくるのだと信じて疑っていなかった。いや、やはり私は、自分の仕事の忙しさと面白さに追われて春雪を、詩を忘れたのだ。その報いは、友の死を告げる一枚の電報だった。

私はすぐさま休みを取った。春雪の故郷中津川まで、塩尻から下っていくか名古屋からまわるか迷ったが、旅慣れないなら東海道がよかろうと勧めてくれる人があって、落成したばかりの東京駅から汽車に乗った。箱根(はこね)の関も白河(しらかわ)の関も越えたことがなく、ゆくゆくは春雪と連れ立って諸国の名跡を吟行するのも楽しかろうと悠長に構えていた私が、こんな形で関東を出るとは思いもよらないことだった。汽車には、とうとう春雪がこの世で出したただ一冊の詩集となった『斧琴菊』を持ち込んだが、頁(ページ)をめくるごとに気がふさぎ、懐かしい思い出が甦(よみがえ)るばかりで、横濱(よこはま)も過ぎないうちに私はそれを閉じてしまった。

冬だというのに車窓から見える遠州灘(えんしゅうなだ)はうららかで、私に、しあわせだった頃を思い起こさせた。春雪が死んだ——私はおそらく、葬儀に向かう汽車の中にあってさえ、その事実を呑み込んではいなかったのだと思う。私は東海道を辿(たど)って、春雪に会いに行くような心持ちでいた。

かつて春雪は私に向かって、なぜ詩を作るのかと言った。私はこう答えたはずだ。

「僕は法学をやろうと思っていたんだが、学校の友人にたしなめられてね。法律なんかいつ変わるかわからない、そんなものに振りまわされるよりも文学をやれよ、筆一本で永遠に残ると言われて、そんなものかと思ったんだ」

すると春雪は鼻白んで、吐き捨てた。

「なんだ、そりゃあ。夏目(なつめ)先生の頂きじゃないか。先生が建築をやると言って学友に文学を勧められた話を、君は知らないのか」

「いや、もちろん……知らなかったわけじゃないが」

知っていたが、我が身にかけられた言葉と似ていることには気づいていなかった。するとあの友人は、ただ大漱石の話を模倣しただけだったのだろうか。詩をやるのだと決めていたはずだったが、急に心の土台が揺らいできたような気がした。春雪は私の動揺を見て取ったのか、気まずそうな顔をした。

「なに、きっかけなどどうでもいいのだ。永遠の芸術のために書こうが食うに困って書こうが、友人にいっぱい食わされて書き始めようが、詩は詩だ。僕は君の詩が下手だと思っているが、それでも不思議と好きだから、その友人という人には感謝をするべきかもしれん」

「言ってくれる」

「まあ怒るな。せんに載ったものは、まあ読めたよ」

たしか、場所は春雪の家だった。酒は私が持参していた。加代子さんは在宅だったはずだが、春雪は、

「僕たちが飲むのに、手を借りるには及ぶまい」

と言って台所に行くと、素焼きの小皿に塩と味噌を盛ってきた。『斧琴菊』が上梓される前で、春雪は金に詰まっていたのだ。それでもほかに何かあっただろうとは思うが、世間並みでない肴が出るのは少し嬉しかった。あの夜の酒は旨かった。私は訊き返した。

「君の話も聞こうじゃないか」

「うん、なんだ」

「君はなぜ詩を書こうと思った」

　春雪は苦笑いした。

「藪から棒にと言いたいが、僕が訊いたことだから仕方がない。あんまりつまらない話だが、まあ、君に笑われるなら仕方がないだろう」

「笑わないさ」

「笑ってもいいと言っているんだ。まあ、さておき、どこから話したものかな。僕の母という人は、不しあわせな人だった」

　気負わぬ様子で、春雪はさらりと切り出した。

「嫁ぎ先と相性が悪く、体が弱くて、運がなかった。がんぜない嬰児の頃はともかく、物心ついてよりこの方、僕は母に守られた覚えがない。むしろ、母を守らねばとばかり思っていた。だが僕がまともに育つまで、母の体はもたなかった。とうとう病みついたかと思うと、ひと月も経たないうちに死んでしまった」

「それは……気の毒な話だ」

「まったく気の毒な話だ。どこにでもある、気の毒な話だ。だが僕は、父も祖父母もあまりに母を悼まないので腹が立って、この三人の分もまとめて悼んでやろうと思った。江戸の世なら孝子とも呼ばれたろうが、明治の聖代では、男子にあるまじき惰弱とも言われるだろう」

　私はそう思わなかったが、口は挟まないでいた。春雪は私に質問をした。

「ねえ君。愛する者が失われた時、遺された者が一番に願うことを知っているか」

「それは、宗門にもよることだが、冥福だろう」

春雪はにこりと笑った。

「そんなものは二番目か三番目か、もっと下だよ。心に嘘をつかずに考えてみたまえ」

「僕には見当もつかない。いったい何だというんだ」

「決まっているだろう。もう一度会いたい、それ以外に一番はない」

私は言葉を失った。

「道理に反している」

春雪は酒を飲んだ。

「そうかな。僕は、最も天然自然の感情だと思うのだが。天然自然の感情を道徳で覆い隠して、君は一体、何を詩に作るつもりなんだ」

また春雪は酒を口にした。

「とはいえ、僕も母が還（かえ）らないことは知っていたから、僕が母からもらった二つのもの、つまり命と詩才の二つでもって詩を作ることにした。僕が詩を作るのは、母の記念碑の建立であり、招魂（たまよばい）なのだよ」

私は少し考え、言った。

「それではあんまり個人の思惑過ぎはしないか」

「個人の思惑で作らずに、君は一体、何で作るつもりなんだ」

そう言うと、春雪は味噌を指ですくい取って舐（な）めた。

思えばあの日、私は自らの詩才に見切りをつけたのだという気がする。春雪の言い分はまったく是と出来ないものであったが、それを肯定できないのが私の限界だと悟ったのだ。塩と味噌で酒を飲みながら、私は、私には理解できない小此木春雪よ、君はどこまでも飛んでいくがいいと思っていた。僕は地上にあって、それを見上げよう。

あれから、世は明治から大正に移った。春雪はもう飛ばない。

いつしか私はまどろんでいたらしく、気づくと汽車は名古屋駅に着くところだった。鉄路はここから東へと折り返していくが、その日は名古屋に宿を取った。

古道沿いに数軒の宿があるばかりの鄙びた宿場町ではあるまいかと想像していたが、これも鉄路の恩恵か、中津川は存外栄えていた。

駅長に春雪の家を問うと、小此木商店なら街道沿いに行けばわかると教えられた。商店とは頷けない話だ、そこではなかろうと重ねて問うと、葬式ならそこで間違いないと言う。半信半疑ながら、私は中山道沿いに歩いた。果たして、小此木商店はあった。構えも新しく看板の文字は大きく、店先には葬式らしい設えがしてあった。春雪は中津川で商売を始めたのか、それとも加代子さんの手配りかと訝りながら店先の小僧さんに弔意を伝えると、みなさまお着きですと言われた。

詩人小此木春雪は、これからの人であった。言い換えるなら、その詩業は未だ、広く知られるには至っていなかった。だが春雪の葬儀には、白秋が来た、朔太郎が来た、山村暮鳥もはるばる来ていた。水野葉舟などは心霊学に傾倒しているだけあって、まだこのあたりに小此木君がいる気がする、亡魂を呼ぶ術があればと呟いていた。私は詩壇にこそ知り合いがいるものの歌壇や文壇には伝手がなく、言葉を交わしたことのない相手ではあるが、この人が来るかと思うような文人も来ていた。友がこれほど認められていたのかと思うと、私はふと、誇らしさと、筋道の通らぬ嫉妬を覚えたものだ。

肩幅の広い小男に、

「君、下足はわかるように置きたまえ」

と言われたので、葬儀を手伝う土地の人かと思ったら、これが犀星だった。春雪とは親しかったのかと問うと、犀星はむっつりと返してきた。

「いや、詩の上ですれ違ったことがあるだけだ。手が足りぬというから仕方があるまい」

つくづく人のいい男だとは思ったが、故人との関係で言うなら下足番なぞは私の役目だと思ったので、

「替わりましょう」

と言うと、犀星は首を横に振った。

「頼むと言いたいが、まずは細君に挨拶を」

もっともな話なので、一礼して、私は家の奥に加代子さんを探した。

加代子さんは一分の隙もなく喪服を着こなし、必要程度のかなしみを目の上に漂わせて、私を迎えた。私は悔やみを言い、加代子さんは礼を言った。当たり前の、どこまでも当た

り前のやり取りだった。春雪は棺の中で、長患いの病人らしくこけた頬をして、目を閉じていた。焼香も念仏も、当たり前に進んでいった。詩を別にすれば万事に興味関心がなく、それだけに万事を世間並みに済ませることを良しとした春雪らしい、何ら変わったことのない葬儀だった。だが意外なこともあった。加代子さんは、私に挽歌を頼んだのである。詩人を挫折した男が、これだけ詩人文人が会する前で何が言えるだろう。しかし断れば別の誰かが何かを詠むだろうし、それがいかに上出来でも、いや上出来であればこそ私は悔いると思い、私は何とか言葉を連ねた。

友よ君は詩神を愛することあまりに純粋で
それゆえに詩神は君を拉し去った
今や天上界の人たる友よ再会の日をしばし待て
昔日のように君の詩を聞いて君と酒を酌み交わそう

会葬者は、春雪の詩業が半ばに終わったことを惜しみつつ帰っていった。私は二、三日当地に滞在して加代子さんを手伝おうと思ったが、加代子さんは手配りのいい人で、これといって私の出番はなかった。春雪の話から推して当地の小此木本家と加代子さんの折り合いが悪いのではと心配したが、私の見る限り加代子さんは大切にされていないにせよ疎略にも扱われておらず、日ごとに本家からの手伝いが来ては、用を聞いていく様子だった。

これならば加代子さんの暮らしにも支障はあるまいと胸を撫で下ろし、私も東京に戻ろうと、辞去を伝えに小此木商店を訪ねた。

店は喪中で閉めている。勝手口で案内を乞うと、お手伝いらしき女性が出て、表にまわるように言われた。これから初七日、四十九日と法要が続くが、その日のところ加代子さんは縞柄の地味な袷姿だった。応接間で、私は加代子さんと火鉢を挟んで差し向かいになった。私は加代子さんという人を、まじまじと見たことがない。春雪が気を悪くするのではないかと思ったからだ。ただ、一見してどこかか弱げであるのに、目元に不思議と意志の力がある人だという印象だけを持っていた。

「僕もそろそろ東京に戻ろうと思います。何か困ったことがあったら、郵便でも電報でも、連絡してください」

加代子さんは頷き、

「あなたさまには大変お世話になりまして、御礼の申し上げようもございません」

と、囁くような小声で言った。

長居する用事もないので、私は早くも腰を浮かしかけた。

「では、どうぞあまりお力を落とされませんよう」

しかしそんな私を、加代子さんが思い切った様子で引き留めた。

「お待ちください。……どうか、お待ちください。今日まで迷っていましたが、お知恵をお借りしたいことがございます」

用意をしていたのか、加代子さんは私の返事を聞く前に袂（たもと）に手を入れ、一枚の紙を取り出した。

「春雪の、そう、遺稿でございます。最期まで使っていた枕の下にありました」

私は思わず居住まいを正した。

春雪が当地で療養に入ってからどのように暮らしていたのか、私は加代子さんに尋ねる機会を持てずにいた。手伝いが来ているとはいえ、席次決めから花屋への支払い、役所への届け出までおおよそ一人でこなしている加代子さんに、そんな時間はなかったのである。

春雪に遺稿があるとは、知らなかった。

私は、そっと手を差し出した。

「拝見してもよろしいですか」

「是非」

紙は、折りたたまれた原稿用紙だった。

春雪の字はいつも四角四面で、活字のように整っているとまではいかないが、およそ癖のない字だった。春雪の考え方に従えば、字の巧拙など詩には関わりがないから、世間並みの字を書くということにもなろうか。しかし、その原稿用紙に並んだ文字は大きく崩れ、ミミズの這（は）ったようとはこのことかと思うほどに拙かった。私は、春雪の痩せこけた顔を見た時よりも、この文字を見た時に、春雪は死んだのだと悟った。春雪は、病み、苦しんで、弱りきり、そして死んでいったのだ。

文字は、それでも判読できた。

（無題）

僕はあわれな物持ちだ
此れよりほかに
為す術がない

これは詩だ、と直感した。練り上げられる前の、ほんの思いつきの、春雪らしくもなく技巧のない――だが、これは詩だと思った。

途方に暮れたように、加代子さんが言う。

「何を指した言葉なのか、わたしにはわかりかねるのです」

「僕にもすぐにはわかりませんが……一つだけ、お伺いしたい」

「わたしにわかることでしたら」

私には、この中津川で、どうしても知りたいことが一つだけあった。だが、それを尋ねる機会がなかったのだ。いまこそ、それを訊くべき時だった。

「小此木君は、詩を続けていたのでしょうか」

加代子さんは、ぽつりと答えた。

「はい。作っておりました」

「加減が悪かったとは思いますが」

「それでも、春雪は作っておりました。黙考もままならない体で文机にしがみついて、一文字一文字、書いておりました。何を切らしてもインクと原稿用紙だけは切らさぬようにと、何度も繰り返して言っておりました」

「それをお止めにならなかったのですか」

最期まで春雪を支えた加代子さんを、批難する気はさらさらなかった。しかし私はどうしても、療養に専念すれば春雪は命を長らえたのではないかと思ってしまうのだ。

加代子さんは首を横に振った。

「詩をよして生き延びたいと、春雪が思うでしょうか」

返すべき言葉が、私にはなかった。

加代子さんは静かに言葉を継いでいった。

「あなたさまがあまりに春雪を酒に誘うので、お恨みした日もございました。春雪はあまり、酒に強い方ではございませんでしたのに。でも、わたしが御酒を控えてはと言いますと、春雪はこれも詩作だと返すのです。友と交わり、良き酒を飲み、憎み合って論を戦わせる、これも詩作なのだと。わたしは……あなたさまが、春雪にとってただ一つ特別だった詩のうちに数えられたあなたさまが、羨ましかった。ですがあなたさまは春雪に挽歌を作ってくださいましたから、積日の鬱憤も、いまは晴れました。あなたさまなら、わかって頂けると存じます。春雪は最期まで詩を作り、死んでゆき、本望であったと思います」

「……心中、お察しします」

「いえ。わたしも、詩人小此木春雪を愛しておりましたから」

その言葉を聞くまで、私は加代子さんが春雪を雅号で呼ぶことに気づいていなかった。春雪は、本名を小此木亘という。だがこの家にあっても彼は亘ではなく、春雪だったのだ。

私は、原稿用紙を二人の間に置いた。

「ほかに小此木君が遺した詩があれば、拝見したいのですが」

加代子さんは、そっと首を横に振った。

「春雪は、誰にも見せるなと言っておりました。あれだけ言葉を直す人でしたから、無理もございません。いまとなっては春雪の遺言ともなったわけでございますから、その通りにしたいと思います」

惜しい、と思った。目と鼻の先に春雪の詩があるのに、一目見ることもかなわないのだ。惜しくないはずがない。だが、見せろと迫るには、私は春雪の友人であり過ぎた。亡友の細君を、喪も明けないうちから困らせるなど、出来るはずはなかった。

私は改めて原稿を見た。物持ちという言葉が気になった。言うまでもないが分限者、有徳人、財産家……平たく言えば、金持ちのことである。

「小此木君は、物持ちでしたか」

愚かな質問ではあったが、何も考えずに口に上したわけではない。私は、この店のことが気になっていたのだ。まだ真新しいこの店を、誰が開いたのか。加代子さんは、私が聞きたいことを汲み取った。

「いいえ。この店は、春雪が印税の残りを注ぎこみ、残りは小此木家の信用で借り集めたお金で開いたものです。この店のほかに財産というものはありません」

「この店は、小此木君が開いたものでしたか」

加代子さんは頷いた。

「春雪がどこまで申したか存じませんが、わたしはこれでも佃の荒物屋の娘ですから、商いも少しは見憶えています。鉄道のおかげで町は広がるだろうから、荒物屋は必要があるはずだろうと春雪が言いまして、わたしはどうかと思ったのですが、春雪はとうとうこんな店を拵えてしまいました」

そこまで言うと、どうしてか、加代子さんが少し笑ったように私には見えた。

「おかげで、わたしも世間並みに生きてゆけそうです」

春雪が自らの没後に細君が暮らしていく手段まで考えていたというのは、少し、思わぬことだった。ともあれ、物持ちという言葉が春雪の財産のことを言うのでなく、春雪が当地でも詩作を続けていたというのであれば、文章の意味はほぼ汲み取れる。

私は言った。

「これはやはり、詩のことでしょう」

加代子さんは、わからないような顔をしていた。私は重ねて言った。

「小此木君は詩才に恵まれていました。何もなくとも詩だけはあった。あなたの前だが、詩才しかない、さながらあわれな物持ちだと、彼は自分のことをそう考えた。だから作り続けるよりほかにない……。これは、そういう意味だと思います」

過去形を使わなかったのは、語調のためか、まだ死ぬとは思っていなかったからであろう。やがて、加代子さんはそっと目頭を押さえ、声を震わせた。

「そうですか。これは詩のことですか」

「そう思います。小此木君は最期まで詩人であり続けたと」

加代子さんはしかし、もう何も言わなかった。私は原稿用紙を元通りにたたんで火鉢の横に置き、立ち上がって一礼すると、中津川を後にした。


小此木春雪の遺稿集が世に出たのは、翌夏八月のことであった。

春雪に遺稿があったという報せ(しら)は、詩壇に衝撃と喜びを与えた。だが実際に本が世に出ると、その二者はどちらも次第に、失望に取って代わられた。どうも題は本屋が勝手につけたらしいという噂がまず広がり、次に、遺稿集の刊行にこだわったのは加代子さんだったという噂が流れた。私は中津川への再訪を決めた。

今度の鉄路は中央本線、塩尻越えを選んだ。前回私は穏やかな遠州灘を見ながら西下したが、今回車窓から見えるのは山また山、谷また谷であった。汽車は大勾配の山中を喘ぐようにして上っていくのだ。私は道中、私の知らない春雪について考えていた。『空色の楽園』の記事を載せた東京日日新聞を持ち込んでいて、幾度も読んだその記事を、もう一度読み直した。

〈昨年十二月に惜しまれつつ世を去った詩人小此木春雪の遺稿が名古屋の本屋詩情堂より刊行せらる、この遺稿集に就いて故人と昵懇の間柄なる某詩人は「小此木君の遺稿が世に出る機会を得たのは欣快なるも病魔の故か稍緊張に欠けるやうだ、同じ遺稿でも石川君の『悲しき玩具』とは少し差がある」と語る、また或る人は「小此木君の遺稿は本屋が無理に出したといふが余り感心しない、小此木君は自分の藝術に苛烈で、善良なる本屋が君に万一のことがあつたら遺稿を世に出さうと提案したところ、そんなことをしてみろ必ず祟り殺してやると言はれた、それほど意に染まぬ仕事だが未亡人加代子女史が亡夫の詩文なら幾許かの金にはなるだらうと運動したといふ噂もある、此れでは小此木君も浮かばれまい」と心配顔で語る。〉

私は、この記事の始めに出た「某詩人」とは誰のことだか、見当がついていた。世間知らずだが根の良い人間なので、悪気があって春雪の遺稿をくさしたのではないだろう。後の方に出た「或る人」も、おおよそ察しがついた。春雪の遺稿を狙っていた本屋が、鳶に油揚げをさらわれた恰好になったことが悔しくて嫌味を言ったものと思しく、そうしたことをしそうな本屋は、二、三人心当たりがあった。春雪は、詩に対する時を除けば、概して感情の穏やかな人間だった。汚い言葉を使えば自分の詩までが汚れると信じているかのように、度を越した言葉を使うことはなかった。その春雪をして「祟り殺してやる」とまで言わせたのであれば、それは言わせた方にも非があるだろう。

いや、それとも――郷里に戻ってから、春雪の言葉の用い方が変わったのだろうか。春雪は、人に向かって殺してやると口にする詩人になっていたのだろうか。もしそうだとしても、私は失望を覚えなかっただろう。むしろ、少し喜びさえしたはずだ。春雪の言葉は磨かれ、美しく、それゆえに僅かに、重みにかける嫌いがないではなかった。春雪自身もそれに気づいていて、だからこそ執拗に言葉を削り上げたのだ。その春雪が変わってしまい、口汚く他人を罵るような男になったのだとすれば、人間としては付き合いにくくなったかもしれないが、その詩は新しい発展を見せたかもしれないと思うからだ。

だが春雪は死んだ。

富士見を過ぎると、勾配はおおむね下りに転じる。私は富士を見ることを忘れていた。

塩尻で汽車を乗り換える。中津川に着くころには既に日が暮れており、一人暮らしの女性を訪ねるにはいささか常識を外れた時刻であったから、来訪は翌日にしてその日の宿を探した。駅長が、「小此木さんのご葬儀にいらした詩人の先生ですね。宿をお探しなら」と手配をしてくれた。

翌日早朝に小此木商店を訪ねたが、店は閉まっていた。見慣れぬ老人が留守を預かっていて、私が加代子さんの行方を尋ねると、あきれた目を向けてきた。

「盆の法事でございます。夕方にはお戻りかと」

これはまったく私の粗忽で、東京では新暦七月に盂蘭盆会のまつりをするが、このあたりでは旧暦を偲んで八月盆の習慣があるのだ。私が訪れたのは、つまりちょうど盆の季節だった。事情が事情だから無理も言えず、私は老人に自分の宿を伝え、加代子さんが戻ったら伝えてくれるようにと頼んだ。

夕方までは中津川の町を散策して過ごした。暑さ寒さも彼岸までと言うが、たしかに酷暑の時期は過ぎたようで、日の当たる場所はやはり暑いが、どうかするとふっと涼しい風の吹くことがあった。旧跡を巡る気にもなれず、私は街道沿いをそぞろ歩きした。街並みにはいまだ江戸の古風が残り、あちらに海鼠壁の倉が並ぶかと思うと、こちらでは商家がうだつの高さを競い合う。中山道は古い道であり、遠い昔は平安の都に税を運ぶべく、数多の民が行き交った道である。静寛院宮が徳川将軍家に降嫁あそばした折も、この道を通ったはずである。そして我が畏友もまた、病んだ体でこの道を歩きながら、汗を拭ったかもしれない。

日が西に傾いた頃宿に戻り、留守番からの連絡を待った。かの老人が宿に現れ、ぶっきらぼうに「小此木さんがお戻りです」と告げたのは、はや夕暮れ時のことだった。小此木商店の雨戸は、私を迎え入れるためだけに開かれていた。

春雪の遺稿で金を稼いだという話が本当なら、もしや絹でもまとって現れるのではないかと思ったが、現れた加代子さんは当たり前の木綿を着ていた。ただ、

「ようこそ。きっと、お越しになると思っておりました」

と言った声の張りや表情の柔らかさは、昨冬の加代子さんとはまるで別人であった。比べて初めてわかることだが、昨冬の加代子さんにはどこか、消えてゆきそうな儚さ、頼りなさがあった。いまの加代子さんには、こう言ってよければ、一個の人物であるという風格然としたものさえがあるようだった。女手ひとつで荒物屋を切り盛りしているのだから弱くなどいられるはずがないのは当然だが、それだけではない、内にみなぎる自信のようなものが感じられて、私はおやと思った。

私は、加代子さんの顔を見るなり、あなたは何ということをしてくれたのだ、小此木春雪の詩というものをいったいなんと心得ておられたのかと頭ごなしに決めつけるつもりで来た。しかしいざ加代子さんを前にすると、果たしてこの人が金のために春雪の詩を売り払うだろうかと訝る心が強くなる。ともあれ事の順番として、まずは春雪の仏前に案内を乞うのが先であろうと思い直した。

家と同じくまだ新しい仏壇に、春雪の位牌が置かれている。線香がともされ、仏前には茶と、薄切りの胡瓜を種に見立てた鮨が供えられ、仏飯器には麦飯が盛られていた。宗派もわからないままとにかく仏壇に手を合わせ、春雪の亡魂が安らかならんことを祈った。

昨冬火鉢を挟んで向かい合った部屋で、私たちは再び同じように座った。窓が開けられ、そよ風に簾が揺れていた。加代子さんは、畳に手をついて頭を下げた。

「よく来てくださいました。新盆に来て頂き、嬉しく思います」

私は気まずさを振り払うように言った。

「小此木君の新盆に来られたのは勿怪（もっけ）の幸いでしたが、実はそのために来たのではないのです」

加代子さんは訝し気に小首をかしげた。

「それでは、何用でございましょう。あの人は喜ぶでしょうが、はるばる東京から」

「実はこういう記事が出ています」

私は持参した鞄（かばん）から東京日日新聞を取り出し、加代子さんの方へ押し出した。件（くだん）の記事は、赤鉛筆で囲っておいた。加代子さんは新聞を手に取り、しばしそれを黙読する様子だった。

私は息を詰めて、加代子さんの様子を窺った。やがて加代子さんはそしらぬ顔で、動揺も怒りもなく新聞を畳に置くと、

「ずいぶん大袈裟（おおげさ）に書きたてられました」

と言った。

「すると、事実ではないのですか」

「わたしは、大袈裟と申しました。わたしは記事にある本屋を存じていますし、あの人と本屋が駆け引きをする様も見ておりましたが、あの人は決して、祟り殺すなどとは言いませんでした。あまり言葉の誇張がひどいようです。亡夫の詩文なら金になるだろうなどと申したこともありません」

「ということは、つまり……あなたが小此木君の遺稿を本にしようと運動したこと自体は、間違いではないのですね」

加代子さんは明確に答えた。

「はい」

「何故（なぜ）です」

私は知らず、声を高くしていた。

「遺稿を余人に見せないことは小此木君の遺言だと仰（おっしゃ）ったのは、あなたではないですか。あの詩集に載ったものは、見る者が見れば、未定稿だということは一目瞭然（いちもくりょうぜん）です。あれでは小此木君の筆名が下がる。いったいどういうおつもりで、あれを世に出したのですか」

加代子さんは莞爾（かんじ）とほほ笑んだ。

「そのことについては、あなたさまに御礼を申し上げねばと、ずっと気にかけておりました」

「私に……」

「あなたさまが教えて下さったのです。あの人の枕の下から出た文章は詩であったと。『あわれな物持ち』とは、詩才に恵まれた、詩才にのみ恵まれた春雪自身のことであると」

そう、それはたしかにそう言った。

「それがどうしたというのです」

「あなたさまの言葉を聞いて、わたしがどれほど喜んだか、あなたさまにはおわかりにならないでしょう。春雪の遺稿が誰のものであったか、あの時、初めてわかったのです」

私には、何の話かわからなかった。春雪の遺稿は詩であり、詩は誰のためにあるというものではない。詩それ自体のため、言うなれば永遠の芸術のためにあるものだ。……そうではなかったというのだろうか。春雪の、無題の短詩を思い出す。

（無題）

僕はあわれな物持ちだ
此れよりほかに
為す術がない

「此れよりほかに為す術がない……」

私はそう呟いた。加代子さんは、我が意を得たりとばかりに頷いた。

「あわれな物持ちが春雪だとするなら、春雪は、どうするよりほかに為す術がないと書いたのか、おわかりになりますか」

「詩を作るよりほかに、何もないと言いたかったのでは」

「いいえ、いいえ。『為せる事がない』のでも『何もない』のでもありません。『為す術がない』のです」

たしかにそうだった。だがそれは、病に苦しむ春雪が、言葉を整える気力もなかったからではないか。そう考えて、私は、これは頷けぬと思い至った。〈二つ輪〉の詩で「形見に遺し置く」の一文にやや語義重複の憾(うら)みがあるのとは、わけが違う。「為せる事がない」と「為す術がない」では、まったく違う。

「わたしには、あわれな物持ちがどうするよりほかに為す術がないのか。よくわかるのです」

あわれな物持ち……物持ちではあるがあわれな者は、なぜにあわれか。病んでいるからか。もっと金が欲しいからか。

加代子さんが言う。

「あわれな物持ちは、物より、金銭よりほかに人と心を通わす術がないが故にあわれなのだとは、お思いになりませんか」

「あ」

そうだ。人間には、そういうことがある。しあわせな物持ちは、金銭ずくでなく友や家族に愛される物持ちであろう。金を渡すことでしか人と関われない物持ちは、たしかに、あわれであろう。

だが春雪は金のかなしさを詩にしたのではない。自分の詩才のことを詩に作ったという読みが妥当だとするなら、どうなるか。

加代子さんは、頬を赤くして言う。

「春雪は、詩を遺しました。幾篇も幾篇も、遺稿集が出せるほど。あれは精選集なのです。外したものを集めれば、まだ一冊か二冊は出せるでしょう。この中津川で陸続と作られた詩は何の為だったか」

どこかで風鈴が鳴る。開け放たれた窓から、ぬるい風が入る。

加代子さんはふと窓の方を見て、呟くように言った。

「あなたさまが恩人だからこそ申し上げます。あの人はわたしに良くしてくれました。財産をなげうって店を開き、わたしが困らないようにしてくれました。わたしが、世間並みに生きて行けるように」

世間並みに——その言葉は、葬儀の後で加代子さんが言っていた。そして、春雪がよく言う言葉でもあった。

「あの人にとって、世間並みにすべきものは何であったか、ご存じのはずです」

もちろん知っている。私は答えた。

「そう、春雪は……詩にかかわりのない、どうでも構わないものは、世間並みにする男でした」

「では、わたしの苦衷もお察し頂けるはず」

加代子さんが世間並みに生きて行けるように手配りするのは、それが詩にかかわりのない、どうでも構わないものであったから――。

「いや、まさか、そんなことがあるはずがない。小此木君は、僕と酒を飲む時にあなたの手を煩わせまいと、自ら塩と味噌を持ってくるような男でした」

「それは、あなたさまとの酒が詩作であったから、わたしを交えたくなかったのです。わたしは詩とかかわりのない、世間並みにしておけばそれでいい存在だったのです」

「そんなはずはない」

「ええ」

加代子さんは遠い目をした。

「あの人にとって詩は、亡き母親への追悼であり、招魂でした。詩人小此木春雪を愛したわたしと結婚したのも、自らの死後に遺されるわたしの暮らしを案じて店を開いたのも、すべて、それが詩にはかかわりがないから、興味がないから世間並みにしただけのこと。わたしはずっと、ずっとそう思っていたのです。――あの日、あなたさまから、詩の解釈を聞くまでは」

春雪は中津川で、猛然と詩を作った。生涯をかけて一冊の詩集しか出し得なかった男が、この地では二、三冊分の詩を遺していった。

わたしにも、ようやくわかった。

春雪は、加代子さんに詩を贈ったのだ。東京佃の商店に生まれた加代子さんは、何も言わず中津川までついて来て、病人である春雪を看病した。その加代子さんに対して春雪が出来ることは、詩を贈ることだけだった。感謝と思慕、愛を伝えるのに、一生を詩にだけ捧げた春雪は、詩を作るよりほかに、いっさいの為す術がなかったのだ。

それは詩の純粋からは離れた振る舞いだ。余人に見せることを拒むのは、道理である。

私は、わからなくなった。それがわかっていて何故、加代子さんは遺稿を出版したのか。加代子さんのためだけに作られ、世に出すことなどまったく考えられていなかった詩を、なぜ満天下に晒したのか。

私は訊いた。

「あなたは、小此木君を憎んでおられたのですか」

加代子さんは、何を言われたのかわからないというように目をしばたたかせ、それから笑った。

「憎むだなんて。その逆です」

「逆……とは」

吹き込む夜風を浴びながら、加代子さんは歌うように言った。

「わたしは詩人小此木春雪を愛した。そう思っていました。でも違った。あの人がただ詩のために詩を作っていたのではなく、わたしのために作っていたのだと知って、わたしは愛されていたのだと知って、わたしはあの人を、春雪ではなく小此木亘を愛したのです。でも、そう気づいた時には、亘は死んでいた。愛する者が失われた時、遺された者が一番に願うことをご存じですか」

知っている。春雪に聞いた。

私の目は、畳の上の東京日日新聞に吸い寄せられる。「或る人」は言った。遺稿を世に出そうと提案したら、「そんなことをしてみろ必ず祟り殺してやる」と言われたと。だが加代子さんは、それは誇張が過ぎると言った。では、本当は何と言ったのか。

先ほど手を合わせた仏壇には、茶と、麦飯と、胡瓜で見立てた鮨が供えられていた。鮨を持って行ってやると私がからかうと、春雪は何と言っていたか。

耳に、葬儀に参列した水野葉舟が言っていた言葉が甦る。――亡魂を呼ぶ術があれば。

「馬鹿げたことだ。お話にならない。まさかそれが理由で、あなたは春雪の本を出したというのか」

遺作を世に出そうと提案された春雪は、きっとこう言ったのだ。

《そんなことをしてみろ。誓って、化けて出てやる》

加代子さんが言う。遺されたものが一番に願うことを。春雪が言っていた通りのことを。

「もう一度会いたい。それ以外に一番はありません」

「それで」

唾を飲み、私は訊く。

「春雪は来ましたか」

加代子さんは、憐れむような目で私を見た。

「あなたさまは、よくご存じだと思っておりましたが。亘は、詩人の名に懸けて、こうと誓った約束を守らないということはないのです」

開いた窓から夜風が吹き込み、私の首筋にそっと巻きついて、よく来たなと言った。

（「オール讀物」二〇二二年三・四月合併号）

遣唐使船は西へ

伊吹亜門

【作者のことば】

「遣唐使船は西へ」は、東京国立博物館所蔵の「阿弥陀聖衆来迎図（あみだしょうじゅらいごうず）」を見た時に思いついた物語です。平安時代初頭、また漂流する遣唐使船内だからこそ成立するミステリを目指したのですが、真逆（まさか）このようなアンソロジーに選んで頂けるとは思いませんでした。選考に携わった皆さま、また遣唐使船ミステリという極めてニッチな題材にもＯＫを出して下さった双葉社の秋元様、社外担当の関根様に厚く御礼申し上げます。

伊吹亜門（いぶき・あもん）　平成三年　愛知県生
「監獄舎の殺人」にて第十二回ミステリーズ！新人賞受賞
『刀と傘　明治京洛推理帖』にて、第十九回本格ミステリ大賞小説部門受賞
近著――『京都陰陽寮謎解き滅妖帖』（星海社）

承和四年（西暦八三七）、夏の盛りであった。

灰を落としたような曇雲の下、那大津（博多）から二海里ほど沖へ出た滄海の只中に、長さは百尺、幅は三十尺ばかりの遣唐使船が当てどもなく漂っていた。

絢爛な装いの一方で、船の様相は大層荒れている。薄く輝く白塗りの船腹には乾いた海藻が羽虫のようにこびり付き、丹塗りの柱に掲げられた網代帆は端々が破れて力無く潮風に揺れていた。

両脇の櫓棚には十名の水手が腰を下ろし、打ち鳴らされる太鼓に合わせて長い櫓を漕いでいる。しかし、その声にも張りはない。何れの髪も潮気に強張り、その顔には拭いきれぬ疲労の色が薄皮のように張り付いていた。

これは、嵐に遭い他の船と逸れた遣唐使船、四の船なのである。

那大津を出て四日、四隻から成る遣唐使節一行の船団は、東からの風を孕んだ網代帆と逞しい水手の働きによって白い浪を噛みながら西へ西へと進んでいた。

石楠花色に暮れる海は、天気晴朗にして浪も穏やかだった。この調子ならば揚州の港には三日と掛からずに着くであろうと者共が語り合っていた矢先、突如墨を零したような暗雲が海原の彼方に膨れ上がった。

間を措かずに現われた大時化は、それまでの順調な航海を一変させた。吹き荒れる風が浪を呼び、ひと巻きの渦と成っていく。大きく畝った浪は黒山のようで、帆の先にまで達する程だった。

遣唐大使の乗った一の船や、副使が乗った二の船、三の船は、清流に落ちた木の葉のように翻弄されていた。この四の船も他の船に続こうとしたが、黒い波濤がそれを拒み、三隻との距離は見る見る内に開いていった。

また荒浪は平底の船を横に殴り、甲板を洗う毎人々を連れ去って返さない。その中には、四の船を統括する知乗船事や、水手たちを纏める水手長も含まれていた。或る者は帆柱に己を縛り付け、また或る者は船底に籠って御仏の加護を祈り続けた。

嵐の渦から逃れるため、水手たちは腕をも千切れんばかりに櫓を動かし、墨のような浪が立つ暗黒の荒海を無我夢中で漕ぎ続けた。そして、何とか転覆を逃れた船が這う這うの態で荒波から抜け出したのは、夜も更けた頃だった。

頬を叩く風雨も次第に弱まり、気が付いた時には空も白み始めていた。縄を振うような風音も遂に途切れ、凝り固まっていた船中の顔々も東の空際より差す白光を浴びて漸く緩み始めた。

安堵の息を吐きながら船縁に立った者は、遣唐大使や副使を戴いた他の三隻が何処にも見当たらない事を知った。幾ら目を凝らしても四方は広大な青海原であり、一片の船影も見当たらない。

沈んだのか。それとも此方が流されたのか。

船中には、果たして大使不在のまま入唐してもよいのかという議論が湧き起こった。しかし、それは直ぐに別の問題に取って代わる事となる。

四の船には、他の船と比して多くの積荷を載せていた。それは水晶や瑪瑙など唐の皇帝へ献上する品々が主であって、それ故に重量のある物が多かった。

嵐の最中、転覆を防ぐためそれらは船師の指示で悉くが海に棄てられた。しかし、恐慌に駆られた人々は命を惜しむ余り手当たり次第に積荷を投げ棄て、結果海の藻屑と消えたのは朝貢品のみならず水樽や糧食の荷にまで及んでいたのである。

命辛々大時化を生き延びた四の船を待ち受けていたのは、果てしない飢えと渇きであった。

遣唐使船は浪を割って進む。

砕けた浪の飛沫を浴びるその舳先には、黒々とした髭を生やした大柄な男が立っていた。

此度の遣唐使准判官、入舟清行である。

清行と云えば左京大進として永らく左京の警固を担い、洛中にその勇名を轟かせた男であった。公卿たちの戯れから、鬼が出ると噂の大内裏中央、宴の松原にて夜を明かすよう命じられ、一振りの太刀のみ携えて一夜を過ごしたその豪胆振りに、人々が驚き呆れながらも感嘆の息を吐いた事は覚えも新しい。肉の盛り上がったその腕は丸太のようで、顔中を覆う蓬髭に爛々と眼が輝く様は悪鬼も逃げ出すと謳われていた。

しかし、そんな黒髭も今は力なく垂れ、烏帽子の下では陽に焼けた眉間に深い皺が幾つも刻まれている。

知乗船事が海に呑まれたいま、この船の長は清行を措いて他になかった。航路は半分以上を過ぎているため、船師の進言を容れて一先ず揚州へ向かう事は決まったものの、何とかして直面している飢餓の問題には対処せねばならなかった。

清行は船底に下り、残った水樽と糧食を手ずから計ってみた。真水は一樽半であり、糧食は一袋の糒に干魚と干肉、そして胡桃や干柿が少しばかり残っているだけだった。乗員の数と揚州までの日数を基に同伴した録事に勘定させた所、水は一日につき茶碗半分程度が、飯は水で戻した一塊の糒に菜を添えた物を日に二度が限度だった。水は雨雲が通れば足す事も可能だろうが、糧食に関しては如何ともならない。しかし一方で各々に調達を任せれば、獲れた者と獲れなかった者に分かれ、そこには争いが生まれる。そのため清行は勝手な漁釣を禁じ、糧食の配布を徹底させた。

嵐を経て以降は曇天が続き、日や星を恃んだ方角の定めも行えずにいた。潮流を頼りに船師が見立てたものの、確実とは云い切れない。那大津から揚州へは只西に進むだけだが、今はその西が分からないのである。水や糧食の配布も、あと三日程度という予測の上に成り立っていた。それが外れては全てが水泡に帰す。

胸の裡に溜まる憂慮を払うため、清行は日夜舳先に立ち島影が望むのを待ち焦がれた。

そして、そんな清行の懸念は的中してしまう。三日経てども四日経てども、浪の彼方に陸地は望めないのである。

果ての見えぬ航海が続き、乗員たちの様子も次第に変わり始めた。

己らがいなくては船も進まぬと気付いた水手たちは増長し始め、ともすれば清行に対してすら不遜な物云いをし始めた。出航当時は居丈高だった遣唐使随行の官吏たちはそんな水手連中に媚び諂い、しかし陰では悪し様に罵って已まなかった。

一方で、櫓棚を直していた若い船匠が、急に御殿が見えると叫び出して海に飛び込んだのは昨日の事である。また、密かに釣り上げた青魚の頭を何方が食べるかで口論となり、留学生と年老いた水手が摑み合ったまま海に落ちたのは昨夜の事である。何れも瞬く間に浪に呑まれ、二度と浮かんではこなかった。

飢えと渇きは者共の正気を蝕み、遣唐使船内には、一欠の干肉や一片の糒を巡って殴り合いすら始めかねない殺気が充ち溢れていた。

「このままではどうにもならぬ」

粘りつくような潮風に袖を膨らませながら、清行は人知れず溜息を吐いた。

斯様に殺伐とした雰囲気に変化の兆しが見えたのは、遭難から五日目の事であった。契機となったのは、請益僧として四の船に乗り合わせた円然の説法である。

その日、空き室となった知乗船事の屋形に入っていた清行は、弟子僧に手を引かれた円然の訪問を受けた。

「これは円然殿、如何為された」

突然の来訪に驚きながらも、清行は直ぐに円然を屋内へ招き入れた。

円然は叡山の老法師である。

十二の時分で叡山に入り、禅林大師義道に師事して出家したのちは興福寺にて法相教を学び、やがて長禅寺の円尊から灌頂を受けた。師である義道の東国巡遊に従って諸国を行脚した際には全国に宝塔を建て、手ずから写した法華経を安置して廻った功労の法師であった。

円然は既に齢五十に達し、留学僧として入唐求法の途に就くには老いの坂を遥かに超していた。しかし、自ら学ぶ内に涌き出でた天台宗義に係る三十の疑問は如何ともし難く、上表文を著すこと四度、遂に遣唐使随伴の勅宣を奉ずるに至ったのである。

「いやなに、船の長となられた入舟様に一つお願いが御座いましてな」

長く垂れた白眉の下からは、黒々とした眼が此方を向いていた。左様ですかと頷きながらも、清行は胸の裡で身構えた。この状況でお願いとあらば、水や糧食の融通を措いて他にないと思ったのである。

清行としても悩ましい所だった。高僧であるが故に糧食を増やせば、他の者からの反目は免れない。しかし、暑気に当てられて先達てから船底で臥していた日の前の円然は、明らかに骨と皮だけの様相に変わり果てていた。元より円然は多くを摂らず、自らの糧食も他の者に廻していたのである。

「して、お願いと申されますは」

何気ない態を装い、清行は続きを促した。

柔和な笑みの浮かんだ口元から発されたのは何とも意外な言葉だった。円然は骨張った顎を引き、説法をお許し願いたいと述べたのである。

「ほう、説法と？」

「如何にも。斯様な細腕では櫓を漕ぐとて足手纏いになりましょう。ともすれば、愚僧の務めは此方のみにて」

円然は爪の伸びた指先で、皺の寄った己の口元を指した。

「皆が悩んでおる時に、独り臥して居る訳にもいきますまいて」

「そのお気持ちは大変有難う存じまするが、しかし」

清行は即答を避けた。云い淀んだのは他でもない。この食うや食わずやの場に於いて、説法に如何ほどの力があるのか甚だ懐疑であったからだ。病身を押して説法に当たる円然を、万が一水手や留学生たちが侮っては清行としても立つ瀬がない。

「なにご案じ召さるな。説法は坊主の務めに候えば」

清行の懸念を見透かしたように、円然は穏やかな顔で合掌した。

円然が再び甲板に姿を現わしたのは、同日の陽暮れ刻であった。

甲板には、全てを諦めた顔で木の実を噛む留学生や、務めも投げ出した水手たちが帆の陰に寝転がっていた。

弟子僧に手を引かれた円然は、蹌踉めきながらもその中に交わり、万民総じて仏と成る法華一乗の教えを静かに説き始めた。

「誰が彼がということは関係ない。坊主だから、経典を聞き齧っておるからという事も関係ない。一切衆生悉有仏性。其方らも皆仏性を有しておる」

初めはまるで相手にしなかった水手たちも、淀みなく流れる円然の言の葉に、好むと好まざるとに拘わらず耳を傾け始めた。

「『衆生劫尽きて、大火に焼かるると見る時も、我が此の土は安穏にして、天人常に充満せり、園林諸の堂閣、種々の宝をもって荘厳し、宝樹華果多くして、衆生の遊楽する所なり、諸天天鼓を撃って、常に衆の妓楽を作し、曼陀羅華を雨らして、仏及び大衆に散ず、我が浄土は毀れざるに、而も衆は焼け尽きて、憂怖諸の苦悩、是の如き悉く充満せりと見る、是の諸の罪の衆生は、悪業の因縁を以て、阿僧祇劫を過ぐれども、三宝の名を聞かず』とは有り難い経典の一節じゃ。御仏からすれば、我々のおる娑婆世界は何の憂いもない御浄土と何も変わりはせんのじゃて。御浄土は余所に求めるべきものではない。この娑婆に実現されなければならんのである」

円然の周りには水手や船匠たちが次々と集まり始めていた。噂を聞きつけたのか、船底からも人の姿は蟻のように這い出てくる。

清行はその様を遠巻きに眺めながら、密かに舌を巻いていた。乱れ麻の如き乗員たちの心意が、円然の弁舌で以て徐々に一つに纏められようとしていたのである。

「また経典には『諸の有ゆる功徳を修し、柔和質直なる者は則ち皆我が身、此にあって法を説くと見る、或時は此の衆の為に、仏寿無量なりと説く、久しくあって乃し仏を見たてまつる者には、為に仏には値い難しと説く、我が智力是の如し、慧光照すこと無量に、寿命無数劫、久しく業を修して得る所なり』ともある。御仏の教えは多岐に渡るが、それらは決して別個の悟りではない。御仏を念ずる事も、経典を一字又一字と書き写す事も、皆釈尊と同じ悟りに至る一つの道じゃ。それは御主らが櫓を漕ぐのも同じぞ。そこに道心さえあるのならば、櫓を漕ぐ事も立派な悟りに至る道のひとつなのじゃ」

円然の声が嗄れ始めたのを見計らって、脇の弟子僧が真水の注がれた茶碗を差し出した。円然は一口だけそれを含み、ほうと大きく息を吐いた。

「御仏は其方らが功徳を見て下さっておる。『我常に衆生の道を行じ、道を行ぜざるを知って、度すべき所に随って、為に種々の法を説く、毎に自ら是の念を作す、何を以てか衆生をして、無上道に入り、速かに仏身を成就することを得せしめんと』という訳じゃて。よいか、そこには何らの違いもない。儂のような坊主であろうと、其方らのような水手であろうと、はたまた入舟殿のような判官であろうと同じ事じゃ。一心に勤めた者には、御仏が道を啓いて下さる。ほれ、皆の衆は先達て常円大師が入寂された時の事を覚えてはおらんか」

騒めきが細波のように広がった。

この遣唐使船が浪速津を出る十日前、華北山天辰寺の常円法師が寂滅に入った。そしてその晩、都の西の空には白く大きな帚星が長く尾を引いて飛んだ。あれこそ高僧と名高い常円法師を西方浄土よりお迎えにいらした阿弥陀如来の御姿に違いないと、都の衆生たちは噂し合っていたのである。

騒めきの中から、題目を唱える声がか細く響き始めた。一人の声は二人に、二人の声は四人と広まり、水手や留学生は勿論の事、遂には暑気に当てられて臥していた筈の老雑使から、清行の腰程しか背丈もない水手習いの小童までが、円然を拝んで一心に題目を唱え始めた。円然も合掌し、皆の声に合わせて御仏を念じた。

暫しの合唱が続いたのち、円然は弟子僧に手を引かれて乗員たちの輪から離れた。清行は足早に駆け寄る。

「円然殿、誠に有難う御座いました。お蔭で皆にも気力が湧いた事でしょう」

「斯様な老い耄れでも未だお役に立ちましたか、それは何より」

合掌し首を垂れる円然の顔は、土気色に浮腫んでいた。暑気に当てられた中、潮風を浴びながら長広舌を奮ったためであろう。清行は一も二も無く、謝意を込めて己が使っている甲板上の屋形を譲ると申し出た。円然は固辞しながらも、矢張り体調の不具合は如何ともし難いのか、丁寧に礼を述べて其方に向かった。

円然の立ち去った後、水手たちは各々が櫓を手に取り、櫓棚に下りて漕ぎ始めた。船匠や留学生たちも船師に対し、何か手伝える事はないかと尋ねていた。垢と潮気に汚れながらも、その顔は生き生きとして皆同じ方向を向いていた。

左様な光景を目の当たりにし、清行は嵐を経て初めて、陰鬱な心持ちが晴れたような気がしたのである。

それ故に説法から三日後、明け渡した知乗船事の屋形にて円然の亡骸(なきがら)が見つかった時には、流石(さすが)の清行も言葉を失わずにはいられなかった。

*

屋形は四畳半の板張りであった。

手前の観音戸と奥の小窓以外は固い木壁である。右手の壁際に置かれた文机(ふづくえ)とその上の空(から)茶碗、また中央に敷かれた薄地の寝具以外は家具の類(たぐい)も見当たらない。

円然の亡骸は、寝具の中にあった。

亡骸を見つけたのは件(くだん)の弟子僧である。払暁(ふつぎょう)を過ぎても朝課(ちょうか)の読経が聞こえぬ事を訝(いぶか)しんだ彼は、躊躇(ためら)いながらも外から声を掛けた。

しかし、師からの返答が無い。

未だ寝ているのか、それとも返事すら出来ぬほどに芳しくないのか。逡巡(しゅんじゅん)の末にそっと戸を開けると、纏(まと)わりつくような糞尿(ふんにょう)の臭いが彼の鼻を襲った。

これはいかんと膨らんだ寝具に駆け寄った弟子僧だったが、彼の視界に飛び込んできたのは、寝具から覗く変わり果てた師の面貌だった。腰も抜かさんばかりに驚いた弟子僧は、這う這うの態で清行が入った厨房の屋形に駆け込んだのであった。

清行は直ぐに装束を整え、居合わせた船師と共に円然の屋形へ赴いた。

生々しい悪臭は半開きの戸から漏れていた。清行は袖口で鼻を覆い、その隙間から慎重に身を滑り込ませた。

薄暗い屋形の内では、戸から差し込む朧気な光の帯が膨らんだ寝具にまで伸びていた。

清行は船師を振り返る。船師は蒼褪めた顔のまま顎を引き、恐る恐る寝具に近寄った。その間も、白茶けた寝具は毫も動かなかった。

船師が一息に寝具を捲る。

顕になった円然の骸に、清行は思わず息を呑んだ。

瓜枕に乗った小さな顔は、墓石のように青黒く浮腫んでいる。見開いた双眸は白く濁り、皺だらけの口元からは鶏冠のような赤黒い舌がだらりと覗いていた。転迷開悟の高僧の面影は最早何処にも無く、清行にはそれが、墨染の道服を纏った禿鶏の死骸であるかのように感じられた。頽れた弟子僧が、啜り泣きながら念仏を唱え始めた。

大きな浪が来たのか、船が大きく揺れる。寝具の脇まで蹌踉めいた清行は、そのままの姿勢で具に円然の亡骸を観察した。

斯様に冷静でいられることが、我が事ながら清行には不思議だった。

死穢とは何よりも忌避すべきものであって、左京大進として日夜野盗の追捕に当たっていた清行も決して例外ではない。幾許かは慣れこそすれ、矢張り骸を前にすれば身は強張り、背筋には冷たい汗が流れる筈だった。

しかし、八日目となる漂流が齎した果てしない飢えと渇きは、清行から厭悪の念を奪い去っていた。それ所ではないのだ。目下清行の心を乱すのは死穢への畏怖や嫌悪ではなく、疑念と動揺の二つであった。

寝具の股座に当たる部位は茶色く汚れていた。汚臭もそこから漂っているようだった。

船師があっと叫び、摑んでいた寝具を離した。

「何だ、どうした」

「い、入舟様。此方を」

栗色に焼けた逞しい腕を戦慄かせながら、船師は円然の顔を指した。

その先に目を落とした清行は言葉を失った。

幾重にも皮の垂れた円然の首には、青黒い指の痕が鮮明に残っていた。

「莫迦な」

そんな呻き声が、唇の隙間から漏れる。見間違いようもない。それは明らかに、何者かがその両手で以て円然の首を絞めた痕に相違なかった。

濤音と共に屋形が揺れる。足を縺れさせながら壁に手を突いた清行は三度愕然とした。

己らがいるのは滄海の只中、そして船の上である。そこからは何人たりとも往来する事が叶わず、則ち円然を殺めた者は今もこの船に居るに違いない。

清行は寝具を直させたのち、今朝になって姿を眩ませた者が居ないかを確かめるよう船師に命じた。

「分かっておるだろうが、決して他の者に漏らすでないぞ」

船師は血の気の失せた顔で頷き、泳ぐように退出した。

只管に念仏を唱えていた弟子僧が、ああと呻いた。

「わたくしめが気付いておりましたら、斯様な事にはなりませなんだものを」

清行は弟子僧を振り返った。

「いま何と申した」

「はい、よもや一枚戸を隔てた向こうで師が斯様な目に遭われていようとは思いもかけず、無念でまた口惜しゅう御座います」

「待て。それではお主、ひと夜中この屋形の前におったのか」

「左様に御座います」

「戯けたことを申すな。それでは円然殿を弑た者は、一体何処から入ったのだ」

涙に頬を濡らす弟子僧は怪訝そうに屋内を見廻し、あっと小さく叫んだ。

「し、しかし決して虚言では御座いませぬ。船師殿にもお尋ね下さい。浪見をされていて一晩中共におりましたので」

必死に云い募るその姿は、到底嘘を吐いているようには見えない。

足下が揺れたような気がして、清行は再び近くの壁に手を衝いた。しかし、それが浪なのかそれとも眩暈なのかは皆目分からなかった。

＊

円然の死は一先ず伏せるべきというのが清行の判断であった。

飢餓に苛まれる船内に於いて、その説法は紛れもなく乗員達の縁だった。それが失われたとあっては乗員たちがどうなるかも分からない。況してや何者かに殺められたとなっては尚更である。

しかし一方で悩ましいのは、その亡骸を如何に扱うかという事だった。

ここは青海原の只中である。立っているだけで汗の滴るこの暑気では、亡骸も早々に傷み始めるであろう。腐乱が進めば臭いも酷くなり、隠し果す事は殊更困難になる。塩漬けにでも出来れば話は変わってくるが、今はその塩が無い。船上とあっては焼く訳にもいかず、海に沈める事は流石に躊躇われた。

清行は苦肉の策として、戻って来た船師に命じ一片の隙間もなく寝具で亡骸を包ませた。そして、円然は暑気に当てられ臥している事にするよう、船師と弟子僧に命じた。二人は黙って頷いた。

清行は一先ず己の屋形へ戻った。円然の屋形を固く閉ざす事は勿論忘れない。

火の消えた竈（かまど）の前に腰を下ろし、清行は顎髭を撫（な）でながら考えを巡らせ始めた。

誰が、何のために円然を殺めたのか。

開け放した戸からは、水手たちの掛け声と共に緩やかな潮風が流れ込む。生臭い磯（いそ）の臭いが清行の顔を拭った。

暫（しばら）くの間黙考を続けたが、妙案は一向に浮かばない。じりじりと肚（はら）の底が炙（あぶ）られるようで、清行は観念して立ち上がった。再びあの屋形を検（あらた）める他にない。

外に出る。低く垂れ込めた巌（いわお）のような雲は、相も変らず晴れる気配を見せなかった。

屋形の前では、弟子僧が憔悴（しょうすい）した顔で座していた。清行の姿を認めた彼は、もごもごと何かを呟（つぶや）きながら小さく頭を下げた。

「円然殿、失礼致しますぞ」

向こうを留学生が歩いていたので、清行はそう声を掛けてから屋形に入った。忽（たちま）ち、拭いきれぬ汚臭がその鼻に纏わりつく。清行は袖元で鼻を覆い、室内を見渡した。

辛うじて輪郭が摑めそうな程度の暗闇であった。隅には、寝具で包まれた柱のような亡骸が寝かされている。それ以外は朧気ながらに映るだけである。

清行はさっさと足を進め、正面の窓を斜めに押し開けた。薄い光が闇を侵すのと同時に、磯臭い風が清行の吐気を払った。

清行は一息吐き、目の前の小窓を観察した。

船師に確かめた所、弟子僧の言葉に偽りは無かった。一晩中この屋形の戸の前に座し、入る事も、またその場を離れる事も無かったという。従って、屋形に出入りするためには、この窓を使う他に術（すべ）は無い筈だ。

　明かり採り用の小窓は、押し開けて斜めになった窓板に支えの棒を差し込む造りだった。高さは清行の胸辺りなので、乗り越える事も難くはない。烏帽子を押さえて、小窓の高さまで腰を屈（かが）める。潮水を被（かぶ）り形の崩れた烏帽子は、すっかり柔らかくなっていた。

　しかし、押し開いた小窓は清行が思っていた以上に開かず、外を窺（うかが）おうにも首を出す事すら能（あた）わない。支え棒を外し、窓板を更に押し上げれば何とか顔は出す事は叶ったもののそこまでだった。そこから乗り出そうとするには、肩が閊（つか）えてしまうのである。無理に開けようとすると、窓枠から木の粉が散った。これ以上開けば壊れてしまうだろう。しかし、茅色（かやいろ）の窓枠に無理矢理抉（こ）じ開けたような痕跡は見られなかった。

　清行はまじまじと小窓を見詰めた。

　そんな筈はないのである。

　正面の戸から出入りが出来ないのならば、円然を殺めた者はこの窓を使ったに違いない。他に考えようがないのだ。

　しかし、それが考え違いであった事は、清行が身を以て確かめてしまった。幾ら大柄とはいえ、他の者たちと比してそう差違がある訳でもない。

　清行は室の中央に立ち、周囲を見回した。

四畳半程の室内は狭く、数歩歩けば向かいの壁に辿（たど）り着いてしまう。力を込めて壁を押してみたが、いずれの壁板も頑丈で軋（きし）みこそすれそれ以上は動かない。

床板も同様だった。この下は水手や留学生たちが寝食する船底の筈だが、何処を踏んでも足下に可怪（おか）しな点は感じられなかった。板を外して船底へ下りるのは土台無理な話である。

周囲と下に不審な点は見られなかった。そうなると残りは上しかない。

清行は文机を引き寄せ、足を乗せた。背を伸ばすと、何とか指先が天井板に届いた。しかし茅色の板は固く、押し上がる事はない。清行は諦めきれずに文机を動かして全ての天井板を確かめたが、何（いず）れも固く留められており、それを外して外に出る事は到底無理だった。

顳顬（こめかみ）から流れた汗が、髭を伝って落ちる。清行は呆然（ぼうぜん）と床に下り立った。

道理に合わない。

戸の前には一晩中弟子僧と船師が控えており、何人も屋形には足を踏み入れていないと述べている。屋形の壁や天井、そして床板に不審な点は無く、従って唯一の出入り口は明かり採り用の小窓となるのだが、今度はそれが小さ過ぎた。

「左様な訳があるまい」

そう呟かずにはいられなかった。このままでは、誰も屋形には入れなかった事となる。則ち、円然を手に掛けた者が居ない事になってしまうのだ。

遠くから水手たちの掛け声が聞こえる。急かされるような気持ちで、清行は足早に屋形から出た。

弟子僧は船縁に立ち、消沈した面持ちで海原を眺めていた。清行はその脇を通り、屋形の裏に廻る。

周囲に人影が無いことを確かめてから、清行は小窓に顔を突っ込んだ。

しかし、内側から確かめたのと同様に此方も胸元で閊えてしまう。窓板を頭で支え、枠に手を掛けて様々な姿勢を試してみたが、どう足掻いてもそれ以上は入れそうになかった。

身を引こうとした清行の脳裏に、ふと円然の亡骸の様が過った。

亡骸の首には、扼された指の痕が鮮明に遺っていた。それ故に、清行も円然が殺められたのだと考えたのである。

己で首を絞めて果てる事は流石に無理だろう。円然は、何者かにその手で以て首を絞められたのだ。

清行は腰を折ったまま、窓板を頭で支えた姿勢で両腕を入れてみる。腕だけならば、肩に至るまですんなりと入れる事が出来た。

清行の脳裏に、一筋の光明が差し込んだ。円然を扼するだけならば、身体を屋形に入れる必要はない。円然が小窓の前に此方を向いて立っていれば、このように腕を入れるだけで事は足りる。

おうという声が迸った一方で、再び思い起こした亡骸の様は、暗雲となってその光明を立ち所に覆い隠してしまった。

円然の亡骸には喉元まで寝具が覆い被さっていた。屋外から腕のみを入れて首を絞めた場合、その亡骸は床板の上に放り出す他にない。きちんと横たえて寝具を被せるには、矢張り屋形内に入る必要があるのだ。

清行は非道く虚脱し、已む無く己の屋形に戻った。

机代わりの竈には、半分ほど水の残った茶碗が置かれていた。喉の渇きが蘇り、清行は喘ぐようにしてそれを飲み干す。干乾びていた五臓六腑に染み渡るような感覚だった。

床板の上に胡坐をかき、清行は腕を組んだ。

殺めた術は一度横に退けて、何者がまた何の目的で円然を亡き者としたのかを考えようとしたのである。

清行の目から見た限り、この船の中で円然を憎む者など居ないように思われた。ただ、自らの命を救けるため、已むなく円然に害意を持った者がいたとしてもおかしくはない。

説法に因って乗員は一心に纏まったとはいえ、未だ何れの港も望めず真水や糒などは減る一方だった。一人でも乗員の数が減れば、それだけ己に廻って来る糧食も増える。そのために人の数を減らしたのではないか。

しかし、それで円然を選ぶのは首肯出来ない。衰弱した円然はそもそも多くを摂ることが能わず、それ以前も糧食は水手たちに分け与えていた。己の取り分を多くするためなら、他に選ぶ者が居よう。

更には、若しそれが目的ならば夜の海にでも突き落とせばよい筈で、態々亡骸を残して殺めた事を明らかにするのはどうも腑に落ちない。

清行は額に浮かぶ汗を拭い、腕を組み直す。

思い浮かんだのは、円然の説法が皆の拠り所となっていた事実である。

万が一清行や船師の采配に不満を持つ者がおり、その者が叛旗を翻そうとしているのだとしたら。その火を鎮める円然は邪魔になるかも知れない。そのために殺めたと考えれば、道理に合わない事もない。

しかし、若しそうなのだとしたら円然が死んだという事はいち早く明らかにしなければ意味が無い筈だ。未だ水手たちが騒ぐ気配も無く、表向き円然は臥している事になっている。

清行たちが隠すとは思わなかったのか。それならば、より明らかな方法で円然の亡骸を衆前に晒す筈だろう。

清行は仰向けで寝転がった。

分からない。

浪の砕ける音が背中越しに伝わってくる。暑さが募り、渇きに衝き動かされて清行は竈の上の茶碗を摑む。

しかし、既に空である。

強く茶碗を振り、残った数滴を大きく開けた口の中に落とした。

力無く立ち上がり、屋形の戸口から海原を望む。

浪の彼方には、未だ一片の島影も姿を現わさない。

＊

更に三日が経った。

久々に雲が切れ、蒼天（そうてん）に日輪を拝んだのは昨日の昼の事だった。

陽の傾き具合から船師が方角を計算した所、船が向かっていたのは南だった事が判明した。直ぐに舳先を西方に改めて漕ぎ出したのだが、方角が異なっていた事に対する衝撃は大きかった。揚州は疎（おろ）か、蘇州（そしゅう）や明州（めいしゅう）もほど遠い。果たしてそれまで水や糧食、また乗員たちの気力が保（も）つのかは、誰にも分からなかった。そしてまた、いつの間にか広がった雲が直ぐに日を隠してしまった。

乗員は、既に那大津を出た時の半数以下にまで減っていた。昨日は三人の水手が、泳いだ方が速いと叫び海に飛び込んだ。暑気に当てられて二人の留学生が息を引き取った。

清行にも限界が近づいていた。

皆の手前気丈に振る舞ってはいるものの、一日に一片の干肉と水で戻した一握の糒だけでは気力も湧かない。またここの所雨も降らぬため、一人に行き渡る真水の量も茶碗の底少しにまで減らされていた。

何より気掛かりなのは、一度は払われた鬱屈の気が再び膨らみつつある事だった。正しい方角が分かった喜びよりも、水手たちには今まで漕いでいた方向が誤りだったという虚脱が勝っていた。緊張の糸は遂に切れ、水手や留学生たちは糧食を蔵した船底に殺到した。清行と船師が説得に当たり何とかその場は納まったものの、次こそどうなるか分からない。乗員の中からは円然の説法を求める声が多く上がったものの、清行には未だ円然は臥しているとの説明を繰り返す他なかった。

床に置いた茶碗から、生温かい水を一口だけ含む。喉の渇きは少しも癒されず、一息に飲み干してしまいたい欲求から遁れるため清行は立ち上がって屋外に出た。

いつになく強い風が吹いていた。

潮気を吸ってすっかりひと塊となった髭が、ぶらぶらと揺れる。見上げた網代帆も、久々に風を孕んでいた。

清行は腰に手を回し、ゆっくりと甲板を歩んだ。

櫓棚では、水手たちが揉烏帽子を振るいながら櫓を漕いでいた。しかし、最早誰も掛け声を上げてはいない。

気の抜けた眼差しを横顔に感じながら、清行は船底に下りた。一段下りるごと、息が詰まるような熱気が濃くなっていく。

隔壁に分けられたその場所には、夜半の勤務を割り振られた水手や、暇を持て余した留学生たちが寝そべっていた。中には清行の姿に慌てて身を起こす者もいたが、大半は鼾をかいているか、若しくは無関心な顔で寝転がったままだった。

清行は彼らの顔を一望し、殺生者はこの中にいるのだろうかと胸の裡で呟いた。

円然を殺めた者は未だ見つかっていない。

亡骸は、今もあの屋形に秘してある。寝具に包まれたままだが、汚穢な汁は至る所から染み出ており、戸を開けただけで凄まじい腐臭が漏れ出る始末だった。弟子僧は寠れながらも未だ屋形の前で頑張っているが、清行は到底足を運ぶ気にはなれなかった。

大きく息を吐き、踵を返す。

階段を上がり、当てどもなく甲板を歩く。懸命に櫓を漕ぐ水手がいる一方で、日陰に寝そべり藁を嚙む者もいた。彼らは清行と目が合っても、茫とした表情のまま顔を逸らすだけだった。

不意にばたばたという足音が背後に響き、荒縄を肩に掛けた小童が清行を追い越した。見覚えのある背中だった。円然の説法の際、一番端から食い入るように聞いていた者だ。未だ生きていたのかと清行は思った。

円然の屋形に差し掛かる。

壁際に寄った清行は、何気なく小窓の窓板を持ち上げてみた。矢張り或る程度まで掛かった所でつっかえる事を確認した刹那、ひとつの情景が清行の脳裏を稲妻のように走った。

先ほど駆け抜けていったあの小童である。
あの体長ならば、この隙間からも入る事が出来るのではないか。

気が付いた時には、清行は駆け出していた。

思ったように脚に力が入らず、蹌踉めくようにして舳先に出る。

少年は船師に荒縄を手渡している所だった。近付いてくる清行に気付き、二人とも深く首を垂れる。

「其方、名は何と申す」

少年は驚いたように顔を上げ、そして慌てて伏せた後、日丸にございますと緊張した声で答えた。

「日丸、一つ尋ねる。其方、円然殿を」

清行はそこで口を噤んだ。此方を向いていたその顔は、垢染みてこそあれども未だ幼く、到底そんな大それた事を仕出かすようには見えなかったのである。

「入舟様、この者が何か粗相を致しましたか」

船師が怪訝そうな顔で問うた。いやと清行は曖昧に首を振る。

「そういう訳ではないのだが。……日丸、其方円然殿のあの屋形に立ち入った事はあるか」

「はい判官様。三日ほど前の晩で御座いますれば」

日丸は勢いよく顔を上げ、朗らかにそう答えた。

「……それは、あの小窓から忍び込んだのか」

「左様で御座います。夜半に通りました所、苦しそうな呻き声があの窓から聞こえてまいりました。思わずそこから覗き込んでみますと、円然様が寝具の上で悶(もだ)えておられたのです。わたくしは慌てて中に入り、近くの文机に御座いました茶碗の水を差し上げました。しかし、一息吐かれこそすれ円然様は休まれず、延々と呻いておられました。だからわたくしが手を貸して差し上げたのです」

船師が弾(はじ)かれたように顔を向ける。その双眸はこれ以上ない程に見開かれていた。

清行は口中に苦い汁が広がるような心持ちのまま、努めて淡々と言の葉を重ねた。

「手を貸したとは、つまり円然殿の首を絞めたのか」

「左様で御座います。円然様はご自分で御首を押さえておられました。ですからわたくしも喉を押さえて差し上げたのです。お浄土へお還(かえ)りになれば斯様に苦しむ必要もなく、また円然様もそうしてわたくし共をお救いになるお積もりだったのでしょう」

「救う?」

「はい、円然様のお蔭でわたくしたちも救われるのです」

日丸は莞爾(にっこり)と笑った。

「円然様ほど尊い御坊様はそういらっしゃいません。そんな円然様がお浄土にお還りになる暁には、必ずや阿弥陀様のお迎えがありましょう。丁度、天辰寺の常円法師様がお亡くなりになった時と同じように。わたくしたちはそれを待てばいいのです。金色の雲に乗った阿弥陀様は、西方浄土よりお越しになります。阿弥陀様がいらした方角こそ西なのです。ならばわたくしたちも、そちらに向かえば唐の港に辿り着きましょう」

清行は言葉を失った。日丸の曇り無き笑顔の意味が、漸く理解出来たのだ。

刹那、舳先の方でわっと声が上がった。同時に、日丸の窶(やつ)れた顔に大きく笑顔が咲いた。

「阿弥陀様です。阿弥陀様がお越しになったのですよ」

日丸は舳先に向かって駆け出した。立ち尽くす船師を残し、清行は蹌踉めきながらその後を追う。

水手や留学生たちが前方を指し、何かを喚(わめ)き立てていた。悲鳴すら上がるような異様な雰囲気に、清行は彼らを押し退(の)け、遂に舳先へ出た。

いつの間にか空が晴れている。舳先の指す先には、傾きがちな日輪が上がっていた。

船は西方へ向かっていたのである。

しかし、清行が望んだその前方には、今にも日の輪を覆い隠そうとする黒く大きな嵐の雲が、刻一刻と遣唐使船に迫っていた。

(「小説推理」二〇二二年五月号)

証母

木下昌輝

【作者のことば】

名もなき女性たちこそが主役にふさわしいのではないかと思い、『戦国十二刻　女人阿修羅』を執筆しました。その中でも「証母」は人質に母を送る織田信孝(おだのぶたか)の視線で書きました。信孝の母が処刑されることは決まっています。その中でどうドラマを動かすか、自分なりの実験を盛り込んだ作品で読者からの評価が怖かった作品ですが、こうして選んでもらい安堵(あんど)しています。

木下昌輝（きのした・まさき）　昭和四十九年　大阪府生

『宇喜多の捨て嫁』にて第九十二回オール讀物新人賞、第二回高校生直木賞、第四回歴史時代作家クラブ賞新人賞、第九回舟橋聖一文学賞受賞

第三十三回咲くやこの花賞受賞

『絵金、闇を塗る』にて第七回野村胡堂文学賞受賞

『まむし三代記』にて第九回日本歴史時代作家協会賞作品賞、第二十六回中山義秀文学賞受賞

『孤剣の涯て』にて第十二回本屋が選ぶ時代小説大賞受賞

近著――『戦国十二刻　女人阿修羅』（光文社）

天正十年（一五八二）十二月十九日　巳の刻（午前十時）

この十二刻後、信孝は母を犠牲にして和睦する。

降り積もる雪で、岐阜城は白く化粧されていた。天守閣や櫓の屋根は綿毛が生えるかのようで、堀には厚い氷がはっている。それでもまだ足りぬのか、天からは大粒の雪が止めどなく落ちていた。

織田信孝は、天守閣から下界を見下ろす。冷風を受けてはためく陣羽織が頬をたたいた。

この雪が、恨めしい。

岐阜城は今、織田信雄と羽柴秀吉の大軍によって包囲されている。物資や使者たちが忙しなく行き来するからか、岐阜城から見える敵陣や畿内や尾張につづく街路だけは雪が薄く、泥まじりの地面が垣間見られた。

信孝は、厚い雲に覆われた空を睨む。

同盟する柴田勝家は北陸にあり、美濃国以上の雪に見舞われている。雪が溶けるまで、勝家は軍を動かすことができない。

目をつむると、異母兄の信雄の嘲りが耳に蘇る。

『卑しい武士の血が流れているくせに』

拳を握りしめる。

熱い息が唇をこじ開けた。

血の尊さなどは関係ない。信長の息子として、どちらがより相応しいか。この岐阜城を枕に討ち死にすることで、弟であるはずの異母兄に教えてやるのだ。

和睦締結の十一刻前
——十二月十九日　午の刻（正午）

熾る炭が、座敷に十分な暖をうんでいた。冷え切った信孝の体を心地よくほぐしてくれる。場を温めるのは炭ばかりではない。岐阜城を守る侍大将たちが、陣羽織姿で信孝の右側に列を作っていた。

左手には、小袖と袴に身をつつむ女性たちが並んでいる。侍大将たちの妻や母たちだ。籠城戦になれば女も戦う。敵にふりかける熱湯を煮たり、鉄砲玉を作るために鉛を溶かしたりする。女たちの指揮をとるのが、高位の侍の妻子たちだ。

士気高揚のため、男女を率いる長たちを集め、昼餉をともにするのが籠城の慣わしだった。

「皆様、ご着席はされましたな」

「今より、昼餉の会をはじめます」

場を仕切る女人ふたりが、よく通る声で宣した。歳の頃は、ともに五十近い。小袖と袴姿でも、にじむ気品は犯しがたいものがあった。

ひとりは信孝の傅役だった、岡本下野守の妻で、名は寿庵。いまひとりは信孝の乳母、幸田御前である。

「皆様、今より昼餉の膳を運びます。こたびは、幸田御前の采配で台所衆に馳走させたものです」

長身の寿庵が威を感じさせる声でいった。上品に入った皺と美しい黒髪は、小袖と袴という装いでも育ちの良さを感じさせる。

武士の子は家臣の家で養育させることがままある。信孝もそうだった。岡本下野守の家で物心つくまで育った。

寿庵の横のふくよかな女性——幸田御前が低頭する。髪には白いものが混じっているが、艶やかな肌は三十代初めといわれても納得するだろう。

「美濃の山でとれました雉と鵜飼がとった木曽川の干し鮎でございます。漬物は、付き合いのある公家より歳暮でいただきました。戦う皆様の心労がほぐれればと、お膳に出すことにしました」

幸田御前は若やいだ声で膳の内容を伝える。

若い侍女たちが膳を運んでくる。まず座敷にいる男女を喜ばせたのは、魚の薫香だ。干し鮎を炭火で軽く炙(あぶ)ったのだろう。信孝の口にも唾がたまる。

「お待ちあれ」

鋭い声でいったのは、寿庵だ。信孝の御膳を運んでいた侍女の足が止まる。

「これは何ですか」

寿庵が取りあげた皿には、くすんだ色の餅がのっていた。よもぎか何かの野草が入っているのか、餅の色は濁った緑色をしていた。

信孝は目をすがめた。この餅を、どこかで見たことがある。

「まあ、わらわの存ぜぬ皿がまぎれこむとは不吉でございます」

うってかわって、幸田御前が不機嫌な声をあげた。

「台所衆の失態ですぞ。御前にでる料理と賄いの区別もつかないのですか」

「も、申し訳ありませぬ」

運んでいた侍女が、寿庵の前にはいつくばる。

「早く皿を下げなさい。縁起でもない」

野草まじりの餅が次々と膳から取り除かれていく。

——十二月十九日　未(ひつじ)の刻（午後二時）

評定(ひょうじょう)の間にやってきたのは、柴田家の使者だった。小姓たちに両脇を抱えられ、やっと信孝の前へと出る。雪路を踏破し敵の重囲を抜けたのは僥倖(ぎょうこう)だが、その代償として鼻と何本かの指が凍傷で真っ黒になっていた。きっと、もう元には戻らぬであろう。

「し、失礼を……ば、柴田様の使いで、す」

息も絶え絶えに名乗ろうとする。

「よくぞ、来てくれた。これ、もっと火を近づけよ」

信孝の指示で、小姓たちが火鉢を持ってくる。心得たひとりが陣羽織を脱いで上からかぶせてやった。

「雪路と敵の包囲をよくぞ切り抜けた。して、柴田家の方はいかがあいなっておる」

「は、はい。軍を送りたきは山々なれど……」

「この雪ではどうにもならぬか」

いったのは、信孝のすぐ隣に座していた岡本下野守だ。灰髪灰髭(はいかみはいひげ)と横に広い体つきが豪傑然としている。

信孝は目をつむる。失望はない。覚悟はしていた。ならば、戦って散るのみ。

「は、春になれば……我が主(あるじ)は間違いなく兵を出す……と」

「春を待つというが、我が方の兵糧(ひょうろう)が持たぬ」

苦しげにいったのは、綺麗(きれい)に月代(さかやき)をそった若者だ。幸田御前の息子の幸田梅之丞(うめのじょう)である。信孝とは乳兄弟だ。岡本下野守と幸田梅之丞のふたりが、信孝を支える左右の両大将といわれている。

「そ、それについて……主から、ご、ご伝言があります。ここは一時、膝を屈し……和睦なさいませ」

どよめきが評定の間に満ちる。

「こ、この雪さえなければ……勝利も難しくありませぬ」

重苦しい沈黙がただよった。

「そのことだが――」

信孝の横の幸田梅之丞がいう。

「実は和睦の件、こちらからも打診している。春までの籠城が難しくあるのでな」

「おお……では、先方の返事は」

「わしの生母を証人に出せば、和睦を結ぶといいおったわ」

信孝が膝を殴りつけた。

「長く母と縁を絶っているのを知りつつ、三介(さんすけ)めはわしを嬲(なぶ)ったのだ」

痛いほどに奥歯を噛(か)みしめる。

信孝は、生まれてすぐ岡本下野守の屋敷に引き取られ寿庵と幸田御前を母がわりに成長した。実の父母と顔を合わすのは、節句や正月などの特別な日ぐらいだが、信孝は母の顔をほとんど覚えていない。物心つく頃になると、生母が信長の勘気をうけて城を去ってしまったからだ。母の身分が低いことが原因らしいが、詳しい理由は聞かされていない。

母のいない境遇を馬鹿にしたのが、異母兄の三介信雄だ。

『三七（さんしち）の母なし』

『お前の母親は卑しい女だ』

『だから、父上に追い出されたんだ』

何度、そうやって嘲られたかわからない。

それは、今もつづいている。

和睦の条件に、岐阜城におらぬ母を差し出せという。探して連れてこいという意味ではない。厚い軍勢に囲まれては、母を見つけることは不可能だ。信雄は、信孝を嬲りたいだけなのだ。

またひとつ膝を殴ったが、怒りはやむどころか大きくなるばかりだった。

「な、なんと……さ、三介様がそのようなむごきことを」

使者が驚きの声をあげる。居並ぶ諸将も狼狽（ろうばい）を隠さない。岡本下野守と幸田梅之丞だけが悔しそうにうつむいている。降伏に等しい和睦ゆえ、折衝は矢文（やぶみ）を射ちこみ極秘裏に行っていた。この一件を知るのは、岡本と幸田だけだ。

「和睦の件、交渉はつづけるが難しいと思ってくれ」

岡本下野守がつらそうな声でいう。使者は項垂（うなだ）れるようにして、うなずいた。

「今は休むがよい。すぐに医者を呼ぶゆえ、別室でよく養生せよ」

信孝は立ち上がり、使者を残して評定の間を出た。岡本と幸田をともなって、廊下を歩く。

『三七の母なし』

そんな言葉が蘇り、壁を殴りつけた。

「お気持ち、お察しします」

「城を守り通して、三介殿を後悔させてやりましょう」

岡本と幸田が言葉を添えてくれるが、怒りは増すだけだった。

「三七様」と、背後から声をかけたのは太田新右衛門(おおたしんうえもん)という古くから仕える従者だ。大柄で熊を思わせる容姿をしている。武者働きに見るべきものはないが、万事によく気が付く男で、普請仕事を任せることが多い。

「お母上のことですが」

「新右衛門、そのことはもうよい」

「お母上ならば、この城におられます」

思わず振り向いた。

「新右衛門、何を馬鹿なことを申しておる」

「慰めのつもりかもしれぬが、虚言を弄するとは失礼千万ぞ」

岡本と幸田が詰(なじ)るが、新右衛門の顔は真剣そのものだ。

「お母上様の千代（ちよ）様ですが、ここ岐阜の城におられます」

信じられず、信孝は首を横にふった。新右衛門の発した千代という言葉が、なんと懐かしいことか。

「失礼ながら、密（ひそ）かに拙者が匿（かくま）っておりました」

「ありえぬ。千代は父上の勘気にふれたと聞くぞ。どうして岐阜の城にいられるのだ」

「仔細（しさい）あり、信長公が落命した後、拙者が岐阜の城にお呼びしました」

父の織田信長が本能寺（ほんのうじ）で落命したのが、六ヶ月前。信孝は羽柴秀吉とともに山崎（やまざき）の合戦で光秀（みつひで）を討ち、その後の清洲（きよす）会議で美濃国の主となり岐阜城をもらった。

わなわなと体が震えだす。

「三七様、和睦を結ぶ絶好機です。三介殿は和睦の条件に、千代様を差し出すことをあげております。よもや、前言を撤回せぬでしょう」

岡本の錆（さ）びた声がうわずっている。

和睦締結の八刻前

――十二月十九日　酉（とり）の刻（午後六時）

千代を待つ信孝たちは、無言で窓の外を見ていた。降り積もる雪が止（や）む様子はない。

一体、千代はどんな顔をしているのだろうか。記憶にある千代の輪郭は漠としており、顔立ちも深い霧がかかったかのようだ。哀しげな声をしていたことは薄らと覚えている。

思えば、岡野下野守の屋敷にいた頃、年に数回会ったことがあるぐらいだ。信孝が信長のもとで暮らしはじめた頃には、千代は勘気をうけ城を去っていた。噂では、尾張の寒村で暮らしていたという。

「お連れいたしました」

太田の声に全員が襖へと目を向けた。信孝の心臓も自然と高鳴る。入ってきたのは、四十代ほどの女性だった。髪は黒く、目元に上品に皺が入っていた。

「そなたが千代か」

信孝は思わず前のめりになった。記憶にある朧な千代の姿と重ねようとするがうまくいかない。

「いえ、三七様、その者は千代様ではありませぬ」

否定したのは、同席していた寿庵だった。

「ご無礼いたしました。千代様はもうすぐ参ります」

入ってきた女が慌てて平伏した。横に菓子をのせた盆があるので、それを運びにきたのだろう。

床板を踏む音が聞こえてきた。弱々しい響きから女性だとわかる。襖からまずのぞいたのは、真っ白な頭だ。

信孝は息を呑んだ。

白髪で小柄な女人が、姿を現す。折れそうなほどに痩せている。顔にはしみが浮き、枯れ枝のような手を前に揃えていた。片頰には、むごい火傷の痕が広がっているではないか。

「そ、そなたは——」

誰なのだ、と問おうとして女の瞳から涙が一筋流れだす。

「三七様、おひさしぶりでございます。千代でございます」

哀愁をふくむ声を聞いて、信孝の肌が総毛立った。間違いない。この声は、かすかに己の記憶にあるものと同じだ。

女は——千代は肩をふるわせて泣きはじめる。

「そ、その火傷は」

昔からあったならば、いかに幼いといえど信孝は覚えているはずだ。

「信長公から暇をもらった後、戦に巻き込まれました」

信孝は額の汗をぬぐった。このボロ雑巾のような女が、己の母なのか。そういわれてみれば、鏡で見る信孝の鼻と口元は目の前の女とよく似ていた。

「申し訳ありませぬ」

ひれ伏す千代が、か細い声で謝る。

「何を謝るのじゃ」

思わず強い声で問いただした。

「私めの生まれの卑しさゆえ、三七様にご苦労をかけたことを謝っておるのです。私がまっとうな武家の女であれば、三七様は正しく次男となり、今のような苦境に立つこともなかったはず……」

信孝の顔が歪（ゆが）んだ。

本来なら、信孝は信長の次男だった。二十日ほど後に生まれた信雄が三男のはずだった。それが逆転したのは、生母の格のせいだ。貧しい武家の娘から生まれた信孝が、生駒（いこま）家の息女吉乃（よしの）から生まれた信雄に勝てるはずもない。

「そのことはよい」

幼き頃、信雄に与えられた屈辱を嫌でも思い出す。器量では負けていなかった。にもかかわらず、ことごとく信雄の後塵（こうじん）を拝した。その元凶が目の前にあると思うと、平静ではいられない。

信孝は息をついて間をとった。

「実はな、千代よ。三介殿との和睦がなったのじゃ」

極力、平坦（へいたん）な声で信孝は偽りを告げる。

「おお、まことですか。それはめでたきこと」

千代ががばりと顔をあげた。火傷の痕が嫌でも目にこびりつく。

「ついては、和睦がなり兄弟不和が消えたことの証（あかし）として、兄が尾張の地を案内（あない）したいと申した。わしは忙しいゆえ断ったが、それでは兄の顔が立たぬであろう。誰か親しき人を尾張へと送りたいと思ったのじゃ」

岡本下野守、幸田梅之丞に目をやると、ふたりがうなずいてくれた。

「そこで、だ。千代を労わるという意味もこめて、尾張へと遊山にいってはどうか」

和睦はまだなっていない。偽りをいったのは、証人だと知れば、千代が怖気づくからだ。

「おお、私のような卑しい女に、そこまで気を遣っていただけるとは」

むせぶ姿は、信孝をさらに苛立たせた。歪みそうになる表情を必死に取り繕う。

「ああ、兄もきっと千代がくるといえば喜ぶであろう」

信孝は無理矢理に笑みをつくった。心中で安堵の息をつく。これで和睦への道筋がついた。ひとつ愉快でないのは、千代と対面した時の信雄の反応を想像することだ。

が、滅びを避けるためならば、その程度の屈辱は甘んじて受けよう。

和睦締結の六刻前
——十二月十九日　亥の刻（午後十時）

千代を退室させた後、信孝たちはじりじりと待ち続けた。半刻ほど前、矢文を敵陣に射ていた。千代を証人とするので、和睦を進めてほしいと記したものだ。

はたして、信雄は和睦を受け入れるのか。それとも断るのか。

生きて春を迎えられるか否かがこれで決まる。

廊下を走る音が近づいてきた。

岡本と幸田が立ち上がる。

「敵陣から矢文が届きました」

使番（つかいばん）が捧（ささ）げ持つ矢を、幸田はひったくった。くくりつけられた書状をほどき、開く。

幸田の秀麗な顔が歪んだ。

「なんと書いておる」

信孝の問いかけに、戸惑いつつも幸田が答える。

「千代様の証人の件、委細承知と書いてあります。和睦の一件を進める、と」

「おお」と、岡本の錆びた声に喜色が浮かんだ。

「ですが、本物の千代かどうか疑いが残る、とも書いてあります。ついては、さらにふたり証人を所望する、と……」

「ふたりとは誰なのだ」

信孝は先を促した。

「岡本下野守殿の妻、寿庵様とわが幸田梅之丞の母の幸田御前です。このふたりを、証人として所望しております」

信孝は瞑目（めいもく）した。自嘲の笑いが喉の奥から込み上げてくる。所詮、千代の価値はその程度だったのだ。和睦の具にもならない。

「どうする。寿庵と幸田御前を証人として送るか」

母を見捨てるのか、と二人に問うた。

岡本は太い腕を組み沈思し、幸田は顔を歪めてうつむいている。気まずい沈黙が流れた。

「望むところです」

凛（りん）とした声が聞こえてきた。

襖が戸枠を滑り、現れたのは寿庵と幸田御前だった。ふたりとも硬い表情で佇（たたず）んでいる。

「失礼ながら、お話を聞かせてもらいました。証人の件、喜んでお引き受けしましょう」

「寿庵」と、岡本が駆け寄る。

「わらわも望むところです」

かぶせるようにいったのは、幸田御前だ。いつもはにこやかな彼女も、今ばかりは険しい表情を崩さない。

「しかし、母上、証人になるということは、和睦を反故（ほご）にした時には――」

幸田御前が息子の言葉を手をあげて、遮った。春になれば信孝らは再び戦をはじめる。そうなった時、三人の証人の命の保証はない。

「わかっております。わらわたちの命は春までということでしょう」

「幸田御前や、よういいました」

寿庵が、幸田御前の肩に手をおいた。

「武家の女として生まれた身なれば、命が露よりも儚（はかな）いのは百も承知。この身が犠牲となることで、包囲が解けるなら、それは一番槍にも等しい手柄でしょう」

寿庵の言葉に「まことにもってその通り」と幸田御前も賛同する。

「このまま座していても死を待つのみ。ただ、ひとつ願いがあるとすれば」

寿庵が信孝を見る。幸田御前もつづく。

「なんだ、申してみよ」

「憎き敵である三介殿、そして羽柴筑前めの首、必ずや我らの墓前に供えてください。私たちが望むは、ただそれだけ」

和睦締結の五刻前
——十二月二十日　子の刻（午前零時）

夜になってもまだ雪は降り続いていた。信孝は寝所の中で、足を組み座っている。闇を凝視しつづけた。

あれから何度か矢文で交渉をつづけた。信雄は千代、寿庵、幸田御前の三人の証人で和睦に合意した。明日、使者をやって起請文を取り交わし、証人を受け取るという。

「眠れませぬか」

障子の向こうから太田新右衛門の声がした。

「今宵の寝ず番は新右衛門か」

「は」

障子に映る大柄な影が低頭する。

「千代様も先ほど床についたところです」

なぜか胸が痛んだ。

「千代は、こんな夜更けまで何をしておったのじゃ」

「餅を作っておりました」

「餅だと」

「和睦の一件がうまく運べば、明日、城を発ちます。三七様に渡すべく餅を作っておったようです」

あ――と間抜けな声が漏れた。千代の餅といわれて思い出す。

あれは何歳の頃だったか。十歳にはなっていなかったはずだ。桶狭間で今川義元を討った信長は、伊勢や美濃にしきりに兵をいれていた。

何ヶ月かに一度、信長は子らを集めて一緒に遊ばせていた。仲を深めるための行事で、信長はもちろん正室の帰蝶、信雄や長兄の信忠の生母の吉乃らも同席していた。

あの時も清洲の城に向かう道すがら、足が重かったのを思い出す。すでに千代は信長から勘気をうけて追放されていた。母のいない信孝にとっては、子らの集まりは苦行でしかない。

その日も鞍の上で揺られつつ、どうやって一日をやりすごすかを考えていた。

『三七様、よろしいか』

声をかけたのは、あの頃から仕えていた太田新右衛門だった。訳もわからず下馬して、木陰へと連れていかれる。

平伏する百姓女がいた。顔は伏せていていてわからない。

『誰なのじゃ』

憂鬱な気分が信孝の声をきついものにしたことを、今でも覚えている。

『千代様でございます』

太田新右衛門が耳打ちした。

『え』

『ご存じのように、ご勘当をうけ城にはおられぬ身であれば、ご内密に』

新右衛門が露骨に周りを警戒する。千代が頭を上げた。若き千代の顔は、やはり漠としか覚えていない。髪が黒かったことだけは記憶に残っている。

寝所の中できつく目をつむると、ぼやけていた輪郭がひとつの線になる。筆で書いたようなはっきりした目鼻立ちが浮かんでくる。そうだ、この頃の千代は頬に火傷は負っていなかった。地味だが決して醜い女ではなかった。

だが――

『何用じゃ。急いでいるのじゃ』

幼い信孝の口からでたのは、責めるような言葉だった。事実、迷惑だった。いつもこの辺りで、信雄の一行と出くわす。もし、この場を見られたら、きっと馬鹿にされる。帰蝶や吉乃らの美しい衣装と比べて、今の千代の姿は百姓女そのものだ。

千代の目尻が哀しげに下がった。

『お忙しいところ申し訳ありません。三七様、すこしだけお時間をください。実は、私はもうすぐ遠くへと参ります。もう、尾張にもいることはできなくなりました』

哀しげな声で、千代がすがりつこうとする。思わず、信孝は身をのけぞらせた。千代が苦しそうに胸を押さえる。涙が目から溢(あふ)れんとしていた。

『遠くへいくのか』

『はい。もう二度と……』

ならば、早くどこかへいってほしい。馬蹄(ばてい)らしき音がかすかに聞こえてくる。信雄らの乗る馬だったらどうするのだ。

『三七様、これを』

千代は、包みを信孝に抱かせようとする。記憶にある千代の掌(てのひら)の感触は柔らかい。あかぎれはあったが、今のように痩せてはいなかった。

『小さい頃にお好きだったものです。よもぎを混ぜた草餅です。今日は兄様や弟様たちと遊ぶのでしょう。お腹(なか)が空(す)いたら、みなでお食べください』

こんな粗末なものを、信雄たちが食べるはずがない。出したところで、笑われるだけだ。

『そのぐらいで。勘当の身です。他の者に見られたらまずくあります』

新右衛門が、千代の体を無理矢理に引き剝がした。信孝を馬のつないだ場所へ連れていく。背後から、一行が近づいてきた。先頭の馬に乗っているのは童だ。

『なんだ、母なし子がいるではないか』

織田信雄だった。垂れた目は父とは似ても似つかぬが、それゆえか信長から愛されていた。腰にある小さな脇差は、信長が京の職人に誂えさせたものだと聞いている。

『こんなところで何をもたもたしておる』

信雄の手にあるのは干菓子だろうか。菊花の形にかたどったものをかじっている。

仕方なく信孝は馬に乗り、信雄と並んで進む。

『なんじゃ、それは』

『あ――』

信雄が包みをむしりとった。

『汚い餅じゃなぁ。こんなものが好きなのか』

信雄は草餅を乱暴に手に取り、しげしげと見つめる。

『百姓でももうちょっとましなものを食うぞ』

『ちがう』

『なにがちがうのじゃ』

『これは僕のじゃない』

『うそをつけ、木陰で百姓女からもらっているのを見たぞ』

心臓が早鐘を打ち出す。

『ははん、あれは誰かと思うたら千代じゃないのか。お前の母は、こんな菓子を食わすのか』

意地の悪い笑みを、信雄が顔に貼りつける。

『ほら、食ってみろ。お前にお似合いじゃ』

信雄が餅を突きつけた。

『ちがう。これは僕のじゃない。知らない女が勝手に渡したんだ』

気づけば、そう口走っていた。

『こんな餅、嫌いだ。口にもいれたくない』

『はん、じゃあ、この汚い餅をどうするんじゃ。そんな餅、誰も食わんぞ』

信雄は一口だけ齧（かじ）り、「まずい」といって吐き捨てた。

『ぼ、僕だっているもんか』

『じゃあ、捨てればいい』

信雄は袋を信孝の胸に押しつけた。

『どうした。食わんのだろう。汚い百姓女から恵まれたものを大事に持っていくのか。それでもお前は織田家の息子か。やっぱり――』

『うるさい』

信孝は袋ごと餅を地面に投げつけた。水溜りに落ちて、泥まみれになる。

『はは、泥団子の出来上がりじゃ。お前にちょうどいい菓子じゃないか』

信雄が馬の足を速めて先行する。追い抜けば機嫌が悪くなるのを知っているので、あえて先に行かせた。ふと視線を感じた。後ろを向くと、千代がこちらをじっと見ている。

ちがうんだ、といおうとして言葉を呑み込んだ。信雄に万が一にも聞かれたら、と思うと千代にかける言葉が喉の奥で消えていく。

「嗚呼」と、信孝は寝所の中で言葉を漏らした。

昼餉の膳で出てきた餅は、千代が作ったものだったのか。

すっかり忘れていた。いや、思い出したくなかったのか。

和睦締結の二刻前
——十二月二十日　卯の刻（午前六時）

朝になって雪は止んだが、まだ薄暗かった。下界を見下ろすと、敵陣もまっ白になっている。雪をかきわける人夫の姿がちらほらとあった。

城の中を散策すると、台所では侍女たちが忙しげに働いていた。餅が焼ける匂いがする。

台所の片隅で働いているのは、顔に火傷の痕がある女だ。千代が野草の入った餅を焼いていた。

「ああ、三七様」

気づいた千代の顔に、笑みが咲く。

「餅を焼いておったのです。覚えてますか。幼き頃、城で会うたびに作ったことを」

千代が餅を突き出してくる。信孝の喉の奥で得体のしれぬものが蠢いていた。何かの言葉が、信孝の口を開け舌を動かさんとしている。唾と一緒に無理矢理に呑みくだした。

今は、この感情に呑みこまれてはいけない。信雄に勝つためには、非情にならねばならない。

「さあ」といわれ、さらに餅が近づいた。取ろうとして、視線に気づく。侍女たちが遠巻きにしていた。伸びた手が引っ込んでいく。

「そんなことよりも、今日は三介殿の使者と会うのだぞ。餅など焼いているひまがあれば、もっと身なりを整えろ。わしに恥をかかせる気か」

思わず強い言葉でいい、千代がひっと小さな悲鳴をあげた。

侍女たちの視線がさらに集まるのがわかった。怒りと焦りが、信孝の心を苦しめる。

「どうしても出ないといけませんか。私がいても、三七様に恥をかかせるだけです」

千代が顔をそむけた。いや、火傷の痕を信孝の目から隠したのか。

「顔を気にしておるのか」

返答はなかったが、手で火傷の痕を隠そうとする。

「その傷はどこで――」

「ご勘弁ください。罰が当たったのです」

「罰だと」

どういう意味だ。そもそも、なぜ千代は信長から勘当を受けたのだ。思えば、信孝は千代のことを何ひとつ知らないことに気づいた。

人影が近づいてきた。岡本下野守と幸田梅之丞だった。

「とにかく、餅など焼くひまがあれば早く支度をせい」

和睦締結の一刻前

――十二月二十日　辰の刻（午前八時）

織田信雄の使者としてやってきたのは、土方雄久という武将だ。三十をすこしこえた働き盛りの体は、周りの雪を溶かすかのような覇気を漂わせている。老いた足軽をひとり従者としてつれて、岐阜城内の曲輪を闊歩していた。

天守閣のある本丸で、信孝は待ち受けていた。雪が止んだこともあり、地面に毛氈をしき、陣幕を張り巡らせ会見の場をもうけている。

「よく、来たな、土方よ」

「三七様におかれましては、おかわりないようで。まずは、証人を確かめても」

挨拶もそこそこなのが、土方らしいと思った。

「寿庵、幸田御前、そして千代をこれに」

信孝の声に、陣幕の向こうから三人の女人が現れた。土方が前のめりになり、横にいる老いた足軽も目をすぼめる。

三人が信孝の横に並んだ時、足軽が土方に耳打ちした。

「間違いありませぬ。変わり果てておりますが、千代殿です」

かろうじて信孝にも聞こえた。どうやら、千代の顔を知る足軽らしい。土方が驚いたようにまぶたを上ずらせたのは、身代わりを用意していると思っていたからか。

「三七様の兄弟和約にかける誠心、嘘偽りはないようですな。心おきなく和睦の儀を進められます」

信孝は胸を撫で下ろした。さらなる無理難題がふきかけられると思っていたが、信雄もこれ以上の戦は望まないようだ。

「三人の証人を尾張へ送った後、兵が完全に退くまで何日ぐらいかかる」

確かめたのは、岡本下野守だ。

「この雪で大勢を動かすのもままなりませぬ。十日ほど見ていただきましょうか」

「長すぎはしないか。我らは証人として母や妻を送るのだ。そちらも誠心を見せるべきだ」

気負った声で、幸田梅之丞が咬(か)みつく。

信孝は、ちらりと千代を見た。床几(しょうぎ)に座っているが、しきりに左右をうかがっている。表情に狼狽の色が濃く出ていた。

「ご安心を。包囲が解けるまで、この土方が証人として岐阜の城に残ります」

土方が、誇らしげに胸をそらした。

「あ、あの……」

千代が腰を浮かしたことで、何人かが首を向けた。信孝の動悸(どうき)が激しくなる。とうとう、千代に詐術がばれてしまったのか。

「千代、大切な談合の最中じゃ。静かにしておれ」

叱りつける、信孝の声は上ずっていた。やましいことがあると言っているようなものだ。

「しかし、なぜ、寿庵様と幸田様がここにおられるのですか。おふたりも私と一緒に遊山で尾張へ行くのですか」

「遊山」と不思議そうにいったのは、土方だ。

「千代、黙れ」

信孝は怒鳴りつけた。

「けれど――」

「それ以上、騒がしくすれば、三七様が恥をかきますよ」

助け船を出したのは、寿庵だった。千代は、身を縮こまらせてうつむく。体が震えているのは寒さのためか、あるいは証人だとばれたのか。

「では、用意した誓紙に血判を」

土方が突き出した紙に信孝は署名し、最後に傷つけた親指を押しつける。が、その間も千代のことが気がかりだった。血判はいつもとちがい、むごく滲（にじ）み歪んだ形のものになった。やり直せるわけもなく、岡本下野守と幸田梅之丞がつづいて血判を押す。すでに、信雄側は血判がすんでおり、土方は満足そうに誓紙を見つめた。

「結構です。では、万が一にも齟齬（そご）がないように、起請文を読み上げます」

「ま、待ってくれ」

信孝は思わず腰をあげた。

「時間が惜しい。起請文を読み上げるのは、またの機会でよいのでは」

読み上げられれば、千代に嘘が完全にばれてしまう。

「これは異なことをおっしゃる。起請文の全てのやりとりは手順が決まっております。これをひとつでも疎（おろそ）かにすれば、神通力が宿りませぬ。そんなこともご存じないのですか」

「いや、しかし……わかりきった内容だ。昨夜、矢文で何度もやりとりをした。今、ここでくり返さずとも……」

「神事として手順が決まっておるといったでしょう。これは起請文の内容を確かめる以上に、神祇（じんぎ）に内容をお伝えする大切な儀式です」

「そうではあるのだが」

「殿」と、岡本の太い掌が袖を引いた。

「覚悟をお決めください。千代様のことは些事でございます。証人が納得していようがいまいが、相手には関係ありませぬ」

確かにそうだ。この期におよんで千代が抵抗するならば、無理矢理に引き渡せばいい。なぜか、昨夜からある胸のわだかまりがどんどんと肥えていく。

土方が顔の前に牛王法印の起請文を掲げた。天照大神をはじめとした神々の名前をあげていく。違約ある場合は、恐ろしき病にかかり罰があたると読み上げる。ここまでは、定型の文である。いよいよ、和睦の条件が土方の口から神祇に向かって発せられる。

千代の様子を横目でうかがう。うつむいていた顔が徐々に上がる。頬の火傷の痕がちらちらと目に入った。

和睦の条件に三人の証人を送ることを伝えた時、はたして千代の目が大きく見開かれた。

「もし、三七信孝が違約の場合――」

神へ伝える文のため、土方は容赦なく信孝の諱を読む。

「証人であり信孝の生母の千代を磔にする。また、寿庵、幸田御前については、岡本下野守、幸田梅之丞が起請文の順守を怠った時、同様に磔とする」

「今、なんとおっしゃったのですか」

土方の言葉が止まった。じろりと睨みつける。

「無礼であるぞ。神事を妨げるか」

「お、お願いです。土方様、今、一度――」

土方は大きく顔をしかめた後、「ええい」と小さく呟いた。

「静かに聞かれよ。次に妨げれば、神罰が下るとお考えあれ」

土方が、再び起請文の内容を読み上げる。時折、千代が小さな声で復唱した。

「もし、三七信孝が違約の場合、証人であり信孝の生母の千代を磔にする」

がたりと音がした。見ると、床几から千代が崩れ落ちている。

「まさか、聞いておられぬのか」

土方の問いかけに、千代はただ激しく戦慄くだけだ。

土方は信孝を睨みつけた。視線に耐えきれず、うつむかざるをえない。耳が熱湯をかけたかのように熱い。

「あ、嗚呼嗚呼嗚呼……」

うずくまる千代の口から叫びが迸った。両手を顔にあて、ぼろぼろと涙をこぼす。悲鳴のように泣き咽ぶ。

「三七様、本当によろしいのか」

土方の声に、顔をあげざるをえない。だが、目差しは地面に縫いつけられたままだ。

「仕方あるまい。母抜きでは……和睦を結べぬのだろう」

千代はさらに大きく泣く。両手で耳を塞ぎたい衝動に必死に耐える。

「確かに」と、土方がいった。

「では、今一度読み上げます」

泣きじゃくる千代などいないかのように、土方が起請文を淡々と読んだ。

「以上、三介信雄と三七信孝、神に誓えり」

一際、大きな声で土方は宣した後、起請文をたたむ。そして、火に焼べた。神灰を作っているのだ。起請文の灰を水に溶かし呑むことで、儀式は完成する。

和睦締結の刻
――十二月二十日　巳の刻（午前十時）

いつのまに、信孝は天守に登っていたのだろう。欄干によりかかり、下界を見ていた。割れた雲の隙間から太陽が差し込み、真っ白い雪に陰影をつけていた。しみが広がるように、陽だまりが大きくなっていく。

城の大手門から、女駕籠を守る一団が出てきた。証人の千代、寿庵、幸田御前たちが乗る駕籠だ。雪原に、駕籠かきたちの足跡が刻まれる。それは、織田信雄の陣へとまっすぐに吸い込まれていった。

「失礼」と、声がした。土方が膝を揃えて座している。刀を取り上げられた証人のたたずまいだが、威は損なわれていない。

「使者たちは今、神灰を携えて証人とともに陣へと向かったところです。三介様が神灰を水に溶かし呑んで、初めて和睦は成立します。合図として、鏑矢が空に射ち込まれる手筈になっております。十日間、証人としてご厄介になります」

土方は深々と頭を下げた。

信孝は大将として何か声をかけねばならぬが、唇は動かない。欄干によりかかったまま、片手だけを力なく上げた。

耳に、先ほどの千代の慟哭がこびりついている。

「実は、わざわざ、ここまで参ったのは、挨拶以外にも理由があります」

土方が背後にあった包みを前へと出した。

「証人交換の別れ際、千代様と挨拶をかわしました」

土方は送られる証人が確かに本人であることを、城を出る前に必ず確かめねばならない。女駕籠の中を検めたのだろう。

「その時、千代様が拙者に託したものです。三七様に渡すようにと」

小姓が受け取り、欄干までやってきて信孝に捧げる。

「では、失礼いたします」

一礼して、土方は去っていった。

「開けますか」

小姓の問いにうなずいた。

出てきたのは、よもぎを練り込んだ草餅だった。手紙のようなものも入っている。

「いかがいたします」

「食べとうない。お主らが食えばいい」

小姓が退室する直前に入ってきたのは、太田新右衛門だった。

「ひとりになりたい。用があるなら、手短にいたせ」

外を見たままいう。

「春になれば和睦は破られます」

あまりにもわかりきったことなので、無言を貫いた。

「ならば、拙者は殿に明かさねばならぬことがあります。千代様がなぜ、信長公から勘気をうけたかです」

草餅を持った小姓は去ってよいのか判断がつかぬようで、目で助けを乞うている。

「出自の卑しい女だ。遅かれ早かれ、いずれ父のもとを去った」

小姓の戸惑いは無視した。

「実は、千代様の一族は一向宗を信仰していたのです」

「一向宗だと」

「はい。だけでなく、千代様の一族は服部党と密かに手を組んでおりました」

服部党――津島や長島周辺を根城とした一向宗の勢力である。桶狭間の合戦の折、今川義元と結び、信長を大いに苦しめた。信孝が三歳の頃だ。

「桶狭間の合戦で、服部党が熱田神宮を襲ったのは知っておりましょう。それを手引きしたのが、千代様の一族です。からくも服部党は敗走し、熱田は無事でしたが」

「千代が敵に内通していたのか」

「いえ、千代様のあずかり知らぬことです。しかし、千代様の父や一族は服部党につきました。ただ……千代様の父も野心あってのことではありませぬ。一向宗では、本寺の命令は絶対です」

〝退者地獄、進者極楽〟の旗のもとに一向宗が集ったのは、本寺の命令に逆らえば地獄落ちすると信じていたからだ。信孝の初陣は長島一向一揆殲滅の戦なので、彼らの地獄を恐れる心と、それゆえに退くことなく戦う姿は目に焼きついている。

「本寺から——服部党につかねば地獄行きだといわれ、千代様の父や一族は仕方なく内通したのです」

極楽行きを人質にとられ、千代の父は信長の敵に回った。あまりにも愚かだ。だが、それが一向宗の者たちにとって笑いごとでないのは、長島の戦いを経験した信孝は知っている。涅槃である極楽に解脱することを至上とするのが仏教だ。その前では、現世の幸せや不幸などは些事にすぎない。

「幸いにも、桶狭間では今川家も服部党も駆逐できました。千代様には内通の罪はありませんでしたが、三七様の母親が一向衆徒であるのは具合が悪くありました」

ここで、新右衛門は間をとった。

「三七様の将来を考え、千代様は一向宗徒である自分が織田家にいるのははばかりがあると信長公のもとを辞したのです」

　桶狭間以降も、信長と一向宗は各地で死闘を演じた。塙直政、氏家卜全、林通政ら重臣、織田信広、信興、秀成という信長の兄弟が討ち死にするほどだった。信長の死の一年前、やっと大坂本願寺と講和がなったが、それでも反対派は抵抗の姿勢を見せんとした。

「千代様は尾張の寒村で暮らしておりましたが、一向宗徒にとっては住み良いとはいえませんでした」

　美濃の斎藤龍興やその残党など、信長に負けた男たちは長島に匿われていた。彼らが収穫間近の織田家の田畑を襲うことはままあった。自然、織田領では一向宗徒への憎しみが増す。また、同盟する徳川家康も三河一向一揆と死闘を繰り広げていた。父が服部党と結んだ千代は、罪人のような暮らしを送らねばならなかったが、それもとうとう限界を迎え、尾張をさることになった。幼かった信孝に最後の挨拶をして。

「それが、あの時か……」

　尾張の道端で、清洲の城へいく幼い信孝を草餅と一緒に待ち受けていた。

「その後、千代はどこへいったのじゃ」

「長島城でございます」

　ぴくりと信孝の耳が動いた。伊勢国の長島は、東海地方の一向宗の総本山だ。なぜ――と思うと同時に、一向宗らが住む土地は限られていることも理解できる。信長が領地を拡大するたび、彼らは住む場所を狭められていた。

「実は、最初は千代様がどこへ行ったか、拙者もわかりませんでした。探してはいたのですが」

「だが、千代を見つけたのだろう」

新右衛門は沈黙している。

「どうやって見つけたのだ」

嫌な予感がした。いや、ずっと前から悪寒がして、信孝は必死に体の震えに耐えていた。

「天正二年の長島攻めでございます」

忘れるはずがない。あの戦が信孝の初陣だった。そして、信長は降伏し城を出る一向宗に対し、銃弾の雨をふらせた。足弱衆が残る城に容赦なく火をかけて焼き殺した。信孝も声をからし鉄砲隊を指揮し、戦意を高揚させるために宗徒がこもる寺に自ら火を放った。

信孝の呼吸が荒くなる。

「戦が終わった後、焼けた寺の蔵から千代様を見つけたのです。気を失い怪我を負っていましたが、幸いにも命はご無事でした」

さらに、新右衛門がいう。一向宗を棄てることを条件に、千代を匿ったこと。本能寺で信長が身罷ってから、岐阜城の女中としての職を与えたこと。火傷があったことが幸いして、誰にも千代だと気づかれなかったこと。

「千代の顔の火傷は……いつできたのだ」

か細い声で、信孝は聞く。新右衛門は口を開く。

しばしの逡巡ののち、新右衛門は口を開く。


「長島攻めの折です。織田が放った火にまかれ――」

新右衛門は語尾を濁した。

信孝は頭を抱えた。爪が肌に喰いこむ。己を産んだ女のいる城や寺に、信孝は火をかけたのか。さらに深く爪が喰いこんだ。

「父上が身罷られてから、千代は岐阜の城におったといったな」

「はい」

「なぜ、名乗り出なかった」

「理由は同じです」

「それではわからぬっ」

「元とはいえ一向宗徒の母がいては、三七様の将来に障りがあると、そう申しておりました。千代様なりに、三介殿や羽柴筑前との確執を思いやったのでしょう」

気づけば、よりかかる欄干からずり落ちていた。

新右衛門が小姓から餅の入った包みを受け取り、信孝の目の前におく。紛れこんでいた書状を差し出した。

「千代様からの文でございます」

震える手で受け取る。ゆっくりと開いた。つたない文字が目に飛び込んできた。出立の直前に書いたのか、まだ墨には潤いが残っている。

和睦の場で醜態をさらしたことを謝っていた。

あまりにも嬉（うれ）しくて、取り乱してしまったと書いてある。

ただ、それだけだ。

「どういうことだ」

口にだしていた。なぜ、千代は和睦の場で、嬉しかったのだ。あれは悲しみの涙ではなかったのか。

「千代様は駕籠に乗る前、拙者にこういいました」

目で先をうながす。

「初めて、三七様が母として認めてくれた、と」

ぽろりと手から文がこぼれ落ちる。

脳裏によぎったのは、土方が読みあげた起請文の文言だ。

『証人であり信孝の生母の千代を磔にする』

「千代様はこうおっしゃいました。裏切り者の娘ゆえ、三七様に母と呼ばれることは一度もなかった、と」

つづけた新右衛門の言葉は、千代の声で脳裏に蘇る。

『私は初めて、三七様の母になれたのです。和睦の場で、初めて三七様に母と呼んでもらえたのです』

「千代様は私に黙っているよう頼みましたが、やはり申し上げます」

これ以上、何があるというのだ。

「こたび、私が千代様の居所を教えたのは、千代様の指示です」

新右衛門を見た。

「千代様は、私が証人になれば城の包囲は解けるはずだ、とおっしゃったのです」

「で……では」

「千代様は最初から知っていたのです。自分が証人であることを。和睦の場で動揺していたのは、寿庵、幸田御前も同行することを知らなかったからです」

新右衛門が平伏する。

「千代様は三七様にこのことを口外するなといいました。しかし、私には無理です。お許しください。千代様の誠心のかけらでも、お伝えせねば、と愚考した次第です」

信孝は下界に目をやった。大地は冬景色だが、空から降り注ぐ陽光は春のものだ。駕籠の姿はもう見えない。

「千代――」

母と呼んだことのない口では、そう呼ぶのが精一杯だった。

「千代――」

必死になって草餅を頬張りつつ、信孝は叫ぶ。

「千代――」

味はわからない。ただ、胸からどうしようもない思いが吹きこぼれてくる。口から餅の欠片がぼろぼろとこぼれ落ちた。

「――」

胸に満ちる思いが喉から音として爆ぜた時、空に異音が轟いた。

鏑矢が放たれたのだ。

信孝の叫びを、和睦を祝う敵味方の歓声がかき消していく。

（「小説宝石」二〇二二年六月号）

凡凡衣裳

蝉谷めぐ実

【作者のことば】

着物には持ち主の愛着や執着がこびりつくと言われます。

それなら役者の衣裳ともなると、どうだろう。

役者は身銭を切って衣裳を絢爛豪華に仕立て上げ、客の目を集めるためにあれやこれやと衣裳に仕掛けを施します。役者の着こなしを真似る人間が多くいた時代、衣裳の出来栄えは役者の人気にも大きく関わってくるものですから、衣裳には役者の情念が滴るほどに染み込んでいるに違いない。

そんな衣裳を中心に繕い上げた一作になります。

蝉谷めぐ実（せみたに・めぐみ）　平成四年　大阪府生
『化け者心中』にて第十一回小説野性時代新人賞、
第二十七回中山義秀文学賞、第十回日本歴史時代作家協会賞新人賞受賞
『おんなの女房』にて第十回野村胡堂文学賞、
第四十四回吉川英治文学新人賞受賞
近著――『おんなの女房』（ＫＡＤＯＫＡＷＡ）

畳の上に両手をついて、辞儀をするお指はなるほど、ついっと揃っている。

つまらないものですが、と風呂敷包みのどら焼きをお辰の前に滑らせて、こちらをうかがうそのお目目は、とっても健気でしおらしい。

まあ、前の客よりかは、幾分ましなお人のようで。

お辰は風呂敷包みを押し戻しながら、一刻ほど前に応対したお客人を思い出す。

その人もお辰の前に風呂敷包みをでんでんと二つ積み上げた。三津屋と筆書きされた店札をこれでもかと見せつけて、この金平糖は去年のお八つ番付で小結をとったとか、朝から人を並ばせてやっとこさ手に入れた品だとかを捲し立ててくるのはうんざりで、早々にお帰りいただいた。目の前のお客は、そのような押し付けがましい真似はしないが、風呂敷の結び目を少し解き、こちらも人気の店らしい店札をちらりと覗かせてくるところは小賢しい。

「ねえ、お辰さん。後生ですから、お目通しだけでもさせてはもらえませんかねえ」

声のいいところは、もっともっと小賢しい。前のお客も声だけはやっぱり良くって、金平糖のぺいの声の出し方には、ほんのちょっと聞き惚れている己もいた。

だが、お辰は決して騙されない。

どんなに礼を尽くした指先も、健気なお目目も良い声も、お辰を騙くらかすことなんかできやしない。

この仕立て師、お辰の前では、その身に着けている着物がなによりも物を言う。

「何度お願いされても答えは変わりません。衣裳の仕立てのご依頼はお引き受けできません」

きっぱりお辰がそう言うと、お客の目にはすぐ険呑な色が滲み出てくる。

「一体なにをお望みなんだい」

苛々と指で畳を叩く仕草に、ほらね、とお辰はお客の着物に改めて目をやった。

黒柿色の小袖は江戸のお人好みの渋色で、足下に縫い付けられた打出の小槌、巻き軸、七宝、巾着袋の宝尽くしの紋様は先染めの糸が色取り取りに使われ、たしかに目を引く。

ただ、その縫い付けの糸が弱いのだ。古い糸を使ったのか、染めを繰り返しすぎたのか。目を凝らさなければ分からぬくらいだが、刺繡を施したあたりだけ妙に布地がよれている。

ほらね、おんなじ。

お辰は背筋を伸ばし、真正面から男を見据える。

綺麗なお顔に丁寧な仕草でどれだけ仕立て上げられていても、時が経つとほつれが出始める。こうして堪忍袋の緒だって、すぐ切れる。

「ああもう、まどろっこしいね」

男はちいっと舌を打ち、

「いくら金を出しゃあいいんだい！　鬘でもなんでも質草に入れて、用意してやろうってんじゃないのさ」

お辰に向かって片袖を捲ってみせるが、お辰にはてんで応えない。

「金子の問題じゃあないんですよ。今日までにお受けした仕事で手一杯で、新しい注文を差し込む余裕がないんです」

切って捨てれば、今度は打って変わって男の目には涙が溜まる。

「半年振りにようやっと名前のある役をいただけたんだ。霜月の顔見世以降なんともぱっとしねえお役ばかり回されて、芝居好きの口端にのぼりやしねえ。だからこそ、私は此度の芝居でなにをしてでも皆の目ん玉に映り込みにいかなきゃならない。次の夏芝居で名を揚げられなきゃ、おしまいなんだよ」

捲り上げていたはずの片袖がいつの間にやら目元に添えられ、男はよよと泣き崩れている。お辰は一つため息をつく。

どうしてこうも来る客来る客、己の涙でどうにかできると思うのか。

ここ丹色屋は、芝居役者のみを客とした舞台衣裳の仕立て屋だ。その、情に訴える泣き落としがどれだけ芝居客の涙を誘い、「泣きの清九郎」との大向こうが飛び交うのか知らないが、この店の中では通用しない。

「金があるなら、越後屋にでも頼めばいいではないですか。あれだけの大店なら、腕のいい仕立ての職人を山ほど抱えているでしょうし」

「越後屋なんかに頼むかってんだ。丹色屋こそが天下一の仕立て屋と見込んでいるから、こうして頭を下げているんじゃないか」

「それは……どうもありがたいお言葉で」

「初春狂言にやった『絵本太功記』の四方天田島頭の衣裳、あれには腰が抜けちまったよ。初日の幕を閉じてすぐ寛次さんに縋って聞けば、ここの仕立てだっていうじゃないか」

袖は広く、丈は短く、裾の両脇には切れ込みを入れて四つに割いたように仕立て上げ、馬簾と呼ばれる飾り房を縁にぐるりと縫い付ける。雲龍、雲鶴を欲張って亀甲の内に閉じ込めた縁起担ぎの紋入り総刺繡には満足そうな鼻息を貰ったが、飾り房だけの裾回りは物足りないらしかった。もっと派手に揺らしてくんねえとの役者の要望に、飾り房の先っぽに蜻蛉玉を結びつける思案を思いついたのはお師様で、お辰はお師様と二人して、夜を明かして蜻蛉玉の穴に糸を通したものだ。

「四天は芝居でしか使われない着物ですから、仕立て師にとっちゃあ腕の見せ処。お師様も寛次さんと額を突き合わせてうんうん悩まれておりました」

引き締まった背中とひょろけた背中が仲良く一緒に丸まって、一枚の紙を覗き込んでいた光景を思い出す。

「だからだよ」との優しげな声に目線を上げれば、清九郎は穏やかな笑みを浮かべていた。

「そうやって心から役者のことを考えてくれる仕立て師さんだから、私は丹色屋さんに此度の衣裳を仕立てて欲しいんだ」

清九郎は一旦言葉を切ると、「お願いするのはこれで最後にいたしやしょう」緋色の腹切帯をしごき、お辰に向かって膝を揃える。

「昨今の江戸の流行り廃りは私ら芝居役者が中心だ。皆こぞって芝居役者の真似をする。中でも衣裳にゃ殊更目を光らせて、染め色、紋様、帽子に帯の結び方あたりが目の付け処。その真似っこに役者の名前がつけられたらもう、こっちのもんさ。梅幸茶、菊五郎格子、菖蒲帽子に吉弥結びと、役者の名前は広まって、果てには舞台じゃどんな風に着付けているのかしらんと、客は芝居の木札を購うから、興行も大入り売切御免。役者の成り上がりは衣裳次第と言っても過言ではないわけさ。そのことを、丹色屋さんはようく分かっていらっしゃる。だからこそ、私は丹色屋さんに衣裳を作ってほしいんだ」

清九郎は片手をついて、ぐうっとその体をお辰に寄せる。よれていたはずの小袖はぴんと張り、宝尽くしの刺繍はほつれてもなお、煌めいている。

もしかすると、このお人なら。

お辰は、じりりと膝を進める。

このお人なら、頷いてくれるんじゃなかろうか。

「いいでしょう」

お辰の言葉に、清九郎は目を見開いた。

「清九郎さんの衣裳へのその心意気、しっかと受け取らせていただきました。このお辰でよければ、仕立てを請け負います。まずは衣裳の思案をおうかがいいたしましょう」

清九郎の口はぽかりと開き、

「いや、そいつはちょっと勘弁しておくんな」

へへ、と薄ら笑いが浮かび上がる。

「こいつは私の干からびた頭から捻りに捻って出したものだからさ、そう容易くは口にできないよ。いや、お辰さんを疑っているわけじゃあないんだよ。前に衣裳を作ってもらった店がとんでもない悪党で、私の思案を他の役者に横流ししやがったんだ。私の心は深く傷ついてねえ、それからどうも敏感になっちまって」

そう早口で捲し立ててくる男の睫毛は、先の嘘泣きの涙に濡れて束になっている。その隙間から上目を遣い、「ねえ、お辰さん」との甘え声。

「あんたのお師匠さんとお話しさせてほしいんだけど」

お辰はかっとなったりしない。お辰はきっちり膝を詰めた分だけ畳を退って、頭をゆっくり下げることができる。

いつものことだ。お辰を侮り、丹色屋の主人を引きずり出すための取っ手にしか思わない。だからこそ、お辰はここらで口調を変えるのだ。

「これはえろうすんません。あたしが一人突っ走ってもうたみたいで、お恥ずかしい限りだす。先のあたしの言葉には墨でも引いておいてくださいませ」

お客は皆揃ってあっという顔をするから、お辰は少しばかり胸がすく。

貴重な上方の職人をみすみす逃したんやで、このすかたん！　とぶちかましたい気持ちなんておくびにも出さず、「そんなら、此度のご依頼はお断りするしかなさそうで」と己の眉毛を八の字にする。

「ああ、残念至極。どうぞお気をつけてお帰りくださいませ」

案の定、清九郎は畳の上で大の字になって駄々を捏(こ)ね始めたので、お辰は手代(てだい)二人を部屋に呼びつけ、事の始末を任せる。雇ったばかりの新入りの方はうへえと顔をしかめていたが、あの役者は贔屓(ひいき)の目を気にする質(たち)だから、店の油障子でも開け放してやれば今にすっくと立ち上がり、しゃなしゃな店を出ていくはずだ。

舞台の衣裳では飽き足らず、普段の御召し物も見てみたいというのが贔屓の性(さが)で、中には役者の家塀によじ登り遠眼鏡(とおめがね)を使って覗き見をする輩(やから)もいるらしい。小雨の降る縁側で黄昏(たそがれ)ている扇(せん)様は一層乙だと濡れた塀に足をかけるのが、大店の商家で蝶(ちょう)よ花よと育てられたお嬢さんだというのだから、役者の魅力というのは計り知れない。

お辰は奥の間に入って抽斗(ひきだし)から大福帳(だいふくちょう)を取り出した。二、三年前までは片手で扱えていた注文帳がよくぞここまで太ったものだ。だがその繁盛の割に役者相手とあって面倒事も多く、働き手が居着かないのがお辰の困りの種であったりする。

帳面に墨を引き終え帳台に手をつくと、指にちくりとした痛みがあった。見れば人差し指の腹に赤い線ができていて、どうやら大福帳で指を切っていたらしい。口に含んで傷をねぶったままで、お辰は唇を尖(とが)らせる。

この手もお仕立てができる手だっせ。

お師様が引き受けた仕立ての注文で、簡単そうなのをひとつでもこちらに流してくれたなら、店の回りも早くなるというものを。

だが、お辰の手はいつまでたっても、針で刺した穴よりも紙で切ってこさえた切り傷の方が多いのだ。

廊下に出てすぐ、お辰は右手の座敷に目をやった。障子に二つぺたりぺたりと耳が張り付いているのが透けて見え、お辰が障子の紙を弾くと、慌てたように各々の座布団へと走り戻る音がする。深くため息をついてから、お辰は声を掛けて部屋に入った。

中では男が二人向かい合って尻を据えていて、顔だけをお辰に向けている。

「助かったよ」と背中を丸め、弱々しい言葉を溢すのはお師様だからいいものの、「見事なお捌きでございやした」と目の中に綺羅を入れ、お辰へと身を乗り出してくる男には、自然と眉間に皺が寄る。

「先のお声は中村座の清九郎さんでござんしょう。おっとその顔、大当たりってとこですね。いやあ、あのお人の注文をきちんとお断りいただいて、ありがてえのなんのって。だってほら、丹色屋さん、次の夏芝居じゃあ、おいらんとこの役者の注文を多く抱えていらっしゃるでしょう。次の興行はちいっとばかり金子がかかっておりますもんで、その衣裳に注力いただきたいと、そう思っていたんですよ。そいつを言わずとも叶えてくれるとは、さすが天下のお辰さんだ」

お辰と客の会話を盗み聞くのは毎度のことなので、もう咎めたりはしない。ただ、男の手元で広げられているそれは見過ごせない。男の傍まで近づき思い切り膝頭を畳に落とすと、尋常の女子たちより背丈がある分体重が乗って、ずびしと畳が悲鳴をあげる。

「またお上を騙す算段をつけているんでっか」

言葉には険を含ませたが、流石に客の品とあって慎重な手つきで引き寄せる。

色は銀鼠、織りは綸子、なるほど友禅染の縫羽織。背中に散った大柄紋の雪持松は洒落ているのに、枝の先は明らかに糸が足りていない。紋の間々にもわざと空けたような隙間があって、お辰は、ははんと得心した。畳の上に広げられている附帳を覗き込むと、やっぱり金糸も銀糸も抜いておくようにとのお指図だ。紋の間には別裂に刺繡した鷹を縫い付けるとの魂胆らしく、陣平さん、とお辰は声を張り上げる。

「誤魔化すのも大概にしてもらわんと。糸を抜くだの、別裂で刺繡を縫い付けるだの、そんな小細工でお上の衣裳検めを通したところで、芝居の幕が開いてお咎めを受けたら、衣裳はお召し上げなんでっせ。役者が捕まりでもしたら、こっちも吟味を受けること、わかってはるんでっか」

「もちろんわかっていますとも。だからお役人になにか聞かれたときには、これこれこうお答えくださいましねとお教えするため、こうして丹色屋さんに寄らせていただいているのではありませんか」

ねえ、玄心先生、と陣平は甘えたような口を利き、お師様はその無精髭の生えた顎で慌てたように頷いている。

お辰はぎりりと歯を噛み締める。己の八重歯の見せ処をわかっているようなこの男、お辰は心底嫌いだが、しかしながら、森田座の衣裳方としては頭一つ分抜けている。

十五やそこらの子供っぽい顔つきとは裏腹に仕事はきっちりこなすと評判で、森田座の衣裳蔵にある蔵衣裳は数も種類もその身丈も、帳面を見ずとも頭に書き込まれているから、手配が早い。舞台の出しなに突然切れた衣裳の仕込み糸も、慌てず騒がず舞台端で仕掛け直してくれるとあって、役者たちからは信頼が置かれている。

「お世話になってる丹色屋さんになにかあっちゃあいけねえと心から思っているからこそですよ。ご存じのとおり、森田座の皐月芝居は大入り、稲荷のお狐様の手まで借りてえと慌ただしい中、毎日お伺いしていることは、どうにか心に置いていただきてえ」

「そりゃあ、分かっておりますけども」

「まあ、先の改革以降、次々と法度が出されるようになった事情もございます。禁止される項目も毎度細かく変わるもんですから、その都度うまく言い抜ける思案を玄心先生と一緒に講じる必要がありまして。中村座じゃあ銀箔塗りの下駄でさえお召し上げ、番所で打ち割られたというじゃありませんか」

役者の衣服は舞台衣裳は言うに及ばず、平生の衣服も絹紬と麻布以外の布地を用いてはならぬ。金銀糸の縫、箔の使用もご法度で、小道具も金銀、華美なものは許さない。奢侈禁止、質素倹約と四角四面に記されたお触書を手に、奉行所から見分役が芝居小屋へとやってくる。次の舞台に使う衣裳を並べさせ、法度の項目に反したものはないか確認するわけだ。

「次の芝居でも衣裳の召し上げは勘弁願いたいですねえ」

「願いたいですねえ、で片付けてもらっちゃあ困るんです。あたしらも衣裳の仕立てで食っているわけですから、衣裳には金糸も銀糸も縫い付けてもらった方がええんです。かかりが高ければ高いほどええんですよ。それでもあえて口にするわけですけど、もう少しお上の意向に沿った衣裳を拵（こしら）えてもええんとちゃいますか」

「ああ、お辰さん。森田座のことをそうまで考えていただけるなんて、なんていいお人」

陣平はにっかり八重歯を見せつけて、

「でも、ご安心くださいな。きちんと言い抜けの思案は立っておりますから」

「その思案ってのは、衣裳書上（かきあげ）に嘘を書くことなんでしょう。だから先にも言ったように、それは幕が開いたらいっぺんにばれるんやから、意味がないと言うんです」

ため息混じりに言ってお辰は、畳の上に開かれたままの衣裳附帳に目をやった。

これを狂言作者が配役ごとに書き記し、役者に渡すところから衣裳作りは始まる。役者は附帳を基に思案を捏ねるのだが、捏ね上げたものがそのまま衣裳書上に書かれることはない。金糸銀糸は縫い付ける前、箔は刷り込む前の衣裳をこちらが此度の芝居衣裳で御座あい、とぬけぬけ顔で奉行所へと提出する。その後、下見分と称して、見分役が申告と相違ないか実物を検めにくるのだが、その目をうまく誤魔化したところで、舞台が開けば絢（けん）

爛豪華な衣裳は目に入る。お咎めを受け、衣裳が召し上げとなったら、元も子もないとお辰は言うのだ。だが陣平はなんでもない顔で附帳を拾い上げて、懐に入れる。

「この長羽織はさる奥方からの頂き物なんです。扇五郎贔屓とのことで、どうしても衣裳を贈りたいとそうおっしゃられまして」

「さる奥方」

「おっとお名前は勘弁してくださいまし。ですがここだけのお話、もしも衣裳召し上げ、興行差し止めになっても、奉行所にそうっと手を回すことのできる御仁でいらっしゃる。あとは町廻り同心への賂もしっかりとさせていただきました。次の夏芝居にかける予定の演目を御耳打ちしたところ、好きな演目だと随分興奮していらっしゃいました。桟敷のお役穴から芝居を見分なさる際、いきなり持病の癪が出て衣裳の吟味を見逃してしまうかも知れぬ、とそういうことで」

お辰が言葉を継げないままでいると、陣平は片方の口端だけを吊り上げて薄い笑みを頬に浮かべた。

「ご安心くださいと申しましたでしょう」

今の世は、どいつもこいつも芝居狂いや。

森田座へ足早に戻っていく陣平の後ろ姿を見送りながら、お辰は思う。

扇五郎贔屓のさる奥方とやらも、筋立て好きの町廻り同心も、芝居のためならお上に楯突くことを厭わない。世間が芝居に熱狂すればするほど、お辰のおまんまの種につながるから、こちらとしてはありがたいが、お辰はときたまその熱狂ぶりにぞくりとさせられるときがある。

店の間に戻って、お辰は玄心の前で膝を折る。「お師様」と声をかけると、薄い肩がびくついた。

「あの……ご苦労だったね」

「清九郎様のご依頼のことだすか。それについてはねぎらっていただく必要などありまへん。ねちこい役者相手に断るのは心胆がいるのはわかりますから、これまで通りあたしに振ってくれたらええですわ。せやけど、衣裳方に対してはもう少し強お出てもらわんと。またええように使われる羽目になりますで」

こくりと頷くそのお顔は、なにかをお腹に隠しているお顔だ。眉間に一本皺を寄せると観念したように、「考えていた仕込みを試させてくれると言うんだもの」と白状する。

「やから森田座役者の衣裳の注文をもう一枚請けていただいてその仕込みを試しましょう、やなんて押し切られたんとちゃいますか」

これまた玄心がこくりとやるから、お辰はため息を吐く。

世間が芝居狂いなら、こちらは着物狂いときたもんだ。

「引き受けたらあかんとは言いまへんけど、今月は先の月より抱えてらっしゃる注文が三つも多い。あたしもうまく捌くようにはいたしますが、お師様の身体は一つしかないんでっせ」

「うん……ごめんね」

うなだれるお姿は頼りない。髷は緩んで艶がない。剃刀の当てが甘いせいか、痩けた頬にはちまちまと無精髭が残っている。年は三十二、お辰より七つも上だというのに、お辰に叱られたことを半刻も引き摺って、次の客の応対中でも、こうしてしきりにお辰の顔色をうかがってくる。

だが、お辰は隣からの視線なんて見て見ぬふりだ。目の前でしんねり横座りをしているお客に向かって、笑顔を見せる。

「胴抜にした方がええと思います」

呉服屋から届けられたばかりの縮緬を手元に置いて、お辰は告げる。

「あら、紋付ではないの？」

おっとり小首をかしげて際立つ頬の丸みは、なるほど指でなぞってみたくって、この女形の役者絵が売れるのもよくわかる。くわえて、肌の白さは極上上吉と評判で、江戸の女子たちは皆こぞってこの女形の店で白粉を購い、己の頬に摺り込んだ。その白粉が天女香と呼ばれ始めてから、あれよあれよという間に女形、田川天女は森田座の立女形の座に収まった。明くる年には大坂での天女お披露目興行も決まっている。

「大坂に舟で乗り込むときにも使う衣裳なんでしょう。そんならやっぱり上方の習いに従うべきやと思います」

お辰はきっぱりと言い切った。尋常、丹色屋では衣裳の思案から仕立てはお師様が回し、そのお師様の指図があってお辰は生地の手配や縫い付けに手を動かす。だが、上方生まれの芝居や役の衣裳となると、仕立ての段階でお辰に声がかかるのだ。

「江戸の型でいくんなら、おっしゃる通り紋付になります。あの『花緒』が裾に紋様を散らしたぐらいの着物の袂で、はたはた男をあしらうんが、なんとも粋で格好がいいってのが江戸のお人らの言葉です。でも、その江戸好みは上方では通じまへん」

上方のお人らが言うには、花緒は大見世の太夫でっせ。そないな地味なお仕立てでお客の前に現れるかいな。

「上方では本物に近い方が好まれますからねえ。たしかに本物に寄せるんなら、遊女の部屋着は胴抜さね」

襟と袖口、裾を胴とは別布で仕立てた胴抜は、もちろん江戸でもよく使われる衣裳ではあるが、上方下りの遊女、花緒は江戸と上方とで演じられ方が違う。舞台の上での仕上がりだって随分と変わってくる。

「上方下りのお辰さんがそうおっしゃるなら、そう致しましょう」

口端が緩んでくるのを、お辰は慌てて畳に額を近づけて隠す。

もう、お辰。こんなことくらいで喜んでいてどないすんの。

だが、仕立て師お辰の一歩には間違いなくって、お辰は弾む手つきで手元の縮緬を引き寄せた。

「それじゃあ袖口の仕立ての思案と行きまひょう」とねっとり上方弁で天女に話しかけたところで、

「いや、紋付だ」

低く抑揚のない声が遮った。お師様だ。お辰は一寸息を詰め「でも」と出した声は己でも思いの外大きい。

「でも、天女さんが舞台でお手に持つのも団扇ではなく、懐紙なんですよね」

目線を天女へ動かすと、視線を受けて天女はまったりと頷く。

「ええ、上方ではそれを使うとお聞きしましたから」

「そんならお師様、やっぱり衣裳は胴抜ですよ。半端に江戸の型を取り入れるより、なんもかんも上方尽くしの方が大坂では受けがええんですから」

「いや、此度は、紋付でいくべきだ」

そう呟くお師様の声は、ぷつぷつ池底から上がってくる泡粒のように小さいのに、お辰はもう何も言えなくなってしまう。

「花道に登場する花緒は遊女をたくさん引き連れている。胴抜で華やかになるのは却って色が混ざっていけないね。花緒だけ色を抜くことで客の目を引く。舟乗り込みだって幟が何百と川縁に立つんだから、色を戦わせちゃあいけないんだよ。冬の川は川面が光って照り返すから、引き抜き糸。天鵞絨が映えるはず。どこに継ぐ。いや、でっかく片身替で使ってみるか。ぶっかえり。天女さんの肌の色には紫鳶。違う、桜鼠」

言葉と言葉の間の繋ぎがなくなり、話があちこちに飛び始める。目蓋は半開きになっていてその下で目玉がくるくると動いている。

「玄心さん、私は衣裳に渋みを入れたいんだけど」

天女がにこにこと話しかけ、お師様は顔を動かすことなくそれに返す。

「それなら黒柿を帯に。きゅっと場が引き締まりますさあ」

「舟の上で衣裳が変わるとおもしろいんじゃないかしら」

「仕込み糸は袖口に。袂をひっくり返して、色を変える」

「よござんす」

お多福天女は柔らかい笑みを浮かべる。

「此度は紋付でまいりましょう」

お師様はここでようやっと顔を上げる。満足そうに一人頷いてから、お辰の顔を見「あっ」と声を上げた。まるで今お辰がいることに気づいたかのようなお顔だった。一皮目の視線が畳の上をさまよって「もう、昼飯の時間じゃないか」と頓珍漢な言葉を絞りだす。

「お辰はきすの天ぷらが好きだったよね。すぐに購ってくるよ」

天女とお辰を部屋に残し、お師様はそそくさと逃げ出した。

「とっても嫌なお人だねえ」

開け放されたままの襖を見ながら、天女は口を開く。

「あとでこっそり耳打ちして教えてくれりゃあいいのに、わざわざお客の前で言うんだものねえ。いや、その分別がつかないところも腹が煮えるんだよね。衣裳を前にしたら何にも目に入らなくなって、思わず口から思案がこぼれ落ちてくるってな体だもの」

この女形は芝居国のお人にしては珍しく嘘も世辞も口にしない。天女が好む色無地の小袖はいつだって染みひとつなく、お辰は見るたびほっとする。

「お師様は優しいお人ですよ。あたしは、お師様にこうして指南してもらえてありがたいと思うてます。衣裳のお仕事を任せてくれへんのは不満ですけど」

歯に衣着せない天女の物言いも、こうやって、お辰に強がることを思い出させてくれる。お辰はなんでもない顔をして手元の縮緬を畳みながら、そうや、と己の言葉を嚙み締める。

そうや、ほんまに優しいお人や。

大坂から逃げ出してきたお辰が丹色屋の格子戸を叩いたときも、あの人はとても優しかった。わたしは上方の仕立てには疎いから手伝ってくれると助かるよ、とお師様はお辰を店内に入れて、仕事をくれた。

そうしてお辰が張り切って、上方の習いや好みを教えると、お客は皆、喜んだ。お辰の両手を握り、お辰の顔から首から爪の形まで褒めちぎってくる癖に、そんなら、とお辰が衣裳の仕立てを申し出れば、皆揃って口端に薄笑いを貼り付けたまま、仕立てのお話はさて置いてくる。あのお師様でさえ仕立てをしたいとのお辰の申し出には、首を縦には決して振らず、あ、だの、うう、だの理由も渋って口にしない。

「あら、私だって、お辰さんには衣裳の思案はお願いしたくないもの」

むうっと口をへの字に曲げれば、「ねえ、お辰さん」と天女が居住まいを正すので、お辰も縮緬を傍に置く。

「役者にとったら衣裳ってのは書抜の中の己の台詞よりも大事なものであるんです」

「あたしも衣裳で食わせていただいている身やさかい、重々承知しておりますよ」

丁寧に応えながらも、腹は立つ。お辰だってただ毎日指図された仕事をこなしているだけではない。役者絵、評判記と役者に係る紙束は片っ端から買い漁った。指に紙の切り傷を拵えながら、いつか仕立てを依頼されるかもしれない役者のあれやこれやを頭に詰め込んだ。殊に芸談集なんかは役者の衣裳への考え方がよくわかる。

「役者の身上能なるも、金よりは先衣裳が先へ溜れば能なるなり」

何度も頭の中でなぞってきた一文を諳じれば、「あら、よく知っていらっしゃる」天女はぽんと手を打ち鳴らす。

「給金を溜めることより、手衣裳を溜めることこそ先んずるべき。萬屋さんのお言葉ですね」

そうです、とお辰は両方の口端を上げてみせ、心の内ではそんなんできるんかいな、と片方だけ口端を上げている。

金を溜める余地なんて、芝居役者にあるんかいな。

そもそも役者の衣裳は、蔵衣裳と手衣裳の二つに区別ができる。狩衣、十二単、陣羽織といった古代を舞台にした着物に、大立ち回りでの揃いの着物については衣裳方が用意し、小屋の衣裳蔵に保管する。下っ端役者はこの蔵衣裳が貸し出されるから、己の懐を痛める必要がない。かかりは小屋持ちのこの蔵衣裳に引き替え、手衣裳のかかりは役者持ち。己で仕立てて、己で小屋に持ち込まねばならぬ。役者の座組みが決まってすぐに小屋から給金の三分の一が払われるのも、こいつで一つあっと驚く衣裳を仕立てておくれの意味合いがあるという。その衣裳が己の人気を左右するから、役者は金を惜しまない。

「歌舞伎の筋立てにも流行りがあって、この頃は、現の生活を描写する生世話物が好まれております。だから、役者たちは今まで以上に思案を捏ねくり回す。皆、己の色を出そうと必死です。此度の芝居では犬の血を使って衣裳を濡らす役者までいるんですから」

「え。あれってほんまもんを使っているんでっか。てっきり赤色に染めた葛でも詰めているんかと」

ぎょっとはしたが、そういえば、先日森田座の役者から犬の形をした饅頭が売れているとのお話を聞いたような気もする。

「変化物や血を仕込む衣裳は衣裳方が手配するものですから、衣裳方のお人らは毎日大変そうですよ」

血袋は重いだろうから縫い付けるのも一苦労に違いない。衣裳方の指には針の刺し穴がたくさん出来ているはずだ。その穴まみれの手がお辰は羨ましかった。

増えていく切り傷に腹は煮える一方で、いよいよ端切れでも手に巻いて過ごしてやろうかと思っていたから、「衣裳を仕立ててみないかい」とお師様が言い出した時には、飛び上がらんばかりに驚いた。

どういう風の吹き回しなんでっか、と思わず口にしてしまいそうになったが、すんでのところで飲み込んだ。

「お許しくださるんやったら」と素っ気無さげに言えば、お師様は「じゃあ五日後だよ」とお辰の手を軽く叩く。「へえ、心得ました」と答えるお辰の心の内は、うれしいのが半分、気持ち悪さが半分だ。

これだから天才ってえのは、わからへん。

お辰があれだけ頼み込んでも首を縦に振らなかったくせに、なんの前触れもなくお辰に仕立ての仕事をくれるという。それならいつ反故（ほご）にされてもおかしくはないと、役者の名前も仕立ての内容も下手（へた）に聞けずにびくびくと過ごしてたお辰は今、お師様と一緒に芝居茶屋へ向かう駕籠（かご）に揺られている。

森田座の向かいに大きく構えた芝居茶屋、八角屋（はっかくや）の前で足を下ろすなり、手拭いを持った女将（おかみ）が茶屋から飛び出してくるのは、さすが江戸一の仕立て師といったところ。冷えた手拭いで遠慮がちに汗を拭ったお師様が店の間へ上がるのに続いて、お辰も草履を脱ぐ。

番頭の案内で廊下を進み、階段を上がっていると、階下で何やら揉（も）めている声がする。手摺（てす）りから一寸ばかり身を乗り出してみれば、一人の男が茶屋の手代たちに囲まれていた。八角紋の店半纏（みせばんてん）の袂を握って泣き落とす、そのやり口には見覚えがあって、お辰ははあ、とため息を吐く。

清九郎さんたら、諦めの悪い。

どこかでお師様とお辰の二人が八角屋にやってくることを聞きつけたのだろうが、ここで会おうとしてくる役者は野暮天だ。階段をのぼりきったところで、前を行っていた女将がこちらを振り返り、するりとお師様の袖下へと差し込んだそれは、可愛らしい犬の形をした饅頭だ。贈った相手の名前を聞けば、さもありなん團十郎。こうやって次の衣裳はどうぞひとつよろしくと、お菓子を女将に預けておける役者が粋なのだ。

さて、あたしが担当する役者は粋か、野暮天か。

女将が奥座敷の襖を開ける。役者はすでに部屋の中で平伏して待っていた。

お辰は瞬の間に頭の中の役者絵を捲るが、そのお人の顔はどこにも載ってはいなかった。

それなら次に見るところは決まっている。

「このたびは、俺の無理な捻じ込みをお受けくだすってありがとうございやす」

お辰たちが腰を下ろすなり喋り始める役者の羽織は、黒に近い煤竹色で行儀霰の紋がその名の通りお行儀よく並んでいる。折り目はきっちりとついていて、糸のほつれも見当たらない。

「先の顔見世にて中通りへと上がりました門田市之助と申します。そう簡単にはお引き受けくださらねえとあっちゃこっちゃで聞いておりやしたあの丹色屋さんが、衣裳を仕立ててくれるなんてとんでもねえご幸福。なぜ俺が選ばれたのか、ちと不思議ではありやすが、この幸せにどっぷり浸かろうと思った次第」

にいっと市之助は人懐こそうな笑顔を浮かべるが、それが向けられている相手はどう見たってお師様で、お辰は着物どころではなくなった。

ちょっとお師様、お話がちゃいますで。

斜め前に座している玄心の背中をじいっと睨みつけるとお辰の視線が刺さったのか、慌てたようにお師様は、顔の前で手を振った。

「いえ、いえ！　違います！　市之助さんの衣裳を担当するのは私じゃあないんです。今回は私の弟子に仕立てさせようと思っておりまして」

こちらへ動いた二皮目は、睫毛の生え際あたりに色気があって、お辰は思わず息を呑む。

これまでお辰の衣裳の仕立ての申し出を断ってきた役者たちの嘲り顔が浮かんで消える。

「はあ、そうでしたか。いや、俺ぁてっきり玄心さんが担当してくださるものと思っておりましたもんで」

お辰はぐっと唇を噛んだ。

さあどないや。このお人はどんなお顔であたしを見る。

「よろしければ、お名前を」

「……お辰と申します」

聞いて、市之助は膝を揃える。

「お辰さん、どうぞこの度はよろしくお願いいたしやす」

深々と畳に近づいてから上げられた顔は優しく、お辰はほんのちょっぴり涙が出そうになった。そんな弟子の様子にお師様もうれしそうで、珍しくお辰の肩を叩いたりして、己の頭で捏ねくるんだよ、と声をかけてから部屋を出る。お辰が腹に力を込めて頷いて、襖が閉まった途端のことだった。市之助が羽織を払う音でお辰は顔を上げ、思わず片手で額を覆う。

悲しいのではない。悔しいのだ。

いくら緊張していたからといって、こんなにも目の配りが甘かっただなんて。

ああ、あたしとしたことが、そこを見るのを忘れとった。

「なんでえ、話が違わい」

隠し裏や。

「あの丹色屋でせっかく注文を受けてもらえると思ったら、玄心さんの仕立てじゃねえのかよ。ちぇっ。浮かれて損したぜ」

行儀霰の羽織の裏地は表と違って派手派手しい紅色で、髑髏がいくつも並んでいた。粋なお人がやれば洒脱に見えるものだが、こうも沢山絵柄を入れるのは、かえって無粋で笑ってしまう。明らかに気合が空回っている着物に肩を落とせば、一緒に言葉も口から転がり落ちる。

「こっちゃって話が違うわ、野暮天役者」

「てめえ、今なんて言いやがった」

市之助はこれみよがしに膝を立て、歯を剝いてくるから、お辰も「なんやの、やる気でっか」と畳をはたく。

「中通りになったばかりの役者が、お師様に担当してもらえると本の気で思ってはったんなら笑いますわ」

お客からの嘲りを捌くのはお辰の得意とするところなのに、この役者相手だとどうも地金が出るのはなぜなのか。くわえて役者も取り繕うことをしない。

「己の腕を過信してるのは手前の方だろ。お前の話で小屋ん中は持ちきりよ。衣裳を仕立てさせてくれと無理に押し込んでくる弟子がいて困るってな」

「へえ、そないなことをおっしゃってんのはどなたさんやろ。お名前教えてほしいわあ。二度と店の敷居をまたげんようにしたるさかい」

「力もねえ癖に手前が店を仕切っているかのその物言い、救われねえな。今にお師匠さんに店を追い出されるんじゃねえの」

「そちらこそ、小屋に収まっていられるのも今のうちやないですか。あんたのような粋無し者には衣裳の仕立てが思いつかん」

「おいおい、手前に腕がないのを俺のせいにするのはやめておくんな。可哀想で聞いちゃあいられねえ」

最後はお互い畳を毛羽立てるほど勢いよく踵を返した。

店へ足早に戻りながら、こりゃあご破算だとお辰は思った。己は言いたい放題言ってやったし、相手も怒りのあまり涙袋を赤く染めていた。それならもうなにを気にかける必要もなく、帰ってすぐにお師様に詰めよれば、なんでも扇五郎から持ちかけられたお話だという。

「扇五郎って、あの陣平さんが指南のために持ち込んだ長羽織の」

「うん、そう。さる御方からの贈り物だと見せてくれたあの長羽織。あれの糸の仕込み方を新しい衣裳のお手本にしたくって、もう一度見せてもらおうと小屋を訪ねたら、持ち主である扇五郎さんの楽屋に案内されてね。するとやっぱり次の芝居の衣裳を作ってほしいと頼んでくるから、お辰に言われていた通り、私はちゃんと断ったんだよ。そしたら、自分のじゃなくって、ある中通りに上がったばかりの役者のだと言うんだよ」

詳しく話を聞いてみれば、その役者は弟子のお辰と同じ年。性格も聞いた限りではよく似ていて、との言葉にはお辰は目を怒らせて、お師様はきゅうっと体を縮こまらせたが、

「それにね」とまたおずおずと口を開く。

「お辰にはうってつけのお客さんだと思ったんだよ」

「うってつけって、どこがですのん」

「あのね、頭にきりりときたんだよ」

「……なんですか」

「いや、ぴりりといった方が正しいのかな」

一人頭を捻っているお師様に、またこれや、とお辰は歯噛みする。

天才は天才同士にしか分からぬ言葉を使う。お師様が役者と思案を重ねるときだって、きゅるりとしていいですね、だの、ここはしゃらりとさせないと、だの、同席したお辰は必死になって己の手帳に書き込むのに、後で見返しても何一つ分からない。だが、仕上がった衣裳はいつだって素晴らしい。

だから、お師様がそういうのなら、この客はお辰にうってつけなんだろう。これまでお師様がお辰のお願いを頑(かたく)なによしとしなかったのも、そのきりりやらぴりりやらがなかったせいなら、お辰はこの好機を逃してはいけなかったのだ。

ああ、もう。なんてえことをしてもうた。居てもたってもいられぬようになって、簞笥(たんす)にしまっている衣裳附帳や役者絵を引っ張り出して並べていると、店の格子戸を叩く音がする。戸を開けるとそこには、市之助が不貞腐(ふてくさ)れた顔で立っていた。

上がったばかりの中通りに与えられた役は、ぽっと出、ぱっと消えの追い剝ぎで、名前だってつけられていない。だが、悪人役を与えられ衣裳に工夫を凝らして大当たりをとったあの名人仲蔵(ちゅうぞう)を頭に思い浮かべれば、市之助に気合が入るのはよくわかる。そして、それはお辰も同じ。この仕事で上々の評価を得ることができれば、お師様もお辰に仕事を任せてくれるに違いない。幸い森田座の夏芝居の演目は、これまでも何度も舞台に乗せられてきたものだから、参考にできる評判記も役者絵も山のようにあった。

市之助は毎日のように店へとやってきて、お辰と思案を重ねるのだが、お辰の腹には苛々がたまっていく一方だ。市之助の意見といったら、赤ん坊の首のように据わりが悪いのだ。いいね、とその日は首を縦に振っていたくせに、次の日になるとその思案は駄目だと首を横に振る。次から次へと思案が溢れてまとまらないというのであればまだ分かるが、出てくる意見は市之助のものではない。

すべては扇五郎、扇の兄ぃがいうからには、だ。

そもそも市之助がお辰の仕立てを承諾したのは、扇五郎の説得があってのことで、お辰は森田座に向かって手を合わせたものだが、ありがたかったのはこれきりだ。

扇の兄ぃが帯は細長帯を神田結びにするのがいいと言った、扇の兄ぃが裾に浅蜊の縫いを入れろと言ったと伝えてくるから、お辰は毎日附帳に墨を入れることになる。ついにはこんな頓珍漢なことをいう。

「袂にでっかく犬の顔を縫いつけてくれよ」

「阿呆をおっしゃらんでください」

さすがにお辰は筆を置いて、目の前で胡坐をかいている役者を睨みつける。

「犬が芝居にどう関わってくるって言うんです」

「今の森田座の芝居を知らねえのかよ。父親が腹を刺されるとぞんぶりと血が出てきてな。犬の血なんだがこれが舞台に映えて美しいのなんのって」

「だからって、次の芝居には犬なんか出てこおへんやないですか」

「うるせえな。ただの転合じゃねえか」

転合なんぞ言うてる暇がどこにあるって言うんや、このすかたん。

またぞろ腹は煮えくるが、市之助の顔を見て口を閉じる。

「犬の血を使うなんて俺にゃあ思いつきもしねえよなあ」

市之助はどこか遠くを見るような目つきをしていた。

「あの人が口からこぼした言葉はぜんぶ拾い集めて、俺のものにしなきゃいけないのさ。俺の頭じゃその思案の魂胆がわからなくとも、必ずその言葉には意味があるのさ」

お辰は黙って市之助を見つめる。お師様の言葉が分からぬ己と少し重なる気がして、その兄ぃとやらに興味が湧いた。

扇五郎というのは、一体どんな役者なのか。

衣裳の刺繍のほつれを直しに来ていた天女に何の気なしに聞いてみれば、

「芝居がお好きなお人ですよ」

そう言ったきり、天女は手元の衣裳の縫い模様を指で撫で付け始め、お辰はむいっと口をへの字にする。

「もう。太夫ったら御口数が少なくていらっしゃる。それじゃあなにもわかりませんよ」

と応えたのは、天女のお供として丹色屋にやってきていた陣平だ。

「とんでもねえ人気のお人です」

あのいつも斜に構えた衣裳方が鼻息を荒くして、お辰に向かって身を乗り出す。

「犬を殺すのはお嫌いなのに、芝居のためなら己の心を殺し犬をも殺す。搾り取った血入りの袋を涙をこぼしながら己の衣裳に縫い付けるってんですから、芝居国の人間ながら感服いたしやすよ」

「犬を殺すのはお嫌い……心根が優しいお人なんですか？」

「そうですよ。犬を殺すのを嫌がっていることがばれてはいけないと涙を必死に隠していらっしゃるんです。御役柄が悪人ですからね、俺たち小屋の者には知られちゃあいけねえとそう考えておられるようで。だけど芝居のためならできてしまう。芸にすべてをかけたお人なのです」

陣平は一旦言葉を切って言う。

「あのお人は天才ですよ。ああいうのを役者の鑑というんですかね」

お辰は少しだけ顔を背けて、へえ、と言った。天女はまた「芝居がお好きなんですよ」と言っていた。

だが、扇五郎という役者がわかったところで、こちらの思案は一向に進まない。市之助はお辰が必死になって集めてきた評判記と役者絵の上に衣裳附帳を広げて、扇五郎の思いつきを書き連ねるのだ。そのくせ、日毎に市之助の舌打ちが増えるのも全く解せない。悪いのは扇五郎の思案を衣裳に詰め込んでくる市之助だってのに、なにをお辰に当たってくるのか。

「一昨日に言うたときには、耳の糞でも溜まってはったようやからもう一度言わせていただきますけどね」とお辰は爪を立てぬように細く息を吐きながら、附帳に指を突きつける。

「その桑の実色はあきません。山吹色に染め込むべきです」

「なんでだよ」

「評判記ぐらい読んでくれはりませんか。前にこの芝居をやった播磨屋さんも山吹色の衣裳を選んではります。評も上上吉やったから間違いはありまへん」

　お辰がきっぱり言い切ると、

「なら、そんな色、俺が選ぶわけがねえだろう」

ちいっと一際大きな舌打ちが飛ぶ。果てには、

「小屋の連中があぁ言っていた理由がわかったぜ。たしかにお前には衣裳を仕立てて欲しくねえわなぁ」とお辰の古傷を抉ってくる。

　だが、そうやってお辰の苛々を嵩増ししてくるだけなら、まだ良かったのだ。お辰はこのところ、市之助を見ていると怒りよりも恥ずかしさの方が湧いてくる。顔を突き合わせるのも嫌になってきて、こりゃあかんとお辰はこの日、一旦筆を置くことにした。怪訝な顔をする市之助に向かって笑顔を見せる。

「見世物小屋に行くのはどないでしょ」

　両国では天竺からやって来た駱駝とやらが大層人気で連日江戸雀たちが押し寄せているという。人波に揉まれれば無理やりにでも顔が近づくことになろうと思ってのお誘いだったが、市之助は胡坐をかいたまま、ふいっと顔を横に背ける。

「行かねえよ」

「思案も行き詰っておりますし、このままやったら気鬱になるだけでっせ。ここいらでちょいと気分でも変えへんと」

「もったいねえだろ」

「……何がです」

「駱駝を見りゃその分、俺の頭ん中から芝居のことを追い出さなきゃいけなくなるだろ」

ああ、これだからお辰は嫌だと言うのだ。

「俺ぁ、芝居で頭をいっぱいにしておきたいんだよ。他のことを頭に入れちまうと、俺の中の芝居が薄まっちまう」

恥ずかしげもなく言ってのける男に、お辰は頭を掻きむしりたくなる。

どの口が言うとんねん。あんたは團十郎にでもなったつもりか。

そうせせら笑いそうになるのを、胸を押さえて我慢する。

「芝居の衣裳の思案のために行くんですから、薄まりはせえへんでしょう。全ては芝居のためだすで」

芝居に紐づいていることを強めて言えば、市之助は黙って考え込む。お辰が財布を抽斗から取り出す間に、市之助は腰を上げていた。

見世物小屋は丁度人波が引いていて、木戸銭を払って小屋に入れば一等前から駱駝を眺めることができた。二人して木塀に身を乗り出すが、駱駝はどうやら眠っているようで、傍にいる唐人風の男も客が少ないからか持っている棒で無理矢理起こしたりもしない。獣の臭いに集まった蠅が二人の目の前を飛び交っている。

「なにか思いつくか」と市之助が駱駝に顔を向けたまま聞いてきた。

「いいえ」とお辰も駱駝から目を離さずに答える。

少ししてから「なにか思いついたか」とまたあって、「まだです」とお辰は渋々答える。

「そろそろ思いついたか」と続くから、お辰の堪忍袋の緒は切れて、

「そう簡単に思いついてたら苦労せえへんのじゃ、阿呆んだら」

思い切り吐き出してから、しまったと己の口を覆ったが、「そうよなあ」と市之助は木塀の上に頬杖をつく。

「扇の兄ぃだったらすぐに思いついちまうんだろうなあ」

お辰はふとお師様のことを思い出す。

「あのお人だったら、たぶん一目見るだけで駱駝のあれやこれやを衣裳の思案に入れるんだぜ。これだけ見ても俺はぴんともこねえし、大体からして駱駝を見るのだって下手くそだ。駱駝を見ていたって俺ぁすぐに目移りしちまう。駱駝番の男が涎を垂らして寝てやがる、だったり、木戸銭が地味に懐に痛えな、だったり、今日の夕飯は茶漬けで足りるかだったり、駱駝にちいとも紐づかねえ部分が気になって仕方がねえ」

嫌だねえ、と市之助はぽつりと言う。お辰の頭の中には、一心不乱に衣裳の思案を口からこぼしていたお師様の姿が思い浮かんでいる。ほんまに嫌ですね、とぽつりと返すと、

市之助は一寸こちらを見たが、黙って駱駝に目を戻した。そうして二人並んで駱駝を見つめる。

恥ずかしいのは似ているからだ。

お辰は、一人静かに腑に落ちる。

市之助の言うことは全てお辰が心の内で密かに思っていることで、ただお辰はこれまでそれを必死に隠してきたものだから、今更目の前で胡坐をかかれると目を背けたくなってしまうのだ。

でも、だからこそ、あたしたちは、お師様の言うようにうってつけなのかもしれない。

「絵でも描いてみませんか」

向けられた市之助の眉間の皺の深さに、お辰は少し笑ってしまう。

「ぱっとは思いつけへんのやったらその分、時間をかけるしかありまへん。駱駝を絵に描いてお家でじっくり思案するのがええんとちゃいますか」

お辰が袂から紙と筆を取り出すと、市之助も同じように己の袂を漁るから、今度は声に出して笑ってしまった。やっぱりあたしたちはよう似てる。駱駝番が目を覚ますまで、お辰と市之助は木塀に紙を置いて、駱駝の絵を描いていた。

見世物小屋から帰ってきてのお辰は気合が入って、衣裳の思案集めに奔走した。駱駝の毛並みに似た糸が手に入った日には嬉しくなって、お辰は森田座の小屋に足を運ばずにはいられない。女人入不可の芝居小屋も、お辰の顔は女人ではなく丹色屋の弟子として知られているから、楽屋口を通り抜けても木戸番に横目で流される。芝居終わりの小屋は客を吐き出した後も熱気に包まれ、芝居者たちもまだ忙(せわ)しない。汗に湿った着物と着物の間に割り込み段梯子(だんばしご)に足をかけたとき、上の階からひどく聞き覚えのある声がする。誰かと話しているようだが、この市之助の弾みっぷりからして、お相手は扇の兄ぃに違いない。二人揃っているならこれを逃す手はないと、お辰は段梯子を上り切る。市之助と扇五郎は廊下の途中で立っていた。困った笑顔を浮かべる扇五郎に綺羅を入れた目を向けて、市之助がひたすらに筆を動かし書きつける、その手元の紙は。

「好きにしたらええわ」

段梯子を下りながら、お辰は呟いていた。

駱駝を描いた絵に色々と思案を書き加えたお辰の衣裳附帳を裏紙にして、そこに扇の兄ぃのありがたいお言葉を書きつけるんなら、もう、好きにしたらええ。

次の日からお辰は、市之助の口から出る思案をすべて黙って衣裳附帳に書きつけた。市之助はこちらをちらりと見たが、何も言ってきやしなかった。

その呉服屋の手代は丹色屋の格子戸を叩き、上がり框(かまち)に尻を置くなり、

「市之助さんから金子を預かっておいでではありませんか」と聞いてきた。

客を帰したばかりのお辰が「いきなりなんですのん」と眉間に皺を寄せれば、店の間に膝を揃えて、失礼しやした、と謝る分別はあるようだ。すらすらと続けた河内屋(かわちや)との店の

名前も丹色屋が取引をしたことはないものの、中堅どころの店構えだ。そんなお店がなぜこうも礼を無くした訪いをするのか。理由は市之助の金払いだという。

「金子なんぞ預かってはおりまへんけど」

「それならあんたのとこも気をつけた方がいい」

「気をつけるって、何をです」

「あの人、いろんなところで金を借りていて、ツケがたんまり溜まっているそうなんですよ」

　麦湯を入れていたお辰が顔を上げると、手代はお辰が床に広げていた衣裳附帳に目を細めている。

「あたしらの店で購った反物代も貸倒れになるのではと、心配をしておりまして」

　わざと足音を立てて板を踏みしめ附帳を懐に回収すると、手代は何事もなかったかのように茶を啜る。

「ほら、中通りになったばかりの役者は逃げ出すお人が多いでしょう。その附帳のように染めも織りもなんでも豪奢にして、かかりが払えなくなって姿をくらます」

目ぇ泥棒め、とお辰は手代を睨みつけていたが、その言葉は気に掛かった。

「中通りはそんなすぐに逃げ出すんでっか」

「ええ」

「それはどうして」

「中通りから上に上がった役者は、舞台に取り憑かれますから」

手代は淡々と言葉を返す。

「中通りになるまでは小屋から貸してもらえる蔵衣裳で芝居をしますから、芝居が受けずともどこか他人事なんですよ。衣裳が悪かったから仕方がないと言い訳をつけられる。でも中通りになって己で衣裳を思案できるようになったら、すべてが己の責になる。そいつを楽しめるものが生き残り、言い訳を捏ねくるものは逃げ出します。生き残ったものはもう舞台に取り憑かれておりますから、逃げ出すことなんて思いつかぬようになりますよ」

「逃げ出せへん」と口に出している己にお辰は驚いた。だが口は止まらず、

「市之助さんは逃げ出したりしまへんよ」ともう一度言う。

手代はにこりと笑顔を浮かべ「それならいいんです」と空になった茶碗をこちらへ滑らす。

「ただあたしらも商いが太いわけじゃあありやせんで、心配の種はつきねえもので。市之助さんがなにか不審な素振りをしておりましたら、教えてくだされば助かります」

手代は訪いとは打って変わって丁寧に腰を折り丹色屋の暖簾をくぐったが、お辰は見送ることもせず膝に置いた拳を握っている。なんでやの、とお辰は己に問いかける。

市之助からあれだけ虚仮にされておきながら、なんであたしは市之助の肩を持つような言葉を口にした。肚の奥底をぐるぐると渦巻くものは心底不快で、本人を目の前にするとぶつけてやらねば気が済まない。

「河内屋さんが先ほどいらっしゃいましたで」

店の間で胡坐をかく中通りにそう告げると、市之助は慌てたように身を乗り出してきた。

「染めがうまくいかなかったんじゃあねえだろうな」

「いいえ」

「なんでえ驚かすない。あのだんだら染は扇の兄ぃ一押しの思案でね。なんとしても此度の衣裳には取り入れたいんだよ」

「あんたの財布の具合を確かめにこられておりました」

花の咲きそうな思案話をぶった切ってやれば、市之助の目がぎろりと動く。

「なんの糸目もつけへんで金子のかかる工夫ばっかり衣裳に取り入れて、ほんまにお支払いいただけるんかと心配されておりましたよ」

「払いの日が来ねえうちから疑いやがって。余計なお世話だってんだ」

「ほんまに払えるんでっか」

「どうにかして払ってやらあ」

「扇五郎の思案をすべて呑むから、そういう始末のつけへんことになるんとちゃいますか」

お辰はここぞとばかりに責め立てる。

「衣裳は目立てばええってもんやないでしょう。まずは筋立てに沿うことが大前提で、その上に工夫を乗せるから芝居が楽しめるんや。せやのに派手にするばっかりで、挙句(あげく)の果てには犬の顔を袂に縫い付けろでっせ。笑ってまうわ」

お辰が必死になって集めてきた評判記と役者絵からの提案を蔑ろにしてまで採用するその役者の意見は、そうまで価値のあるものか。

「扇五郎は、ほんまに天才なんでっか」

「だから手前の思案の通りにしろってか。反吐が出る」

市之助は吐き捨てる。

「役者が皆、お前の思案を断る理由を教えてやろうか。お前の思案は全て猿真似なんだよ。これまで演じられてきた衣裳の型をそのまま仕立てるんならいいのさ。そうやって衣裳を繋いでいくことには意味がある。だが、お前のはこれまでの衣裳の継ぎ接ぎだ。己の色を出そうと頭を抱えているところに、そんな提案をされちゃあ拍子抜けもいいとこだ。だから皆、お前に仕立ててほしくねえんだよ」

そうか、とお辰の体からは力が抜ける。せやったんか。それが分かっていたから、客はあたしの思案に薄笑いを寄越していたのか。ああ、そうや。たしかにあたしの思案は継ぎ接ぎで、

「でも、お師様のようにそうぽんぽん思案が出てくるわけないやないですか」

お辰は畳に両手をつく。腹に渦巻いていたどろどろが口から流れ出てくる。

「それができとったら、上方から江戸に逃げてきたりしまへんのや」

市之助を見るとお辰が恥ずかしくなるのは、市之助が己とよく似ていて、そして昔の己

を思い出させるからだ。

小さい頃から縫い物を頼まれることが多かった。仕上げたものは褒めそやされたし、己の中でも針を動かす器用さは唯一無二だと思っていたから、上方の呉服屋から仕立て師の話がきた時は、二年ほど遅いんと違いますか、と言い放った。お辰は仕立て師として三年ほど働いた。蓋を開けてみれば、縫い物の腕なんて小鳥の頭ひとつ分ほどしか抜けていない。そのくせ、腕がないのを認めたくないから、生活の全てを衣裳の仕立てに費やして、肥えた知識をまわりへの言い訳とした。だが、そんなことで小鳥の頭が大きくなるわけもなく、口ほどにもない仕立て師で名が通る頃には、お辰は荷物をまとめて身ひとつで上方を飛び出した。街道を足早に進むお辰は思い知る。

「あたしの頭からは凡凡の思案しか出てこない」

江戸に来て運よくお師様に拾ってもらってからは、お師様が雪隠で思案を思いついたと聞けば、お辰もすぐに真似をした。雪隠で一時間粘ってみたが、きりりりもぴりりりも降りてこない。臭いだけが着物に染み付いて、なんとまあ惨めなこと。

「あたしはどうひっくり返ったって、お師様のようにはなれやしまへんのや」

ほら笑ったらええやないか。お辰は待つが、お辰の頭の上に笑い声は落ちてこない。顔を上げると、あの市之助の不貞腐れた顔がある。そのまま「扇五郎さんの衣裳はな」とぽつりと言う。

「派手じゃなくって色も落ち着いている。金糸も銀糸も必要以上に使わねえ。俺が扇の兄ぃの意見だと持ってきた思案は、俺が兄ぃにまとわりついて、無理矢理いただいてきたものだ」

「せやったら、なんであんなにも豪奢な衣裳を仕立てようとするんです」

「……神様に見つけてもらわねえといけないからさ」

「……かみさま」

「少しでも衣裳を豪奢にして、芝居の神様に見つけてもらわなきゃいけないんだよ」

俺だってどうひっくり返ったって、扇の兄ぃのようにはなれねえからさ。

ずびり、と市之助の高い鼻から音がする。

「犬だって俺の思案だ。芝居小屋で祀ってるお稲荷様はお狐だから犬が苦手だろ。嫌い嫌いも好きなうちってんで、俺のことをちらりとでも見てくれるんじゃねえかって、そう思ってさ」

「なんやそれ」

阿呆やなぁ。

お辰は目の前で鼻を啜り上げる男を眺めながら、しみじみ思う。

あたしもあんたも阿呆で凡凡。才のある人間を羨んで卑下して、二人して空回っている。

お辰は裾を払って立ち上がり、抽斗から一枚新の紙を取り出すと、床の上でぴしりと伸ばす。

「これまでの思案は全て御破算といきましょう。此度は市之助さんの色で真っ向から勝負いたします」

「……俺を絞ったところでいい色は出ねえ。出たところで、腹の中は嫉妬やら恨みやらでどろどろ汚ねえ搾りかすだ」

「そのどろどろこそがあんたの色なんやろう」

市之助の皮肉げに上がっていた片方の口端が落ちる。

「あんたの中の嫉妬も恨みも、己から切り離そうとしたらあかんのや。己のきれいなところだけ見てもらおうたって虫が良すぎるわ。それがあっての中通り、市之助なんとちゃいますか」

役者は衣裳を煌びやかに豪奢にして客に夢を見せるものだけど、一人くらいどろどろを見せる役者がいたっていい。

「あんたの衣裳をあたしに仕立てさせてください」

お辰が筆を取ると、市之助も黙って筆を取る。

二人して一枚の真白の紙を覗き込んだ。

似紫（にせむらさき）の鮫（さめ）小紋に擦り切れた長羽織を羽織り、裏地には目無し達磨（だるま）をいくつも並べてあえて無粋を散らす。裾まわりに縫い付けた子犬はそうやすやすと見えぬくらい小さいのが丁度良い。紐に近いしごき帯の色目は扇五郎の思案を取り入れた。

「あたしは勘違いをしていたようです」

帯に針を入れながらそう言うと、向かいに尻を落ち着けてお辰の手元を眺めていた天女が、

「なにをです？」と聞いてくる。

「扇五郎は人の思案に口ばかり出すうっとうしい役者やと信じ込んでたもんやから、市之助さんが持ってくる思案ははなから相手にしてへんかったんです。せやけどこうしてきちんとお声に耳を傾けてみたら、とても洒落者でいらっしゃる」

市之助が、初めて扇の兄ぃの方から声を掛けられたのだと鼻息荒く持ち帰ってきた帯はどんよりと色の濃い藍染めで、これがよく映えるのだ。

「市之助さんの衣裳を気にかけてくれはるらしいんです。上がったばかりの中通りに対して物腰も柔らかくて、丁寧な応対をなさる。なんや斜に構えて見てた自分が恥ずかしいですわ」

感じ入っていると、思わず針でちくりと指をやってしまった。お辰は指に吸い付き、ふと見ると、天女はやっぱり笑みを浮かべている。

「あの人は芝居がお好きなんですよ」

市之助は仕立て上げられた衣裳を何度も着付けるばかりか、町木戸が閉まる刻限になっても袂を撫で、縫いに指を這わせてと、手元から離そうとしない。しまいにはこんなことを口にする。

「今日は家に持って帰っちゃあいけねえかい」

「総ざらいのお稽古は衣裳をつけへんのとちゃいましたっけ」

素っ気無くお辰は言うが、気を緩めると吹き出してしまいそうだ。そんなお辰に気づかず市之助は唇を尖らせる。

「衣裳をもうちっと体に馴染ませておきてえんだよ。そうだよ、衣裳を着付けたまま帰りゃあいいんじゃねえか」

「もう。子供やないんですから」

「おっと、そいつは俺にとっちゃあ褒め言葉だぜ」

時折、役者は子供のようだと形容される。芝居に夢中になるあまり、芝居のこと以外にはうとく、世間知らずで、わがままだ。市之助はよく役者子供の振りをする。知っていることにもわざと首をかしげ、分別がついているのに床で大の字になって駄々を捏ねる。だが、市之助のする子供の猿真似が、お辰は好きだ。

「子供やからって、衣裳を汚さんといてくださいよ。追い剝ぎ役が追い剝ぎにでもあったら、笑い話にもならへんのですから」

今宵は月も細い日で、障子を透いて入ってくる光も心許ない。衣裳は金子がかかっているから、悪党に狙われたっておかしくない。長合羽を上から着込んだところでその裾からは金糸で縫い付けた子犬は見えてしまう。

「てやんでぇ。命に代えても衣裳を守り抜くに決まってらあ」

提灯を持たせ、玄関先まで送り出す。

「腹が減ったからってそこらへんの屋台で蕎麦をたぐるんもあきまへんで。汁が飛んだら一大事や。太ったりしてもあかん。腹下しもあかん。あれは肌の色も変わって、衣裳が映えなくなるさかい」

「細けえんだよ、馬鹿」

そんな憎まれ口を叩いて、わざわざ口端まで上げてみせた癖に、この人はお辰との約束を守ってくれやしなかった。

真白にふやけた肌には、似紫は映えないとあれほど言ったのに。

「この色じゃあ、あかんのですけど」

お辰が口から言葉を転がし落とすと、隣に立っている男が不審そうにこちらを見遣る。だが、お辰は構わず地面に膝をつき、仰向けになった市之助の顔を上から覗き込む。

ああ、あかん。そんな黄土色に濁った目の玉をしていちゃあ、目無し達磨が効かへんやないですか。

「目の玉の色は黒に戻してくれないと駄目なんですけれど！」

「戻らねえよ、もう死んでいるんだから」

町方の同心はそうぶっきらぼうに言い捨てた。お辰はまだ目の前の景色が信じられないでいる。

丹色屋の格子戸が強い力で叩かれたのは昼前だった。若い同心見習いは土間に足を踏み入れてくるなり、丹色屋の客の一人が死んだと告げる。お辰は息を飲み、どなたでっか、と声を荒らげると、あまりに聞き覚えのある名前が寄越された。そんな阿呆な。半笑いで同心見習いに付いていくと、あまりに見覚えのある顔の、いや、顔だけではなく、その手の長さも足の長さも肩の厚さも腰回りもよく知っている男がずぶ濡れで、お堀の近くに転がっている。

「なにを死んではるんでっか、市之助さん」

「殺しだよ」

今朝方お堀に浮かんでいるのを棒手振りが見つけた。首に残った指の形から、背後から首を絞められたのだろうと同心は言う。そら、絞めやすいでっしゃろとお辰はぼんやり思う。この人は肩周りの厚みに比べて随分とお首が華奢で、仕立てが格別難しかった。

「お着物は？」

「剝かれている」

見りゃあわかるだろうとは同心は言わなかった。お辰の噛みしめた唇から垂れる血に気づいたからかもしれない。

「こいつは役者だろ。いい着物でも着ていたんじゃねえのか」

何をしてんねん、とお辰は地面に爪を立てる。あんたはころりと殺された挙句、衣裳を命に代えて守りぬきさえできなかったのか。

その後、お師様が迎えにきてくれたそうだが、お辰はとんと覚えていない。

五日もすれば、針で突いた指先の傷は埋まった。衣裳附帳にも触れぬようになって指先の切り傷も消えた。飯だって体が受け付けないから包丁でこさえる傷もない。お辰は丹色屋の店奥でひっそり過ごして、市之助を殺した下手人の報を待ったが、疑いのある人間すら現れなかった。

その日、お師様のためのお菜を購って丹色屋の格子戸を開けると、なにやら見慣れぬ草履が土間に揃えられている。盗人にでも入られたかと頭では考えるが、体はまあ、ええわと勝手に上がり框に足をかけている。投げやりに生きちゃあいけないよ、と眉を寄せるお師様の顔が浮かんで消える。

店の間には男が一人座っていた。

「ちょいと衣裳を見て欲しいんだけど」

お辰はゆっくり板の上に尻を落ち着けて、店に入り込んでいた役者を眺める。渋みがかったええ着物を着てはるわ。色味もなんや黒っぽくて小粋とちゃいますか。着物を見る目にも気合が入らず、お辰は嗄れた声で言葉を返す。

「お師様なら芝居小屋に用向きがあって、おりませんが」

「玄心さんじゃなくっていいんだよ。私はあんたに見てもらいたかったからね」

板の上を滑らされた衣裳を手に取り、お辰は目を見張る。

似紫の鮫小紋。擦り切れた長羽織の裏地には目無し達磨をいくつも並べてあえて無粋を

散らす。裾まわりに縫い付けた子犬はそうやすやすと見えぬくらい小さいのが丁度良い。紐に近いしごき帯の色目は、

「……どこでこの衣裳を手に入れたんや」

目の前のこの男の思案を取り入れた。

「さあて、どこだったっけかな。柳原土手の近くだったと思うけど、古着屋の名前は覚えちゃいないねえ」

「あんたが殺したんですか」

お辰の言葉に扇五郎は目を丸くして、それから、

「なんのお話だい」と不思議そうに首を傾ける。

「この衣裳の仕立ては私がしたものです。この世に二枚とないものや」

凡凡同士が二人、額を突き合わせ、泣いて怒って思案を詰め入れた。己の衣裳を初めて手にした中通りは、それを心底気に入って、店にいる間は衣裳のそばから離れようとしなかった。

「殺されでもせんかぎり、あの人がこの衣裳を手放すことなんてないんですよ」

「言いがかりはよしておくれよ。どうして殺しだなんてそんな物騒なお話になるんだい」

「あんたは急に優しなった」

市之助は二人で新しい思案を考えるようになってから、しょっちゅう嬉しそうにお辰に語った。今日も扇の兄ぃに話しかけてもらってよ。

「前に市之助さんがあんたに思案をねだって纏(まと)わりついてたときは、適当を言って相手にせえへんかった癖に、あたしらの思案を市之助さんに聞いてからは自分から声をかけるようになったそうやないですか」

お辰は手元の着物を握り込む。

「衣裳に目をつけてたんやな。己のもんにするために」

皺になるのも構わず力を入れる。扇五郎は膝の上に置いた指をぴくりとも動かさない。

「衣裳のために人なんか殺したりはしないよ」

眉を八の字にして困ったような笑みを浮かべる。

「これでも給金はたくさんいただいている方だからね。己のものにしたいからといってわざわざ丈の違う古衣裳に手を出したりはしないさね。金子を出して、同じ思案の衣裳を作らせればいいんだから」

通っている筋立てに頷きそうになって、いや、あかん。どこかにほつれがあるはずだとお辰が探し始めようとしたその時に、

「だからね、こいつはもしものお話だけどね」

扇五郎はお辰に顔を寄せ、口元に手を添えながら囁(ささや)いた。

「その殺しをしたっていう下手人は中身が欲しかったんじゃないのかね」

「中身」

「その衣裳を身につけた人間丸ごと欲しかったんだよ」

扇五郎の言葉に、お辰はふっと息を漏らした。

「人間を欲しいって、なんやそれ。あんた、何を言ってるのん」

お辰は少し笑ってしまう。扇五郎も笑って、おまけに片目もつぶってみせる。

「とっても似ていたんだよ、その中身。下手人の役者が次の夏芝居で殺す男の顔に、背格好にね。最初はどこぞの端っぱ役者がなにやら話しかけてくるのが鬱陶しいと、適当な思案を言ってあしらっていたんだが、よくよく見ると次の芝居で己が殺す役の特徴と当てはまる部分がたくさんあるじゃないか。若くて色が白くって、お首が華奢だ。こいつはいいねと下手人の役者は手を叩いたらしい。だがね、お見本にしてみようと思った途端、市之助さんたら日に日に顔がお暗くなっていくんだよ。ああ、駄目駄目、私が次に殺すお役は元気で明るい男なんだから。役者は市之助さんの衣裳に助言をしてやった。市之助さんはいいお顔を見せてくれるようになってね」

締めに役者は市之助を殺したよ、と扇五郎は嬉しそうに言う。

「次の夏芝居じゃ本水を使う。本当の水を舞台に持ってくるんだ、金子も仕込みの時間もかかるとあって、そう何度も使われる仕掛けじゃない。お恥ずかしながら、水を飲んで死ぬ芝居にお目にかかったことがなくってね。でも市之助さんのおかげで助かったよ。どうやって水に浸けりゃあ、その華奢なお首が分かりやすく強張んのか、水に浸けていくつ数えりゃ息継ぎをなさんのか、元気で明るいお顔が崩れていく様子をお客に見せるには、どんな角度で水に沈めりゃいいものか、わかったからさ」

お辰は息を止め、尻で板の上をずり下がった。

「あ、勘違いしないでおくれね。私じゃないよ、その下手人の役者が言っていたことだからね」

扇五郎は慌てたように両手を顔の前で振るが、お辰にはその指先の爪が伸びていることすらもう心の臓が止まりそうなほど恐ろしい。怖がらせたお詫びにその衣裳は置いていくからと言葉を残し、扇五郎は立ち上がる。丹色屋を訪れた意味も何もかもがお辰には理解できないが、この場から去ってくれるならそれが何より。お辰は息を潜めて扇五郎の背中を見守る。扇五郎が格子戸に手をかけたときだった。

「少し惜しい気もしているよ」

こちらを振り返らずに扇五郎はそう言った。

「あのこはとってもいい役者だったから」

店の間で呆けていたお辰の頰をぺんぺんと叩いたのは、傷ひとつない滑らかな手のひらだ。「お辰、お辰」と遠慮がちに名前を呼ぶお師様を見たとたん、お辰の目からは涙が吹きこぼれてきた。扇五郎のことをお辰は全てぶちまける。

「あの役者が市之助さんを殺したんです。間違いありまへん」

「そ、そうだね」と頷くお師様の反応があまりに薄くて、お辰は不満で仕方がない。

「あたし、同心に全てお話ししてきます」

立ちあがろうとすると、お師様はちらりと店の奥を見た。その視線を追ってお辰はかぁっと頭にきた。衣桁に掛けられているのは陣平から依頼され、新しい仕込みを試しているという衣裳で、ありえへん。この人はこんな状況にあってまだ衣裳の仕立てが気になるんか。

お辰は逃げるようにして土間に足を下ろした。

「あのね、お辰」

お辰が振り返ると、お師様はお辰が抱えたままの羽織を指差している。

「とってもいい衣裳を仕立てたね」

店暖簾に額を打ち付けるようにして外に出た。

通りを早足で歩きながら、お辰はちくしょう、と地面に吐き捨てる。

ちくしょう、ちくしょう。こうやってまた凡凡は天才の零した言葉ひとつで翻弄されてしまうのだ。

だってあたしは嬉しいのだ。

あんなむごたらしい殺しを見ておきながら、仕立てをお師様に褒められたのが嬉しくて、嬉しく思えることが嬉しくて、嬉しく思えている己が好きなのだ。

こんな時に弟子の仕立てを褒めてくるお師様の気持ち悪さだって、あたしはとんでもなく嬉しいと思っている。だってその気持ち悪さが、お師様の言葉が本物であることを証し立ててくれる。お師様は言わずには居られなかったんだと。言わずには居られないほど、あたしの仕立てはよかったのだと。

殺された市之助だって扇五郎にいい役者だと褒められて、あの世で喜んでいるんじゃないかとそんな都合のいい考えだってしてしまう。同心に訴えてしまえばお上の見分が店に入るはずで、お師様の仕立ててきた衣裳が召し上げられてしまう、とそう考えついたとたん、止まってしまう足だって、お辰は多分好きなのだ。

お辰は道の真ん中で立ち止まる。空に向かって思い切り顔を上げて、ちくしょう！　と叫んだ。

（「小説新潮」二〇二二年七月号）

奈辺

斜線堂有紀

【作者のことば】

歴史上に起こった不可解な出来事を取り上げ、その謎を解くという名目で大きな嘘を盛り込んだ一作です。ファーストコンタクトとは価値観の変化をもたらすものだ、というところから着想を得ました。時代小説は後世に伝わる事実の空隙を虚構で埋められる楽しみがありますが、そこに祈りを加えることで、今の私達の鑑とすることが出来るのではないかと思います。

斜線堂有紀（しゃせんどう・ゆうき）　平成五年　秋田県生
「キネマ探偵カレイドミステリー」にて第二十三回電撃小説大賞メディアワークス文庫賞受賞
近著——『回樹』（早川書房）

【一七四一年　ニューヨークの陰謀】

ニューヨークで起きた放火強盗事件のこと。酒場を営んでいた白人ジョン・ヒューソンと、黒人奴隷のシーザーが首謀して起こしたと言われる。

当時、奴隷制度がまだ健在であったにもかかわらず、ヒューソンの酒場は白人と黒人が共に酒を飲み交わしていたという『人種の境界無き酒場』であった。

当局はヒューソンとシーザーが大規模なクーデターを起こそうとしていたと主張し、無関係の人間も含めて酒場に出入りしていた多くの人間が絞首刑となった。

その一方で、彼らが本当にそんな陰謀を企てていたかは定かではなく、存在すら疑問視されている。裁判中、当局が最も強い言葉で糾弾したのは白人と黒人が恥ずべき交際をするという社会空間そのものであった。

処刑されたシーザーとヒューソンの遺体は隣に並んで吊されたが、時間が経つにつれシーザーの皮膚は白くなり、ヒューソンの皮膚は黒くなったという都市伝説的な言い伝えがある。

＊

一七四一年のその日、ヒューソンの居酒屋に黒人奴隷のシーザーという男がやってきた。彼は仕事帰りに酒を飲む為にやって来たのである。身長一八〇センチ近い黒人の男が戸口に現れた時、酒場の空気は凍り付いた。中にいる客は全員が白人であり、雇われている店員も常駐する娼婦も白人だった。彼らは酒場という場所で黒人に相対することが、殆ど初めてであった。その内に、客の一人であるルーカスが侮蔑混じりの声を上げた。

「おい、入ってくる場所を間違えてるぞ！　黒んぼ！」

「ここは酒場だろう。俺は酒を飲みに来たんだ。何も間違えていない」

シーザーが真面目な顔をして答えると、ルーカスは酒に酔って真っ赤になった顔を更に赤くして吐き捨てた。

「生憎と、ここにはお前らに飲ませるような酒は無えよ！　さっさと失せろ」

「お前が飲んでいるのは酒じゃないのか。俺はそれを飲みに来たんだ。わかるか？」

「黒人に飲ませる酒なんか一滴も無えっつってんだよ。お前らに飲まれるくらいなら、俺が全部飲み干してやる！」

店主のヒューソンが揉め事の気配に気づき、一階へと下りてきたのがその時だった。シーザーのことを見て、ヒューソンは正直なところ「あーあ」と舌打ちをしてやりたくなった。黒人。自分達とはまるで違う、獣の如き二本足。

ヒューソン個人は蛇蝎の如く彼らを嫌っているわけではないが――それでも、容認出来るかといえば別の話だった。姿形は似ているが、相手は動物なのだ。まともな人間が関わるものではない。

とはいえ、ヒューソンは揉め事があまり好きではなかった。酒場に入る入らないで暴れられては困る。ただでさえ、ヒューソンは今機嫌が悪かった。住み込みで働かせていた娼婦の一人が金を持ち逃げし、借金が嵩んでしまったからだ。

ニューヨークに住んでいるような知人は大体が首も回らないほど金に困っている。頼れる人間はいない。生来の博打好きが影響して、ヒューソンにはとにかく金が無かった。

年季の入った酒場はどこもかしこも修繕が必要であり、金はいくらあっても足りない。かといって、ここで雇っている娼婦達の給金をこれ以上下げるわけにもいかない。

これから夜になれば、仕事を終えた白人連中が酒場にやって来る。ささやかなかき入れ時を前に、黒人なんかに煩わされたくない……というのが、ヒューソンの考えだった。彼は普段よりも更に明るい笑顔を作って、二人の間に割って入った。

「おいおい何の騒ぎだ？　ルーカス。経営に喘ぐ俺の店の酒を全部飲んでくれるってか？　そうなったら、このボロ酒場も建て直せるんだけどなぁ？」

「見りゃわかるだろうがヒューソン！　お前の店にニガーが入り込んでんだよ！　さっさと追い出してくれ！」

冗談では宥められなかったルーカスが、シーザーのことをじろりと睨む。内心で溜息を吐きながら、ヒューソンは笑顔で言った。

「看板出してなかったからわかんなかったよな？　けど、見ての通りここは白人がやってる白人の酒場だ。あんたらみたいなのは余所の酒場に行ってくれ」

「余所の酒場に行きたかったんだがな。俺達の行ってる酒場が潰されちまったんだ。当局曰く、風紀を乱す悪の巣窟ってことでな」

「へえ。そいつはお気の毒にな。つったって、俺の店が風紀を乱す悪の巣窟を継ぐってのはいただけないわけよ。お前も分かるだろ？　おっと、俺は争うつもりはないぜ。白人は白人、黒人は黒人でちゃんと分けようぜって言ってんだ」

「そうして分けていった結果、俺らは行く場所が無くなっちまった。もっと早くにこうするべきだったんだ」

思いの外理性的な口振りに、ヒューソンは正直驚いていた。黒人というのは、どいつもこいつもオツムが弱いんじゃないのか？　と、半ば裏切られたような気分で思う。これでは、目の前の男が自分と同じ人間であるかのように錯覚してしまいそうだ。

「それについては俺も同情するところだ。けどな、あんたを入れたら、どうなると思う？　ここが黒人共の憩いの場になっちまう。そうなったら困るんだよ」

「どうして困るんだ？　俺らだってちゃんと金は払う。踏み倒しはしない。お前も酒場を経営してるなら、そのくらいわかるだろ？　いいか？　俺は、ここに、酒を、飲みに来たんだ」

わざとらしく一語一語を区切りながら、シーザーは言った。まるでこちらの方が分別の無い人間だと思い知らされたかのようで、ヒューソンの腹の底にも怒りの虫が湧く。

「あんまり困らせてくれるなよ。こっちは警察を呼んだっていいんだ」

「この店はそんなもんを呼べるほど清廉潔白なのか？　売春は犯罪だぞ。叩けば埃が出るだろ」

シーザーの言う通り、ヒューソンの店の二階には娼婦が仕事をする用の部屋と、彼女らの住み込み用の部屋があった。踏み込まれて即逮捕ということはないだろうが、目を付けられて賄賂を要求される恐れもある。

ヒューソンが言葉を詰まらせると、隣のルーカスが銃を取り出した。

「ガタガタうるせえニガーだな。こういう奴は撃ち殺しちまえばいいんだよ。あっちが先に手ぇ出してきたっつったら、無罪になるだろ。黒豚一匹くらい殺しちまえ」

「すぐこんなもん取り出しやがって。どっちが豚だ」

シーザーがルーカスを煽り、ヒューソンは更に焦った。

「おいルーカスやめろ！　俺の酒場にニガーの脳味噌をぶちまけてどうする！」

「立場を思い知らせてやろうとしてんだよ！　止めるなよ腰抜けヒューソン。こいつにニューヨークでの生き方を教えてやる！」

ルーカスの指が引き金に掛けられた。

ていたことだろう。

もし、酒場の二階から爆発音がしなければ、シーザーの脳味噌はこのままぶちまけられていたことだろう。

「な、なんだ⁉　何が起こった⁉」

酒場にいる人間が全員、二階に続く階段の方を見ていた。焦げ臭さがある割に、目に見える被害は無い。そこが余計に不気味だった。パチパチと何かが爆(は)ぜるような音がする。カラカラと、何かが空回るような音もする。ややあって、奥の部屋——娼婦のステイシーが使っている部屋だ——から、一人の男が出てきた。彼は極めて優雅な足取りで、階段を下りてくる。

男は白人でも黒人でもなかった。目映(まばゆ)いばかりの銀色の服を着ている、二メートルほどの身丈の大男の肌は——目の醒(さ)めるような緑色だ。おまけに、髪の毛はそこらの女よりも綺麗(きれい)なブロンドである。

貴族の如く階段を下りてくる男に、誰も一言も発せられなかった。酒場の主(あるじ)であるヒューソンですら、何も言えない。肌が黒い男と揉めていたところに、肌が緑の男が現れているのだ。一体何が言えるだろう？　こちらを見ていたメアリー・バートンという名の女中が、男を見て卒倒した。

一階まで辿(たど)り着くと、男は胸元に二本指を添えながら言った。

「私はジェンジオ・マ・トクロミニオ。惑星トクロミニオから来たトクロミニオ人だ。宇宙船の不調により、この星に不時着することとなった。よろしければ、宇宙船が直るまでここに仮住まいさせてもらえないだろうか」

言葉は通じた。──『宇宙船』も『不時着』も『トクロミニオ』も分からなかったが、彼の言っていること自体は理解が出来た。

白人のヒューソンとルーカスも、黒人のシーザーも、他の客や娼婦達も、そして緑色のジェンジオも、微動だにしなかった。互いのことを窺っている。そうして最初に口を開いたのは、この場で一番異質な人物だった。

「私はジェンジオ・マ・トクロミニオ──」

「ふざけんな化物！」

ルーカスの銃がジェンジオに向けられる。撃たれる、と思った刹那、ジェンジオの手が素早く銃を弾いた。そのままジェンジオがルーカスの背後に回り、手に持った棒らしきもので何かをした。すると、ルーカスは驚くほど大人しくなり、ふらふらと椅子に戻ると眠り始めた。ジェンジオはルーカスの懐にそっと銃を戻すと、もう一度ヒューソンの方を見た。

「何かしらトラブルがあったことは理解している。そちらの男性と貴方は揉め事を起こしているのだ。だが、私の立場も理解してほしい。私は不時着してしまい、未知の惑星で心細く思っている」

「何言ってんだお前、頭おかしいんじゃないか……」

ヒューソンは目の前で起きたことが信じられず、震える声で言った。だが、ヒューソンの世界にはおよそ存在しない『宇宙人（グリーン）』に、どんな言葉を掛けていいか分からないのだ。

客の大半はシーザーとルーカスの諍（いさか）いの時点で酒場を出ており、パニックになることはなかった。残った娼婦達や小間使いは固まっていて、ジェンジオの風体の異様さを、自分の常識に当てはめようとしているようだった。

「何が問題なのだ」

沈黙の中で、ジェンジオはなおも尋ねた。

「……そいつは、黒人の俺がここで飲むのが嫌だと抜かしたんだ。ここは酒場だってのに」

「酒場というのは店の一種だな。何故（なぜ）拒む？」

今度はヒューソンにジェンジオの言葉が投げかけられた。

「そいつが黒人だからだよ、ミスター・グリーン。ここは白人の俺がやってる白人の店だ。だからそいつに酒は飲ませない」

「肌の色の違いはさして問題ではないように思える。肌の色により、飲んでいいものとそうではないものが違うのか」

「そういう話じゃないんだっての。お前はどこから来たんだよミスター。俺はさっさと営業を再開したいんだ。ただでさえ普段から閑古鳥が鳴いてるってのに！」

「トクロミニオから来た。閑古鳥というのがどういう鳥なのかが知りたい」と、ジェンジオ。

「閑古鳥が鳴いているなら、俺達（こくじん）を受け容（い）れればいい。何故それがわからないんだ？　だから経営が傾くんじゃないのか？」

「奴隷に商売がわかるってのかよ！」

思わずヒューソンが声を荒らげると、「やめて！」という涼やかな声が響いた。

「もう沢山だわ。この状況で今更白人と黒人の区別をする必要がある？　だって、肌が緑の人がいるのよ？　私も気を失いそう！」

　真面目な顔をしてそう主張しているのは、ブロンドの髪に青い瞳をした美しい女だった。彼女の白いドレスは、ジェンジオの着ている銀色の服と同じくらい目立っていた。彼女はジェンジオの目をしっかりと見て、挨拶をする。

「私はマーガレット・ソルビエロ。この酒場で夢を売ってるの」

「人呼んで『ニューファンドランドのアイルランド美人』だ」

「ねえ、ヒューソン。それ誰が言い出したの？　もっと他に無かったのかしら」

「酒場の華、ニューヨークの女神、ジョン・ヒューソンの隠し玉」

「はいはい。さあ、女が目の前のグリーンに怯（おび）えなかったんだから、貴方達も少しは落ち着いたらどう？」

　マーガレットの言葉に、酒場の男達は静まり返った。彼女の言葉には、酒場の男を黙らせるだけの力が備わっているのだ。

　場が静かになったのを見て、ジェンジオはすかさず口を開いた。

「説明により、肌の色が違うことによってトラブルが生じているのがわかった。私が肌の色に関するトラブルを解決したら、ここを仮住まいにさせてもらっていいだろうか」

「この場で一番肌の色が問題になってるのはあんたなんだけどな」

「私は黒人でも白人でもないと思われる。問題にはなっていない」

言いながら、ジェンジオは懐から紐のようなものを取り出した。すわ武器かと思ったヒューソンが身構え、シーザーが後ずさりをする。だが、それよりもジェンジオが紐の両端を二人に付ける方が早かった。

瞬間、ヒューソンとシーザーの間に電撃に似た衝撃が走った。

「肌の色が問題なのであれば、即席で変えることが可能だ。これは一時的な措置であるが、私が宇宙船の修復を進めれば、もっと恒久的な変化を及ぼすことが出来るだろう。これで、店に入ること及び、店に入れることが可能だ。私は、ここを仮住まいとし、旅を続けたいのだ」

ジェンジオの言葉は殆ど耳に入ってこなかった。

何故ならヒューソンの目の前には、慣れ親しんだジョン・ヒューソンの顔をした男が座り込んでいたからだ。ヒューソンは咄嗟に自分の手を見た。先ほどまで言い争っていたシーザーのものだった。

汗が目に入るという経験を、ヒューソンは久しぶりに味わった。ヒューソンに割り当てられる荷物は、基本的に危険かつ二十キロ以上のものなのだ。乾燥を終え、箱に詰められたタバコ葉を馬車に運ぶ。彼がやる仕事はそれだけである。箱を何個も重ねて運ぶ。休まずに運ぶ。陽が落ちるまで、何一つ考えずに運ぶ。これでは馬と変わらない。

かつてヒューソンは小さな靴屋で奉公をしていた。お世辞にも労働環境がいいとは言えない店で、ヒューソンは革を運びながら何度も殴られていた。作業部屋はじりじりと暑く、目には絶えず汗が入った。

自分が自分らしくあれる『どこか』を目指し、ヒューソンはがむしゃらに働いて酒場を開いた。何度も失敗を重ねたが、ヒューソンは諦めなかった。

報われる場所を夢に見ていた。

「黒人ってのはオランウータンが進化した生きもんなんだろ？　猿は疲れたりしねえよな!!」

そうして嘲りの言葉を掛けてくるのは、同じタバコ農場で働くスティーブという名の白人だった。ヒューソンの酒場にも何度か来たことのある男である。彼が普段、シーザーのことを見下しながら働いているのだということを、ヒューソンは初めて知った。

大量の洗濯物を籠から出しつつ、ヒューソンは——シーザーの姿をしたヒューソンは、笑顔で言った。

「その通り、俺は猿に近い生態をしてるから、生き物の交尾については滅法鼻が利く。ちょっとばかり俺に対してフレンドリーになってくれるんなら、三軒隣のデカ尻ケイシーがどいつと浮気してるか教えてやってもいいぜ」

他人の身体(からだ)ではあるが、舌は案外良く回った。すると、さっきまで侮蔑の表情を浮かべていたスティーブがきょとんとした顔になり、ハッとした様子で喋(しゃべ)り始めた。

「お前、急にどうしたんだ？　いつもだんまりだってのに。それを見て、俺は猿にゃあやっぱり人間の言葉が分からないんだと思ったもんだが」

「身体を動かさなきゃなんない時に舌まで動かしちゃ疲れるだろ？　だから、暇を貰(もら)ってんだ」

この言い回しがお気に召したのか、スティーブがけたけたと笑い始めた。

「お前、喋ると面白いんだな。猿のくせに」

「お気に召したようで幸いですぜ、旦那」

おどけて言いつつ、ヒューソンは溜息を吐いた。こうして嘲りの言葉を掛けられるならまだいい。農場の主人にいきなり棒でぶたれた時、他人の身体ながらヒューソンは思わず悲鳴を上げてしまった。主人は怒りに満ちた顔で言った。

「どうした、不服なのか？　家畜のくせに」

「いえ……そんな、滅相も無い」

痛みに喘ぎながらも、ヒューソンは答えた。答えなければ、もっと酷(ひど)い罰が待っているからだ。ちゃんと答えたにも拘(かか)わらず、主人は、ますます顔を歪(ゆが)ませながら言った。

「お前、本当は不服なんだろう。この農場は自分のものだと思ってるのか？」

一体何を言っているのか分からなかった。シーザーは奴隷である。まかり間違ってもそんな思い上がりをするはずがないというのに。ヒューソンが本気で困惑した表情を浮かべているのに気がついたのか、主人は唾を吐きかけて去って行った。彼の姿が見えなくなったのを確認してから、ヒューソンは唾を拭って小さく唸(うな)った。

こんな状況になったのも、全てはあの宇宙人の所為(せい)だった。彼が使った紐の所為で、ヒューソンとシーザーの身体は入れ替わってしまったのだ。

「おいおいどういうことだ⁉ 俺が目の前にいるじゃねえか! 俺はどうなっちまったんだ⁉」

「肌の色が問題で、彼は店を利用出来ない。なので、一時的に身体を入れ替えることによって、彼が店を利用出来、店の主人であるそちらは、利益を得られるようにした」

「こ、こいつ、悪魔だ! 悪魔が俺の身体をニガーにしちまったんだ!」

喚(わめ)くヒューソンに対し、シーザーは冷静だった。しげしげと自分の身体を確認した後、

「これは一体いつまで続くんだ?」

「持続時間については、そこまで長くはないとだけ言っておく。いずれ戻り、君はまた店を利用出来なくなる」

「……そうか」

シーザーは大きく一つ頷(うなず)くと、ヒューソンに向き直った。

「このグリーンは本物の悪魔だ。俺達の身体を一時的に入れ替えた。それがこの揉め事を収める唯一の手立てだと思ってだ。恐ろしい話だよな。けれど、これは永遠じゃない。いずれ戻る。わかったな」

「それでわかったたって言える方がペテンだぜ、それ」

「だが、そうするしかない。ならどうする？　このグリーンを一緒に殴り倒すか？」

ヒューソンはそうしたかった。だが、先ほどルーカスが眠らせられたことを考えると、まともにやりあって彼に勝てることはないいんじゃないかという気持ちにもさせられた。なら——自分は、自分はどうすればいい？

「何事もなく過ごせばいいんだ。あいつは戻るって言ってる。戻るってのが信じられなかったとして、お前はどうする？」

「どうする……って言われても……」

「問題無く過ごすんだ、ジョン・ヒューソン。俺は今のお前を殺して、入れ替わりを永久にしてやってもいいんだ」

それの意味するところを知って、ヒューソンはぞっとした。互いの身体を人質に取られているようなものなのだ。

「………いいや、お前はそんなことしないでいてくれるよな？　いくら動物染みてるからって、そんな」

「何故またトラブルが発生するのか、私はわからない。翻訳機の精度があまりよくないので、正確に理解が出来ているかもわからない所為もある。争いは出来る限り、止めたいと思っている」

ジェンジオは全く表情を変えずに言った。その手にはさっきルーカスに使った棒があった。

「わかった。わかったよ。耐えよう。おいミスター・グリーン。これは本当に戻るんだろうな⁉」

「ジェンジオだ。ああ、恒久的なものじゃない。その点は申し訳なく思っている」

「なら、耐えるしかないだろ。死ぬわけにも殺すわけにもいかない」

「随分適応力があるんだな」と、何故かシーザーの方が馬鹿にしたように言った。

「俺は田舎町から身一つで出てきたんだ。ヤバい状況に当たったこともいくらでもある。今回みたいな悪魔憑きの状況は初めてだが、パニックで全部を失おうってつもりはない。こっちは目が醒めたら首から下を地面に埋められてたこともあるんだ」

「その話、ヒューソンは酔うといつもするのよ」

マーガレットがからかうように言って、ヒューソンは肩を竦めた。

「ヒューソン、あたしの部屋に銀色の丸い何かが突っ込んできて、ベッドが埋まってる！どうしたらいいの！」

その時、栗色の髪をしたステイシーが、シーザーに向かって飛びつくようにして言った。

「ステイシー、俺はこっちだ」

ヒューソンはそう言ったが、ステイシーはきょとんとするばかりだった。

人種の境界無き酒場が成立するにあたって、店主のジョン・ヒューソンの適応力、物事を受け容れる力について言及されることが多い。世間の風潮に反してヒューソンは黒人を受け容れ、彼らと対話をしてみせたからだ。

だが、その内実について正確に把握している資料は無い。ヒューソンの適応力が真に発揮されたのは、地球外生命との接触と、それに伴う心身の入れ替わりに対してである。

これが、一七四一年のニューヨークの動乱を引き起こすこととなるのだ。

ヒューソンとシーザーはすぐに対策を講じた。自分達の入れ替わりが大きな影響を与えないよう、最低限の共有事項を元に、互いのように振る舞ったのだ。この入れ替わり自体も、酒場にいる限られた人間にしか説明をしないことにした。こんな奇妙なことを、誰も信じないだろうと思ったからだ。

元々ステイシーのものだった部屋は、そのままジェンジオに明け渡すことにした。元より部屋の中には巨大な球体が入り込んでしまっているのだ。

ジェンジオに、あまり人目に触れないよう、特に酒場が開いている時は部屋から出ないよう厳命したのだが、ジェンジオは意外にも冷静にそれを受け容れた。彼は軟禁状態にまるで抵抗を示していないようだった。

「私は宇宙船を直し、もう一度航行に戻りたい。仮住まいに感謝する。私はこの星に暮らすジョン・ヒューソンの厚意に感謝する」

緑色の皮膚を持ち、ぎこちないながらも自分達と同じ言葉を話すジェンジオ。彼をまず信用したのは、単に役立ったからだ。

ジェンジオは自分が穴を空けたステイシーの部屋を、見事に修繕してみせた。しかも、どうやったのかヒューソンには与り知れない方法で、だ。それを見たヒューソンは、さりげなくこう提案したのだ。

「なあ、他のところも直せるのか？　お前」

この時期、ヒューソンの酒場は不可思議な大規模修繕を行っている。まだヒューソンの酒場の人入りが少なく、借金に喘いでいたにもかかわらず、である。真相を知ってしまえば何のことはない。ジェンジオが行ったことだったのだ。

このことをきっかけに、ヒューソンはジェンジオを信頼するようになった。

「直すことは得意だ」

ジェンジオが真面目な顔でそう言った時は「だったらさっさと身体を戻してくれよ」と返し、ジェンジオは黙り込むばかりだったのだが。

さて、シーザーとなったヒューソンは、シーザーとして酒場の外で働くことを強いられた。

シーザーはニューヨークの大きなタバコ農場で働いている奴隷だった。ヒューソンもよく知っている、とても景気の良い農場である。この農場では従来のニコチアナ・タバカムだけではなく、バーレーなる新種のタバコを栽培していて、それが実に高く売れるのだそうだ。ヒューソンも何度か回してもらったことがあるが、ガツッとくる刺激がたまらなく、こいつに目を付けた主人は商才があると認めざるを得ないものだった。

大農場なだけあり、給金自体は悪くなかった。貧乏白人と同じくらいか、少し下回るくらいだ。ヒューソンはそのことに驚く。

だが、彼はあくまで奴隷であり、ニューヨークの奴隷法に縛られている存在でもあった。奴隷法曰く、主人は奴隷に対し、生命や手足にまで及ばない範囲で罰を与えることが出来る。奴隷は逃亡してはならず、三人を超える奴隷は主人の許可が無ければ集まることすら出来ない。

奴隷が自由になる為には賞賛に値する奉仕が必要とされる。賞賛に値する奉仕、という言葉はヒューソンの舌の上で浮いていた。

ヒューソンはタバコ農場で働き、夜になると酒場に戻る生活をした。体力的にはキツかったものの、やってやれないことはない——というのが、ヒューソンの印象だった。タバコ農場の日々は、かつての奉公の日々を思い起こさせた。

だが当時の彼は、奴隷法で縛られたりはしていなかった。家畜と同じように単調な肉体労働を繰り返させられ、見下されながら生きているわけではなかった。

労働を終えて酒場に向かうと、今度はヒューソンの仕事を請け負ったシーザーと対面することとなった。酒場は常に午後六時から開けていたが、シーザーは午後二時から酒場の清掃などを行っているようだった。

今日のシーザーはマーガレットと共に執務室にいた。彼は何やら物を書いているらしかった。

「黒くなったヒューソン。今日はどうだった？」

「どうだったもこうなったもない。ひでえもんだ。俺の魂まで黒くなっちまいそうだったぜ。こき使いやがって。……お前らは？」

「シーザーは今、仕入れ値の計算をしているの。上手く経費が削減できたら、修繕費に充てられるわ。貴方ったら、帳簿を適当につけるから余計なお金が掛かるのよ」

「計算？　そいつが？」

「ええ。シーザーは凄いわ、魔法みたい……数字を弄るのは楽しいわね」

マーガレットはうっとりとした表情でシーザーのことを見つめている。

彼女は元々、ニューヨークの娼婦には珍しく読み書きに堪能だった。なんでも、本を使って一人で覚えたらしい。マーガレットの知的好奇心と、シーザーの計算の様子が嚙み合っているのを感じた。マーガレットはすっかり目の前のニガーに心を許しているのだった。

ヒューソンはゆっくりとシーザーの背後に近づくと、何やら大量の数字を書き付けている彼に話しかけた。

「黒人のくせに計算が出来るのか」

「ニューヨークの奴隷は学校での教育が受けられる。もっとも、二十年ほど前にヨークシティで起きた暴動以降、黒人に教育を受けさせるということ自体が問題視され……俺もそこまでしっかりと受けられたわけじゃない」

ペンを走らせながら、シーザーは淡々と言った。ヒューソンは、まともな教育を受けた覚えがない。自分が下に見ていた黒人に計算能力の面で劣るという事実は、ヒューソンの心に微かな漣を立てた。

「それにしても、ひでえ帳簿だ。これじゃあ仕入れ先が金をちょろまかしていてもわからない」

「俺はそこを信頼と勘で渡ってんだよ。愛嬌の欠片も無い黒人にはわからねえだろうが」

「だから、酒場の経営が傾く。黒人なんかに経営の杜撰さを指摘される羽目になる」

嫌みったらしくシーザーが言う言葉に、ヒューソンは反論が出来なかった。その代わりに、今日あったことを話しておくことにした。

「お前の雇い主の下でひいこら働いてきたけどな。ありゃ酷いな。いくら黒人が頑丈だからって、粗雑に扱いすぎだ。お前、いつもあんな目に遭ってるのか？」

『あんな目』の詳細を語らなかったにも拘わらず、シーザーはゆっくりと頷いた。日常なのだ、とヒューソンは改めて実感する。シーザーの置かれている立場とは、ああいうものなのだ。気まずくなり、ヒューソンはフォローするように言った。

「けどまあ、やり手ではあるよな。ここらであの新しい葉っぱを大々的に育ててるのはあそこの農場だけだろ。目の付け所がいいっていうか」

「バーレーなら、俺が薦めた」

「は？」

「あれは元々、ケンタッキーで流行ってたタバコの葉だ。ニューヨークでも作れるだろうって思ったから、栽培するよう言った。ケンタッキーで流行ってるものなら、こっちでも流行る」

「お前が……？」

ヒューソンは口をぽかんと開け、目をぱちぱちとさせた。そこでようやく、「この農場は自分のものだと思ってるのか？」という主人の言葉を思い出す。

シーザーがバーレー種を栽培するように進言した。それであの農場は成功し、あそこまで大きくなった。なら、あれは本当は――本当の意味では、シーザーの――。

「お前、何であんな奴の奴隷なんだ？」

思わずヒューソンが言うと、シーザーはゆっくり首を振った。

「親があいつの所有する奴隷だった。だから俺も奴隷だ。ガキが生まれれば、そいつも奴隷になる。永遠に変わらない」

「はあ、黒人ってのは大変なんだな。ここらにいる白人だって変わらんのよ。女は娼婦、男は安月給で働くか兵士になるしかないような状況だ。で、男はうっかり死んで、ガキと端金（はしたがね）だけ女に残す。んで女はガキを養う為に娼婦になって、またガキをこさえてのループだ。抜け出せない。俺も俺で、酒場はいつでも火の車だ。いつ転覆してもおかしくない」

「だが、奴隷じゃない」

シーザーの手が止まった。ややあって、彼はもう一度ペンを走らせ始めた。

「新入りの娼婦が、ずっと部屋で泣いているんだ」

「あー……ルビーは先週来たばっかりだもんな。この状況に、まだ慣れてないんだわ」

「ヒューソンを呼んでくれって言うから俺が行ったんだが、全く落ち着かず会話にならなくなった」

「お前、女と話したことある？　何にもわかってねえなあ」

「その言い草は何だ」

「まあ見とけって」

件（くだん）の娼婦の部屋の前にはジェンジオとステイシーがいた。

ジェンジオは来たばかりの時の銀色の服からごく普通の衣服に着替えているものの、緑色の肌の所為で違和感が拭えない。

「お前のせいで大変なことになってんだぞ、グリーン」

「私はグリーンではなく、ジェンジオ・マ・トクロミニオだ。ヒューソン、肌の色が変わったことにより、トラブルはなく過ごせているか」

「むしろトラブル塗れだっつーの。早く元に戻して欲しいもんだ」

「宇宙船が直った暁には、肌の色をもっとしっかりと変えられる」

相変わらずヒューーソンの言っていることの真意が伝わっていないようだったので、一旦こちらは置いておくことにする。ステイシーに視線をやると、彼女は首を竦めて言った。

「彼女、相当参っちゃっててさ。白人も黒人も全員嫌いだって言って聞かないの。だからジェンジオを呼んだわけ」

「なんでそこでジェンジオなんだ」

「ジェンジオはホワイトでもブラックでもないからアリかなって」

ステイシーがあっけらかんと言う。思いもよらない理由で打席に立たされたジェンジオは、真顔でヒューーソンとステイシーを見つめていた。

「そういう問題じゃねえだろステイシー。まあ待ってろ口先一つで解決してやる」

果たして、ヒューーソンが部屋に入ってからルビーは三十分も経たずに部屋を出てきた。シーザーの身体であっても言葉が淀みなく出てくることに、ヒューーソンは心底感謝した。

「大したもんだな」

気がつくと、背後にはシーザーが立っていた。

「酒場を経営するのなんか簡単だと思っていたが、必死の喋りも必要なのか」

「少なくとも、俺はここを、働いてる奴らが安心出来る場所にしたくて必死なんだよ」

シーザーが少しだけ妙な顔をして、それから何故か頷いた。

ヒューソンとシーザーの関係が悪いものではなかったのは、シーザーがヒューソンの酒場の経営改善に一役買ったからだったかもしれない。シーザーが仕入れ値を見直した結果、ヒューソンの酒場の赤字は多少なりとも減ったのだ。

これによって、ヒューソンがなし崩しに許さなくてはならなくなったものが一つある。酒場への黒人の出入りだ。

当然といえば当然の話だった。身体が入れ替わってしまった以上、黒人の出入りを禁じればヒューソンも中に入れなくなってしまう。加えて、この点についてはシーザーが頑なに要求したのだった。

「カトーズ・ロードハウスも、バロウズも、黒人専用の酒場は大体潰れた。黒人も入れる酒場にすれば、絶対に利益が上がるし、儲かる」

その勢いに圧され、ヒューソンは仕方なく酒場を白人も黒人も利用出来るようにした。最初の内、ヒューソンの酒場の客は黒人ばかりだったという。それが、次第に白人の客足も戻り——白人と黒人の入り混じる酒場となった。シーザーの言うような『儲かる』というものではなかったものの、利益率で見れば悪くなかった。

だが、大繁盛というにはまだあと一歩足りなかった。そんな状況を受けて、シーザーは言った。

「この酒場に人が来る理由が必要だ。ここでなければ駄目、というような。その為に、日曜日に催しをやるべきだ」

「日曜日に？　なんでまた」

「お前は教会には行かないのか」

「俺の神は紙と金属に刻まれてるんでね」

「儲けたいなら、狙い目を学べ。それこそ、こういうのは白人連中の十八番だろ」

シーザーが皮肉げに笑ってから、真剣な表情で説明をした。

「いいか、日曜には沢山の人間が教会に行く。そいつらを狙うんだ。教会に行ってきた連中は、ここでの酒を割り引きするってことにしろ」

「教会帰りを狙って酒の勧誘か？　神がお怒りになるぞ」

「平日に散々働いてる信徒達が、少しくらい安息を得たっていいだろう。この日はいつもよりうんと派手にしろ。料理も豪華に、酒も浴びるように」

「そして女は？」

「踊らせろ。オルガン弾きやバイオリン弾きをこの時だけ雇うのもいい。日曜は特別な催しをする酒場だと刷り込ませろ」

「なるほど。名称はどうする？」

「名称？」

「名前だよ。お前はアイデアはいいが、そういう酒落っ気みたいなのに疎いな。だからスティーブにも煙たがられるんだ。適度なジョークと笑顔は場を円滑にするぞ。お前は黒人なんだから、尚更そういうのが必要だろ」

「……スティーブと揉めたのか」

「いいや、むしろ良好ってとこだ。お前がこの身体に戻る前に、ちょいと職場改善をしておいてやるよ。もっとも、オツムの方は多少弱くなったって設定になるが」

シーザーは訝しげな目を向けていたが、ヒューソンはそれに構わず、ポンと手を叩いて言った。

「日曜のイベントは『大宴会』っつうことにしよう。良い名前だろ？」

シーザーはますます微妙な顔になり、何か言いたげに口を動かしたが、結局黙った。こういう馬鹿げた波に乗るのは、ヒューソンの方が得意なようだった。

そうして始まった『大宴会』は、ヒューソンの想像を遥かに超える賑わいを見せた。

教会と居酒屋を大胆にも結びつけ、積極的に呼び込みを行うというシーザーの目論見は当たり、ぞろぞろと新規の客が酒場にやってきた。彼らはやけに上機嫌で、普段の客よりも多く酒を飲んだ。賭けなどに興じる客も多く、勝ち負けが決まる度にグラスが空くのだ。

また、ヒューソンはこの『大宴会』に合わせてガチョウの肉などの見た目にも華やかな料理を用意した。テーブルの上にドンと置くだけで、祭りを演出できるようなものだ。これもまたシーザーの進言だった。彼は何度かパーティーのアシストを務めたことがあり、その際にやり方を学んだようだった。

思いがけず盛り上がりに貢献したのは、ジェンジオだった。バイオリン奏者を探しているヒューソンに対し、彼が突然名乗りを挙げたのである。

「ダーマなら私が弾ける。明日にはダーマを作ることも出来るだろう」

「ダーマって何だよ。俺が探してるのはバイオリン奏者だっての」

「私の星ではバイオリンをダーマといった。本来私が弾くのはダメリだったのだが、ダーマも弾ける」

ジェンジオがそんなことを言うので、ヒューソンはそういうものかと納得してしまった。だが、ジェンジオの持って来たダーマは細長いところと弦があるところしかバイオリンと似ていなかった。「何が『ダーマといった』だ」と、ヒューソンは苦々しく思う。

「その顔色はどうするつもりだ」

「ステイシーが装ってくれると言っていた。出ている他の部分を道化にすれば、化粧に見えるというのが彼女の意見だった」

彼女の言う通りだった。悪魔とも道化とも言えない仮装をしたジェンジオはよく馴染んでいた。緑の肌のジェンジオを知らずに受け容れている客達を見ると、ヒューソンはなんだか胸がすくような思いになった。

バイオリンではなくともダーマの音色は美しく、ジェンジオはもの悲しささえ感じさせるのに陽気な、この星には馴染みの無い旋律を奏でた。酒場にいる客はダーマの音に合わせて踊った。酔っている人間にはダーマとバイオリンの違いなど分からず、ただその音だけが価値を持っていた。

大宴会は次第にニューヨークでも評判になっていき、この大都市でヒューソンの酒場自体が有名になっていった。大宴会のみにやって来る娼婦などもおり、ヒューソンは金を受け取って彼女らに部屋を与えた。仕事の合間に、彼女らも踊った。

マーガレットも、ダーマの音に合わせてよく踊った。テーブルの間を縫うように舞い、報酬としてチップを受け取るのだ。娼婦としての仕事よりも、こちらの方がずっと堂に入っているように見えたほどだ。

宴も終盤に向かうと、マーガレットは決まってヒューソンの姿をしたシーザーのところに向かい、彼の手を引いた。

「シーザー！　一緒に踊りましょう！」

「今の俺はヒューソンだ。酒にやられて目まで悪くなったか？」

「そんなことはいいの！　踊るの？　踊らないの？」

「踊らねえよ」

シーザーがすげなく断ると、マーガレットは何故か楽しそうに笑って、彼の唇にキスをした。少しだけ驚いた顔をしたシーザーが、苦々しく言う。

「お前はヒューソンの情婦なのか」

「野暮なことを聞くのね。娼婦が口づけごとに亭主を替えると思う？　それに、もっと大きな部分を間違えてるわ」

「なんだ」

「私が口づけているのは、貴方なのよ。シーザー」

そう言って、マーガレットはもう一度シーザーに口づけた。今度は先ほどよりもずっと長く深いものだった。シーザーが彼女を拒まなかったからだ。そこにいたのはヒューソンとマーガレットではなく、シーザーとマーガレットだった。


『大宴会』を数回こなすと、ついにその日がやってきた。

目が醒めると、ヒューソンは元のヒューソンに戻っていた。その日の夕暮れに酒場を訪れたシーザーも、シーザーの姿をしていた。

「戻ったな」

「ああ、戻った」

二人はしばし黙ったまま向き合った。先に口を開いたのはヒューソンだった。

「酒場の収益は上がった。悔しいけどさ、お前の考えた『大宴会』が無かったらこうはならなかった。それに、費用の面も助かったよ。まさかあんなに無駄が多いなんてな」

「俺からしたら、あれだけ無駄が多いまま経営をしていたことの方が驚きだ」

「俺はそういうことにはこだわらないんだよ。わかるか？」

「それで、ここはどうなる？」

シーザーが何を言いたいのか、ヒューソンには分かっていた。

たかだか一ヶ月半程度入れ替わっただけで、黒人の置かれている状況を理解出来たとは思えなかった。シーザーでいることは大変であり、苦しくもあったが、その苦しさの本質に触れることが出来たとも思えなかった。ヒューソンの魂にはジョン・ヒューソンの苦しみが染みついており、他の苦しみを解することは難しい。

だが、この静かな困惑の中で、ヒューソンは一つ決意したことがあった。

「これからも、俺の店は白人も黒人も関係無く――いや、ジェンジオのような宇宙人も受け容れる。またステイシーの部屋をぶち壊されたら困るけどな」

それを聞いたシーザーは、なんだかとても安心しているように見えた。ヒューソンがシーザーに手を差し出す。シーザーは一拍遅れて、ヒューソンの手を取った。

その夜、ヒューソンは一人でジェンジオの部屋を訪れた。

ジェンジオの直しているらしき銀色の球体は、相も変わらずただそこに在り続けていた。直っているのかどうかも、ヒューソンには分からなかった。

「ああ、とてもいい機会だ。肌の色が戻ったタイミングで渡せてよかった」

そう言いながらジェンジオが取り出してきたのは、人間の皮のようだった。おまけに二枚ある。ぺらぺらとしていて顔つきが判別出来ないものの、ヒューソンとシーザーによく似ているように見えた。

「これを着れば、肌の色を変えることが出来る。なかなか脱ぐことは難しいが、そちらの方が好都合だろう」

「いや、それはもういいんだ」

ヒューソンは苦笑いをしながら言った。

「私はそちらに対し、何かしらの利益をもたらすことが出来る。差別や迫害を行うよりもずっといい結果になることを約束する。だから、今一度猶予が欲しい。まだ宇宙船が直っていないのだ」

「何かが出来るからいじめらんないって怖い話だよな」

ジェンジオは何を言われているのか分からない、といった顔で首を傾(かし)げた。それに構わず、ヒューソンは続ける。

「俺、嫁さんがいるんだわ。ずっと別居してたんだけど。この度ヒューソンの酒場が大人気ってことで、戻ってきてくれるそうなんだわ」

「それはめでたいことでいいだろうか」

「もしかして宇宙人には別居ってないのか？　めでたいよ。けどなあ、俺は流行らない酒場をやってる時にも奥さんに傍(そば)にいてほしかったんだわ。……っていうな。どうでもいい話だけど」

「翻訳機があまり精度のいいものではなく、こちらの星の言語を解読するのに手間取っているようだ。これからもコミュニケーションにやや難儀する恐れがある」

「シーザーとも上手くやっていけそうなんだ。グリーンともやっていけるだろ。船だか馬車だかが直るまで好きなだけいていいから、酒場を程々に手伝ってくれ」

ジェンジオは少し悩んでから、言った。

「肌の色が違ってもいいのか」

「この酒場においてはいい。そういうことになったんだ」

こうして、ヒューソンの酒場はニューヨークでも類を見ない、人種の境界無き酒場となった。黒人奴隷と貧しい白人、慎ましやかに暮らす家族連れや芸術家などが屯し、毎週日曜日には『大宴会』が催される居酒屋だ。

ちなみにジェンジオのことを頑なに隠し通そうとしたヒューソンは、妻に不貞を疑われ、再びの別居生活と相成った。

人種の境界無き酒場になって変わったことといえば――いや、ある意味で変わらなかったことといえば――シーザーとマーガレットの関係だった。本来の身体を取り戻したシーザーに、マーガレットは改めてキスをした。シーザーの側には躊躇いがあったが、それでも彼女のことを拒むことはなかった。惹かれた魂の形を、二人は互いに知っていた。

「この身体に戻っても、キスの味は変わらないのね」

「妙なことを言うんだな、マギー」

「私は嬉（うれ）しいのよ。ジェンジオに感謝しなくちゃならないわね。キスの味が魂に拠（よ）るなんて、他の誰も知らない発見だわ」

黒人奴隷のシーザーと酒場の華であるマーガレットが引かれ合う様は、ヒューソンにとって衝撃だった。黒人があのアイルランド美人を思いのままにするっていうのか？　と戦（おのの）きもした。

だが、二人が寄り添うところを見たヒューソンは、すとんと納得させられてしまったのだった。黒人と白人が愛し合うこともあるのだ、と知った時、ヒューソンの脳のどこかで何かがかちりと動き出したような感覚があった。

ジェンジオの宇宙船修理はとても緩やかなペースで進んでいった。

というより、ジェンジオが何をどう直しているのか、ヒューソンにはよく分からなかった。ジェンジオは大宴会でダーマを弾く他、主に酒場の裏方としてせっせと働き、手の空いた時間は、何故だか娼婦達の話し相手になることが多かった。ジェンジオはその外見から外を出歩くことが難しいので、その辺りも彼女達の相手に向いていたのかもしれない。

特にジェンジオを気に入っていたのはステイシーで、暇な時は一も二も無くジェンジオのところに向かった。部屋を壊した宇宙人と仲良くなるなんてな、とヒューソンが言うと、ステイシーは肩を竦めてから「部屋を壊されるのは白人でも黒人でも宇宙人（グリーン）でも嫌だけど、ジェンジオが好きだから目を瞑（つぶ）るよ」と言った。

ジェンジオの方もステイシーには他の人よりも心を開いているようで、トクロミニオの情報は主にステイシーから聞いた話が多い。

「トクロミニオに住んでいる者はみんな肌が緑なの？」

「じゃあ、ジェンジオの惑星には差別が無かったんだね」

「いや、あった。むしろ、もっと酷い差別があった。私の惑星には、二本腕のものと三本腕のものがいて、互いに憎しみを向け合っていた。ここでの差別と同じか、それ以上に酷いことが起こった」

ジェンジオの表情は殆ど変わらないのだが、ステイシーにはその機微がわかるらしい。ステイシーはよく、ジェンジオはいつも寂しがっていると口にする。

「諍いは戦争に変わり、犠牲者を多く出した。三本腕は殆ど絶滅してしまったほどだ」

「絶滅……」

「肌の色と違い、腕の数は脅威だったのだ。二本腕は三本腕に力で劣る。扱える物の数が違う。社会も三本腕に合わせたものに変わる。だから、滅ぼさなければならなかった」

ステイシーにはジェンジオの言う三本腕の生活がまるで想像出来なかった。そもそも、黒人という二本腕の存在ですらステイシーからは遠いものに感じられるほどだったのだ。なら、どこに理解の折衷点があるのだろう？

「私は……過ちを悔いている。もし私達が同じトクロミニオの民として団結していれば、トクロミニオは……」

何故トクロミニオを離れたのかをジェンジオが語ることはなかった。もしかしたら、トクロミニオはニューヨークよりもずっと酷い状況下にあり、争いを好まないジェンジオは、それが原因でトクロミニオを出ることになったのかもしれない。……そうして、流れ着いたのがお世辞にも平和とは言い難いニューヨークではあるのだけれど。

「ジェンジオ、賭けに勝てる道具とか無いの？　そうしたら大儲け出来るよ。山分けにして遊んで暮らそうよ。あたし、毎日ガチョウ食べたい。あれ、苦手な奴らも多いけど好きなんだ」

「賭けに勝てる道具は難しい。賭けとは運によって勝敗が決まるものだが、賭けに必ず勝つ道具を用いた場合、賭けではない」

「イカサマしても賭けは賭けだよ」

「イカサマとは？」

「ズルすることだよ。賭けに勝つんじゃなくて、ズルするのは出来る？」

「それなら可能だ」

「あ、でも酒場で大勝ちしたら困るのはヒューソンかー。やめとこやめとこ」

ステイシーは楽しそうに手を叩いて笑った。夕暮れになれば、仕事を終えたシーザーが酒場にやって来る。大宴会でなくても、酒場は大いに盛り上がる。お祭りのようなその様が、ステイシーは好きだ。酒を飲んでいる時の人間の顔は、一様に赤い。

一方で、ヒューソンの酒場の変化を快く思わない人間もいた。そういった人間達は悪態と共に酒場を去っていき、時には執拗な嫌がらせを加えた。勿論、黙ってやられるようなヒューソンとシーザーではなかった為、それなりに応戦はしたのだが。

悩ましいことに、ヒューソンはこういった被害を受けたとしても、警察に頼ることが出来なかった。賭博に売春と、酒場には叩けば出る埃が大量にあった。

そして何より、白人と黒人が揃って酒を飲む場であるヒューソンの酒場は、それだけでも白眼視される要素に満ちていた。それ故に、彼らは自分の身は自分で守らなければならなかったのだ。

加えて、ヒューソンの酒場の『中』にも、現状を良く思わない人間がいた。ジェンジオを見て卒倒した、メアリー・バートンという名の女中がそうだった。

周りの人間や客がどれだけシーザーやジェンジオに好意的になろうとも、メアリーは決して彼らに心を許さなかった。むしろ人種の区別無き酒場が黒人を受け容れる場として強固なものになっていくにつれ、メアリーの反感は強まっていくようだった。

メアリーは両親の借金を返す為に、奉公をしている女だった。過酷な状況に置かれた、十代半ばの少女には、この変化が受け容れがたいものだったのだろう。それなのに、メアリーには酒場を出る術すら無いのだった。

メアリーは日に日に誰とも喋らなくなり、勤務態度も悪くなっていった。特に、シーザーとジェンジオに対する接し方は、異様さすら感じさせるようなものだった。

「メアリー、マギーの為にお湯を用意してくれないか」

ある日の夜、シーザーはメアリーに対してそう頼んだ。この日のマーガレットは体調が頗る悪く、ずっと臥せっていたのだ。シーザーはそんなマーガレットの世話を細やかに焼いた。

「なんであんたみたいなニガーにそんなこと言われなくちゃなんないのさ。自分でやれば？」

話しかけられたメアリーは、虫にでもたかられたかのような顔をして吐き捨てた。だが、シーザーはメアリーの態度に気を悪くした素振りすら見せず「俺がポットを探して沸かすより、勝手が分かっている君に頼んだ方が早いと思ったんだ」と答えた。

「マギーの足が冷たくて、一刻も早く温めてやりたいんだよ」

「マギーマギーって、何様のつもり？　白人のマーガレットをそんな風に呼ぶなんて！」

「おい、メアリー。何を騒いでるんだ？」

そこに現れたのはヒューソンだった。メアリーの憮然とした表情を見たヒューソンは大体事情を察し、大きく溜息を吐く。

「またシーザーに食ってかかってるのか。この間はジェンジオにも暴言を吐いていただろう。どうして行儀良くしてられないんだ？　ジェンジオもシーザーも、お前に何も悪いことはしていないだろ」

「は、ここで働くならグリーンとも仲良くしろって？　冗談よしてよヒューソンさん。まあ、あたしはこの生臭いニガーよりは、バケモンの方がまだマシだけどね！」

メアリーは侮蔑の気持ちがたっぷりこもった目でシーザーを睨みつけた。それを聞いて、どうにか穏やかに収めようとしていたヒューソンの表情も変わった。

「メアリー、シーザーに……いや、ジェンジオにも謝れ」

「なんであたしが……」

「謝れ。この酒場に勤めている以上、シーザー達のことを悪く言うのは許さない。謝るんだ、メアリー」

「おかしい！　昔はヒューソンさんだってニガーは人間じゃないっていってたじゃない！　急に錯乱したかと思ったら掌を返しやがって！　何を吹き込まれたんだよ！」

「俺は雇い主だぞ。これ以上は言わない」

そう言うヒューソンの顔は、今までに見たことが無いほど冷たかった。ややあって、メアリーは蚊の鳴くような声で答える。

「…………ごめんなさい…………」

シーザーは静かに頷いた。表向きには、何事も無く収まった場だった。

だが、メアリー・バートンの心に刻まれた屈辱は、じわじわとヒューソンの酒場を蝕んでいった。

マーガレット・ソルビエロの不調の原因が悪阻であることが明らかになった時、ヒューソンの酒場は沸いた。ジェンジオが「シーザーの遺伝子とマーガレットの遺伝子を持った生き物が、腹の中にいる」と、微かに恐ろしげに言ったからだ。

「おいマジかよ！　やりやがったな！　ニューファンドランドのアイルランド美人が、お前のアイルランド美人になっちまった！」

ヒューソンはこの事実を大層喜び、シーザーの肩を抱いて茶化してやった。シーザーは迷惑そうな顔をしていたが、ヒューソンのことを振り払うことはない。そんな二人の様子を見守るマーガレットはこの上なく幸せそうな顔をしていた。

「この星の人間は、恐ろしいことに腹の中で子供を育てるのか」

「ああ、そうだよ。お前のところは違うのか？　ジェンジオ」

「違う。図解すると、トクロミニオでの繁殖はこのような形になる」

そうしてジェンジオは図を描いて説明してくれたが、ヒューソンにはそれがよくわからなかった。何かとても恐ろしげなことが行われるらしい、ということが理解出来ただけだ。あのシーザーですら目を剝いていたというのに、マーガレットだけは「妊娠ってそういうものよね」とけらけらと笑っていた。

「お前が先に父親になるとはな。シーザー」

「……ああ。だが、俺の子供だとバレたら、その子も奴隷になる。それに、黒人の血が混じった子供と知れたら、どうなることか……」

マーガレットに自分の子が宿っていると知った時から、シーザーは大分浮かない顔をしていた。愛する人との子供が出来たことよりも、その子がどんな運命を辿るかの方を考えて恐ろしくなってしまったのだろう、とヒューソンは思う。

「生まれてしばらくはマーガレットの子供ってことで、酒場で育てればいいだろ。後のことは一旦考えなくていい。マーガレットが無事に赤ん坊を産むことだけが重要なことだ。そうだろ？」

「その通りだが……」

「いいか。お腹の中の子は酒場全体で育てよう。ここはしばし、その子の為の王国となるんだ。で、俺は子育ての王となる」

「……お前が王なら、実父の俺はどうなるんだ。俺の子なのに、俺はお前の部下か？」

「そういうところは気にするんだな。えーと、じゃあお前は総督だ。子育て総督。俺が王で、お前は総督。それでいいだろ？」

「なんだそれは」

「総督ってのは王様並みに偉いからな！」

ヒューソンが言うと、シーザーはようやく笑った。この酒場に来るようになってから、シーザーは以前からは考えられないほどよく笑うようになっていた。

「それじゃあ私は総督の妻になるのね。女王じゃなく」

「いいや、お前は女神だマギー。この酒場に加護を与えてくれ。……きっと、その子には沢山の困難が降りかかる。お前が守ってくれ、マギー」

「ええ、大丈夫よシーザー。きっと全て上手くいくわ」

「マーガレットの言う通りだ！　お前は心配しすぎなんだよ。いざとなったらジェンジオもいるしな。あいつはぶっとんでるけど、頼りにはなるし良い奴だ」

「ああ、そうだな」

そう言って、シーザーはマーガレットの腹を撫でた。

この時から、シーザーは状況を変えたいと思うようになっていった。奴隷ではない自分で、マーガレットと生まれてくる子供と共に生きていきたいと思うようになったのだ。


子供は無事に生まれた。女の子だった。シーザーによく似た顔立ちと、マーガレットに似た目を持った彼女のことを、二人はオリビアと名付けた。肌の色は、マーガレットの淹れたココアに似ていた。

宣言通り、オリビアの世話は全員が持ち回りですることになった。あのジェンジオもオリビアを怖々と抱き、緊張から硬直していた。ステイシーは「ジェンジオも喜んでる！」とはしゃいでいた。

「ジェンジオも子供欲しくなった？」

「子供は常々欲しいと感じている。私が産む準備が出来次第だな」

「え、ジェンジオが産むの⁉」

ステイシーは絶句していたが、ジェンジオはそれが冗談かどうかを言わずにオリビアを見つめていた。

だが、オリビアの首が据わるよりも先に事態が動いた。

「ブロードストリートの雑貨屋の主人が、俺の奴隷契約書を持っているそうだ。農場の主人は、雑貨屋の主人に金を払って俺を借りているらしい」

ある日の夜、ラム酒を飲みながらシーザーは言った。オリビアが生まれてからの彼は、物思いに耽(ふけ)ることが多くなった。それを見たヒューソンは、思いつきのように言った。

「ジェンジオ。お前の道具でどうにかならないか？　雑貨屋に入って、シーザーの契約書を処分したい。処分ってのは、この世から完全に消すってことだ」

ヒューソンの説明に対し、ジェンジオは大きく頷いた。

「トクロミニオでは、人を縛るのに捕縛具を使う。だが、ニューヨークではそうではないとヒューソンが教えてくれた」

「ああ、そういうこった」

「おい。何を企(たくら)んでるんだ」

「ブロードストリートの雑貨屋だろ？　そこで働いてる男の一人が、大宴会によく来るんだ。しかも、吐くまで飲みやがる」

ヒューソンのやろうとしていることが分かったのか、シーザーはハッとした表情になった。

「上手くそいつの懐から鍵を奪えたら、忍び込もうぜ。ジェンジオ、お前も来てくれるか？　いざという時に脱出の手助けをしてほしい」

ヒューソンが思い出していたのは、ジェンジオが初めて酒場にやって来た時のこと——ルーカスを眠らせた時のことだ。ああいったことが出来るのであれば、もし雑貨屋の主人と鉢合わせてしまってもどうにかなると考えたのだ。

「ああ。脱出だな。この建物から脱出する。壁を破り、外に出るということだ」

ジェンジオは持ち前の妙な言い回しで了承してくれた。得体の知れない宇宙人だが、ヒューソンにとってジェンジオは盟友に等しいものになっていた。

シーザーは不安がっていたが、ヒューソンがマーガレットとオリビアのことを話に出すと、急に覚悟を決めて頷いた。ヒューソンの目論見通り、雑貨屋の合鍵は簡単にくすねることが出来た。ある意味ではそれこそが不運の始まりだったのかもしれなかった。

ブロードストリートの雑貨屋は大通りに面しており、常に繁盛している人気店だった。ヒューソンの酒場とは、それこそ比べものにならないくらいだ。これほど金がある、というのがどういう気分なのか、ヒューソンにはわからなかった。

暗い店内を、ランタンの明かりだけを頼りに進んでいく。主人の部屋には鍵が掛かっておらず、簡単に忍び込むことが出来た。白く塗られた木製の机の引き出しを全て漁(あさ)ってから、シーザーは静かに言った。

「わかるか、ヒューソン」

「何が……何がだ」

「俺はそういう存在なんだ」

机の引き出しに契約書は無かった。仕入台帳と売り上げの入った小さな箱、それにガラクタの他は何も入っていなかったのだ。ヒューソンは「雑貨屋の主人がお前の主人であるのは確かなのか」と尋ねようとして、やめた。

「俺は、紙切れですら縛られてないんだ。俺は黒人奴隷である、それを所有者が知っている。それだけで、俺の人生は縛られている。契約ですらない。それがわかるか」

わからない、とヒューソンは思う。わからない。ヒューソンは黒人に生まれなかった。たとえ一時入れ替わったところで、わからない。自分とシーザーのどこに違いがあるのかも。

「俺は何もわからないし、出来ない。だが、酒場に黒人を入れた。それだけは出来た」

ヒューソンが言うと、シーザーはやや落ち着きを取り戻し、肩で何度か息をした。

「……悪い。さっさと出よう。主人と鉢合わせるぞ」

「待て。このまま出て行くのは勿体無いと思わないか？」

ヒューソンは机を叩きながら言った。

「金さえあれば、お前はニューヨークを離れられる。マーガレットとオリビアを連れて、新天地に行くことが出来る」

　その考えを一蹴しなかったのは、シーザーが追い詰められていたからだろうか。それとも、まっすぐなヒューソンの言葉に感化されたからだろうか。

　シーザーはすぐさま机の中にあった現金を全て持ち出した。ヒューソンも金目のもの――真鍮製の燭台や装飾品類を懐に入れる。これらを換金すれば、酒場の一週間分の売り上げに等しいぐらいの額になるだろう。ジェンジオはよく分かっていないのか、部屋の観葉植物の葉を千切って懐に入れていた。

　その時、雑貨屋の軒先から物音がした。危機感を覚えたヒューソンは、咄嗟に振り向いてジェンジオに言った。

「ジェンジオ！　脱出に必要なもの持って来たか？」

「ああ。脱出すればいいんだな。この建物から脱出する。壁を破り、外に出るということだ」

　ジェンジオが丸い玉のついた青色の棒を取り出した。ルーカスを眠らせた時のものとは色が違う。それは何だ？　とヒューソンが尋ねるより先に、玉が急激に光り始めた。

　こうして、ヒューソンは盗品売買に手を染めた。長く続けるつもりはなかった。シーザをニューヨークから逃がすまでの、仮の稼業だ。それにヒューソン達が盗んでいるのは、富める者達からなのだ。

雑貨屋の一件は放火強盗であるということになっていた。雑貨屋は全焼し、跡には何も残らなかった。

それもこれも、ジェンジオの所為である。……お陰、と言った方がいいのかもしれないが。

脱出に必要なものを持ってきてほしいと言われたジェンジオは、あろうことか周囲の壁を吹き飛ばすものを持って来たのだった。

一回きりしか使えないというその爆弾の威力は凄まじく、周囲が吹き飛んだのを良いことに、ヒューソン達はさっさと逃げ出した。変に痕跡が残るよりは吹き飛ばしてしまった方がいいのかもしれないが、これはやりすぎなような気もする。

「作るのに半年かかるので、そんなには出来ない。だが、シーザーとヒューソンの為になら使おうと思った」

ジェンジオは何度かそう繰り返していたので、きっと力になれて嬉しいのだろうな、とヒューソンは思った。

ジェンジオの思いは感じたものの、まずい流れになったな、とは思った。雑貨屋の件が放火だとみなされたのは良くなかった。

シーザーが話に出していた、ヨークシティの事件を思い出す。放火は反乱と結びつけられやすく、ニューヨークの奴隷と雑貨屋も数珠つなぎだった。

警察は明らかにヒューソンの酒場に目を付けていた。直接的に犯人だと名指しされることはなかったが、何らかの関係があるのではないか——と、疑われてはいた。

　そうしている内に、町のあちこちで不審火が起こるようになっていた。ヒューソンは雑貨屋以外で放火を行ったことはない。だが、あの放火を受けて、不満を持つ人間達にきっかけを与えてしまったのかもしれなかった。

　警察は決定打を狙っていた。あのヒューソンの酒場を潰すことの出来るチャンスが巡ってきたのだ。


　そうして、とある貴金属店に忍び込んだ時、ヒューソン達は当局に捕縛された。


　いつものようにジェンジオとシーザーを連れて忍び込むと、中の様子がおかしかった。妙に整頓されており、蠟燭（ろうそく）もまだ消されていない。営業時間はとっくに終わっているし、中には誰もいないはずなのに。そうして中を窺っていると、突然背後から殴られた。

　シーザーはしばらく抵抗していたが、銃を突きつけられると大人しくなった。それよりも辺りをざわめかせたのは、マスクを外されたジェンジオだった。

「なんだこの肌の色は！　黒人にはこんな色の奴もいるのか⁉」

「私の名前はジェンジオ・マ・トクロミニオ。惑星トクロミニオから来た」

「意味の分からないことを……！　ニガーにこんな変種がいたとは知らなかったぜ。病気でも持ってんじゃねえのか？」

そう言って、男の一人がジェンジオを小突いた。ジェンジオは縄で縛られても相変わらずの無表情で、男のことを見つめている。

「変種のニガーでも関係ない。どうせこいつらは死ぬんだ。むしろ、裁判に掛ける前に一人くらい殺しておくか？」

そう言うのは、背後からやって来た警察官だった。何度かヒューソンの酒場を訪れ、話を聞いていたことがある。——判事についている男だった。

「こんな簡単な罠に引っかかるとはな。密告は正しかったというわけだ。お前らの邪悪な企みは、全て筒抜けだった」

「筒抜け？　どういう意味だ……」

ヒューソンが縛られながら言うと、背後から赤毛の女が出てきた。

見間違えようもない。メアリー・バートンだった。

メアリーは憎々しげにこちらを睨みながら言った。

「……あんた達の行動を探って、計画の情報を流したら、奉公から解放してくれるっていうのよ。それに、故郷に帰るのに十分な金もね！　だったら……だったらそうするしかないじゃない！」

「……奉公は、あと三年もすれば明けただろう。どうしてこんな……」

「奉公明けのあたしに何が残ってるっていうの？　親の借金を返し終わった二十歳の小娘に、どんな道があるっていうのよ？　知ってるんだから！　ニューヨークでは所詮、あたしみたいな女は娼婦になるしかない。あたしのことも売ろうとしてたんだろう！　ヒューソン！」

　メアリーは殆ど吼えるような声で言った。

「全員告発してやる！　クソ娼館の主であるあんたも、薄汚いニガーも、獣の子を孕みやがったマーガレットも、宇宙人にべったりなステイシーも、全員絞首刑だ！」

「どうしてだメアリー……。あの酒場にいて、何故そこまで彼らを……いや、俺達を憎む……」

「うるさい！　馬鹿にしやがって……馬鹿にしやがって！」

　メアリーは殆ど泣きそうな調子でそう言った。密告された側であるというのに、ヒューソンは彼女のことを哀れんでしまったくらいだった。

　そうしている内に、判事までもが到着した。五十代半ばの、口ひげを蓄えた男だ。奇しくも彼の名前もジョンであった。

　ジョン判事は、縛られたヒューソンに対し厳かに言った。

「ジョン・ヒューソン。こうしてお前を捕まえることが出来てほっとしている。今まで数年にわたって犯し続けていた罪を、今こそ償ってもらうぞ」

「それはちょっと頂けないな、判事殿。俺らがこの稼業に手を染めたのは、ここ最近のことだぜ」

「お前は大きな勘違いをしている」

ジョン判事は大きな溜息を吐きながら言った。

「お前の罪とは、あの酒場そのものだ。白人と黒人が恥ずべき交際をし、ニューヨークの伝統を乱したことが、お前の罪なのだ。お前が一ペニー分の少量のラム酒を、その奴隷の主人の直接的な意見や指示なしに奴隷に売っただけでも、罪なのだよ。ヒューソン」

ジョン判事の態度はまるで後ろ暗いところがなく、彼こそがこの世の理の体現者であるかのようだった。なら、と、ヒューソンは思う。——なら、自分達の生きる場所はどこにある?

「じゃあ、こいつらを引き立てろ。メアリー・バートン、お前はよくやってくれた。お前こそ真に正しい市民だ」

「はい、ありがとうございます、判事。彼らは反乱を起こし、ここに新たな国を造ることまで企んでいました。そこの男が王で、ニガーの方は総督になるなどと」

メアリーの発言に、ジョン判事が大きく顔を歪めた。一方のヒューソンとシーザーは、こんな状況なのに笑ってしまいそうだ。彼らは、二人が秘かに夢見ていたことが何かも理解出来ていないのだ。互いに顔を見合わせたヒューソンとシーザーが無理矢理に立たされる。

その瞬間だった。

短い汽笛のような音が鳴り、ジョン判事が倒れた。え、と声を上げたメアリーも続いて倒れる。ヒューソンとシーザーの縄を摑んでいた男達も、次々に倒れていった。彼らは急に眠りについたのだ。

そうして、辺りは突然静かになった。立っているのはヒューソンとシーザー、そしてジエンジオだけだ。

「ジェンジオ、お前……」

「私の惑星には二本腕のものと三本腕のものがいて、争いが起こったという話はしたはずだが」

後ろ手に縛られたジェンジオの胸から、もう一本の腕が伸びている。三本目の腕には、丸い玉のついた銀色の棒が握られていた。

「そして、三本腕は殆ど絶滅してしまった」

全く表情の変わらないジェンジオが、少しだけ俯く。それでも、ヒューソンの目には彼が悲しんでいるように見えた。彼の緑色の肌が、朝日を浴びて微かに燦めいていた。


こうしてヒューソン達は貴金属店を脱走した。

だが、彼らの顔は既に割れており、身元も既に明らかになっていた。彼らのやったことは、単なる時間稼ぎでしかなかった。

翌日、ヒューソンの酒場に警察が踏み込むと、梁には首吊り死体が五体連なっていた。死んでいたのはジョン・ヒューソンとその妻、および黒人奴隷のシーザーとその妻のマーガレット・ソルビエロ、そしてステイシー・カレンの五人だった。警察がその日に逮捕しようとしていた五人だった。

シーザーをまず強盗の容疑で起訴・処刑しようとしていた判事は出鼻を挫かれた形となった。おまけに、一番の大物であるジョン・ヒューソンからは反省と悔恨の言葉一つ引き出せなかったのである。

悩んだ末、大陪審はとある決定を下した。彼らを死によって逃がすことなど断じてあってはならない。最も不道徳な、最も忌まわしく極悪非道な集会のせいでもたらされていたかもしれぬ無秩序、混乱、荒廃、そして惨事を許すわけにはいかない。

彼らは、シーザー達が既に審理を受けたことにしたのだ。忌むべき罪人達は有罪判決を受け、速やかに絞首刑にされたのだ。

彼らはヒューソンの酒場から死体を運び出すと、まずはシーザーの死体をフレッシュウォーター池近くの絞首台に吊した。そして、間を置いてからヒューソンの死体をその隣に吊した。当局に反抗する者どもの末路を見せつける為だ。

不気味なことに、隣り合って吊された二人の肌色には変化があった。腐っていくにつれ、シーザーの皮膚は白くなり、ヒューソンの皮膚は黒くなったのだ。それは、ヒューソンの酒場での交わりを思い起こさせるような変化で、白人と黒人が共に酒を飲むと肌の色に影響があるのだ、という説がまことしやかに囁かれた。

残ったヒューソンの酒場は焼かれ、後には何も残らなかった。当局は黒人が白人娼婦に産ませた子、オリビアの行方を探したが見つからず、死亡したと判断した。

今となっては、ヒューソン達が本当に反乱を企てたかも定かではなく、全てがメアリー・バートンの狂言であったという説も唱えられている。

だが、真相はこうである。

ジェンジオと共に命からがら逃げ出したヒューソン達は、そのまま対策を講じた。

「逃げ出したのはいいけどな。当局は必ず俺達を捕まえに来るぞ。証拠なんか関係ない。全員殺される」

そう言うシーザーに対し、ヒューソンはとある思いつきを口にした。

「どうせ殺されるなら、先に死んじまえばいいんじゃないか？」

「むざむざ死ねって言うのか⁉」

「ああ。そうだ。あいつらは俺達を殺すまで止まらない。だから、全員で先に死んじまうんだよ。ジェンジオ、皮はまだあるか？」

ヒューソンが言っている『皮』というのは、ジェンジオが初めの頃に作ったヒューソンとシーザーの被り物だ。結局、一回も使わなかったが、あれを利用出来ないかとヒューソンは考えた。

「あれをどうにか膨らませて、出来た人形に首を括らせて、俺らはその隙にニューヨークから逃げるんだ。お前にマーガレットにステイシー、出来れば俺の奥さんもダミー人形を作りたい。出来るか？　ジェンジオ」

「突貫工事でいいなら、出来る」

ジェンジオから出てきた『突貫工事』という言葉に、ヒューソンは軽く笑った。

「また、そういうことなら私の人形は必要がない。私は、ニューヨークから発(た)つ。この星とはお別れだ。そちらの方がいいだろう」

そう言うと、ジェンジオはさっさと宇宙船の方に向かって行った。ジェンジオの口調には名残惜しさなどまるで感じられず、明日隣町に行く、というような調子を伴っていた。

「よし、じゃあジェンジオが作業をしてる間に俺らは荷物を纏(まと)めるぞ。さらばニューヨーク、さらば俺の酒場！　未練はあるが、ここで別れだ！」

ヒューソンは、自分がこのニューヨークに来た時のことを思い出していた。田舎町から出てきて辿り着いたこの場所には、あまりに多くの出会いがあった。ややあって、シーザーが言う。

「後悔してるか？　俺が来ず、白人専用の酒場のままだったら、きっとこんなことにはならなかった。お前の場所が台無しになることもなかった」

果たして、ヒューソンは言った。

「お前が来なくても、ジェンジオは他のどこでもなく俺の酒場に突っ込んできた。俺の場所を台無しにしちまうグリーンが」

早々に荷物を纏め終えると、ステイシーは作業に没頭するジェンジオの隣に寄り添っていた。

「どう？　ジェンジオ。作れそう？」

「問題無い。むしろ、初期に作ったものの方が、恐らく不具合が多い。誤魔化せはするだろうが、細かな問題がある」

「細かな問題って？　顔がちょっと違うとか、イケてないとか？」

「まあ、そんなところだ。その点、ステイシーのものは、きっと綺麗に出来上がるはずだ」

「首吊り死体の代わりにする皮が綺麗でも、ちょっと複雑だけど」

ステイシーが笑うと、ジェンジオは少しだけ顔を左右に揺らした。笑ったのかもしれない、と彼女は思う。

「ねえジェンジオ。ウチュウセンはいつ直ってたの？」

「大分前だな」

「でも帰りたくないから、黙ってたの？」

「イカサマ、を私もした」

「それ、イカサマって言わないよ」

言いながら、ステイシーは少しだけ泣いた。

「ジェンジオ。あたし達、ちゃんと逃げるからね。いつかまた、この国に遊びに来てよ。待ってるからさ。あたしはいないかもしれないけど。あたしの子供はいるかもしれないし。

会いに来てよ、ね」
「私もそうなったらいいと思っている。ここは少し、トクロミニオに似ている」
「それって褒め言葉ー？」
ステイシーは笑って、ジェンジオの方にもたれ掛かった。ジェンジオの胸から三本目の手が伸びてきて、ステイシーの頭を撫でる。これは、ジェンジオの学んだこの星流のコミュニケーションだった。

その後、彼らの行方を知る者はいない。遠い宇宙に旅立ったジェンジオの行方など尚更だ。彼は本当に地球に再び訪れたのか？　それとも、一七四一年のこの出来事など、すっかり忘れてしまったのか？

ところで一八一一年のニューヨークでは、奇妙な事故が観測されている。何でも、とある老婆の家の納屋に隕石（いんせき）（グリーン）が落ちてきたというのだ。彼女の名前はオリビア。日頃から、自分は空からやって来た宇宙人にあやされたことがある、と主張している奇妙な老婆である。

主要参考文献
『世界を変えた6つの「気晴らし」の物語　新・人類進化史』スティーブン・ジョンソン／

大田直子訳（朝日新聞出版）
『日没から夜明けまで　アメリカ黒人奴隷制の社会史』Ｇ・Ｐ・ローウィック／西川進訳（刀水書房）
『FOREVER』Pete Hamill

（「ＳＦマガジン」二〇二二年八月号）

遠輪廻（とおりんね）

武川 佑

【作者のことば】

夢枕獏氏『陰陽師』のトリビュート短編の依頼を頂いたとき、光栄に思うとどうじに震えあがってしまった。晴明と博雅の語らう簀子へ土足でずかずか入りこむことは、読者たる私自身が許せぬ。そして「ある鬼」を思いだした。和歌を愛したゆえに心を通じた壬生忠見をも鬼にしてしまい、晴明に消されずいずこかへ去った、哀しい鬼のことを。あのあと彼はどうなったのか。王朝時代ののち、京は、陰陽師はどうなったのか。晴明ほどすべてを見通せず、博雅ほど純ではない男ふたりが、やれやれと役目を引き受けてくれた。

武川　佑（たけかわ・ゆう）　昭和五十六年　神奈川県生
「鬼惑い」にて第一回決戦！小説大賞奨励賞受賞
『虎の牙』にて第七回歴史時代作家クラブ賞新人賞受賞
『千里をゆけ　くじ引き将軍と隻腕女』にて第十回日本歴史時代作家協会賞作品賞受賞
近著――『かすてぼうろ　越前台所衆 於くらの覚書』（光文社）

桜が散るさまを見ていた。

一片散れば、いざつづけとばかりに、二つ、三つ。風が吹けば、ざあっと大海に出ずる稚魚のごとくに。惜しむ名残もないかのように。

花吹雪の向こうに、誰かいる。貌や形は朧なのに、こちらを見ていることだけはわかる。

誰だ――。

お前は誰で、なぜわたしを見ている。

序

「輪廻ですな」

誰かの声で、長岡藤孝（のち細川幽斎玄旨）は我にかえった。今年最後となる百韻連歌の席で、そろそろ挙句、終わりの百韻目になる頃合いだ。

庭に面した広い板間は、火鉢を持ちこんでもなお寒い師走である。

うたた寝のあいだに夢を見ていたような気もするが、それがなんなのか思いだす間もなく、こう呼びかけられた。

「のう、輪廻ですよのう、藤孝どの。古今伝授者の御考えやいかに」

古今伝授とは、勅撰集『古今和歌集』の解釈、「三木三鳥」の秘義などを切紙にして授けるもので、東常縁から連歌師宗祇に伝わり、いくつかに枝分かれしたのち、二条派においては公家の三条西実枝から長岡藤孝に伝授されていた。

武士の伝承者は、おそらく東常縁以来であろう。

歌道千年。たいへんな名誉であり、また裏でどう言われているかも知っている。

乱世に歌道もいよいよ絶ゆるか——そんなところであろう。

それはともかく、今日の藤孝は連歌会で捌き、いわゆる宗匠役をつとめていた。内々の集まりで、そう格式ばったものではないからと説得され、嫌々ながらも引き受けた。

宗匠役は他人の出した句を吟味し、式目（ルール）に反するものがあればそれを指摘し、ときに一直、つまり手直しせねばならない。なかには己の句にけちをつけられたと恨む者もいるから、とにかく気を使う。

藤孝の手元に、挙句の案を書いた懐紙が回されてきた。

すっかり冷えてしまった盃の濁酒を舐め、懐紙を見る。ははあ、と思った。山桜が咲くさまをうらうらと詠った、挙句らしいやすらかな句だが、残念ながら式目に触る。

さきほどから言われている「輪廻」というものだ。

連歌とは、五・七・五の長句と七・七の短句を別の者がかわるがわる付け、さまざまに移りかわる情景、心情を詠み継ぐものである。長いものだと数日がかりで千句詠むなどという壮大な催しもあるが、今日は数人の連衆が昼前から集まり、二刻半ほどで百句をつくる百韻連歌というものだ。さいきんは連歌というと、この百韻連歌が主流である。

百句も連ねれば、句が似通うこともある。前に出た発想や情景を繰りかえしてしまうことを、「輪廻」という。おなじような句を繰りかえせばとうぜん面白みがなくなるから、避けねばならないとされた。

連歌式目を整備し、連歌を大成した南北朝時代の公家歌人・二条良基の『僻連秘抄』によれば「遠輪廻事　花といふ句に山のかすみとも夢ともつきて後又是を付べからず」と、例を挙げている。つまり花の句やその付句でいちど山の霞や夢を連想させたなら、後段でおなじことをするな、という意味である。

とりわけ挙句が、一句目である発句に「付く」、すなわち発想が戻ることは、避けるべきとされた。

これが遠輪廻である。

藤孝が黙ってしまったのを見て、出句者がおずおずと手を挙げた。

「ふと、君と見にいった桜を思いだして詠んだのだが。あまりよい出来ではなかったかな」

詠み手は、惟任（明智）日向守光秀であった。

織田家家臣としては藤孝の上役にあたるが、古くからの友人で、ちかぢか互いの息子と娘が夫婦となるほど縁が深い。また光秀は、藤孝とおなじく和歌や連歌をよくする男だ。

幼いころ名家・和泉上守護細川家の養子となり、和歌や連歌、漢籍などの素養をなかば義務として身につけた藤孝と違い、さほど身分の高くない美濃の地侍に生まれたこの男は、自らすすんで歌に手を伸ばした。

自分などよりずっと歌を愛しているのだろう、と思う。

藤孝は光秀に微笑んだ。

「いや、悪いわけではない。ただ発句に戻りすぎる。すこし変えてやれば差合も悪くなかろう」

あっ、と光秀は口を開いた。彼とて遠輪廻は知っている。ちょっとした手落ちは、誰にでもあることだ。恥ずかしそうに肩を竦めて懐紙を受けとると、光秀はすぐに句を手直しした。

「連歌とは流れ移り行き、戻らないのだね。現実のように」

懐紙を受けとる。よいだろう、と藤孝は頷いた。

「そういうことだ」

めでたく一巻満尾となった。火鉢の炭が新しいものに取り換えられ、酒と料理が運ばれてくる。開いた戸板から見える暮れ方の庭には、うっすら雪が積もりはじめていた。

「やあ、初雪だ。一句詠もうではないか」

声を弾ませる光秀を、みなが笑う。藤孝も笑った。ほんとうに歌が好きな男である。

一

天正六年（一五七八）。正月元旦。

真っ白に雪を被った伊吹山と凪いだ琵琶湖が、安土城からはよく見えた。

朝の茶会に呼ばれたのはつぎの十二人。

嫡男信忠、武井爾云（夕庵）、林秀貞、滝川一益、惟任光秀、荒木村重、長谷川与次、羽柴秀吉、惟住（丹羽）長秀、市橋長利、長谷川宗仁、そして長岡藤孝である。

茶頭の松井友閑から茶を振舞われ、玉澗の岸絵、姥口釜、もと三好実休の持ち物であった水指「帰花」などの名物を拝見したのち、大広間で信長に新年の御祝いを述べた。

信長からあたたかい雑煮が振舞われ、ほっと座が緩む。いましがた見た茶道具の素晴らしさ、いよいよ信長のあとを継いだ嫡男の信忠を褒め称え、みなの話題が尽きかけたころ、ふと光秀が口を開いた。

「そういえば大殿、京に鬼が出るという話を知っておられますか」

この日の信長は上機嫌で、すぐに言葉がかえってきた。

「話せ」

鬼が出たのは、去年の師走からだという。

上京のある辻を夜分に人が通りかかると、青白い鬼火がどこからともなく二つ、三つゆらゆらと飛びはじめ、その人が魂消ているると、地の底から響くような声が問うのである。

「内裏はどこか」と。

たいていはわっと逃げだす。すると恨めしげな声が「待てえ、待てえ」と追いかけてくるが三町（約三二七メートル）ほどで消える。そんなことが数度あったのち、一人の勇気ある男が「それならおれが内裏に案内してやる」と言いだした。

男が辻で待ち構えて三日目の晩に、鬼が出た。

噂のとおりに鬼火が飛びかったあと、辻にある柳の木の上で黒い影がごそごそと動き、男に問うてきた。

「内裏はいずくぞ」

男は太刀の柄に手を掛け、答える。

「いま内裏は土御門東洞院におわす」

「それはいずくぞ」

なんと男は、鬼を土御門東洞院の御所まで案内したというのである。姿形はわからぬものが、男の後ろをなにごとかぶつぶつ呟きながらついてきたらしい。振りかえると命を取られると思い、前を見たままでいた、と男は語った。

御所は応仁の大乱で荒れ果て、一時は築地の穴を塞ぐのにも難儀するほどの困窮ぶりであったが、織田信長が上洛してからすこしずつ復興しつつあった。

ようやく御所に辿り着くと、ぼそりと鬼は呟いた。

「ここじゃない」

驚いた男が声も出せずにいると、生温(なまぬる)い風が吹き、嗄(しゃが)れ声が遠のいた。

「恋しきをさらぬ顔して忍ぶれば――」

そして消えたのだという。

話を聞いていた羽柴秀吉が、大仰にがっかりした。

「なあんだ、それだけにござるか。羅城門(らじょうもん)の鬼のように、人を攫(さら)って食うとかはせぬのですか」

「いまのところそれだけです。姿形もはっきりせぬ。しかし御所の場所を尋ねるので、公家たちは『帝(みかど)の御命を狙(ねろ)うておるのでは』と恐れておりまする」

なるほど、と秀吉が大きな声で言う。この男はなんでもあけすけだ。

「退治すれば、公家のみならず帝にも恩を売れるというのですな。日向守どのさすが」

秀吉と光秀が、黙している信長を窺(うかが)う。信長は戦(いくさ)作法にしたがい陣中に呪(まじな)い師を呼ぶこともあるが、それは諸将が縁起を気にするためであって、本人は妖(あや)しの類(たぐい)にあまり興味がないというふうである。

がためか、信長は変なことを問うた。

「鬼が口にのぼらせたというのは、上句(かみのく)か」

和歌の上半分かという意味である。光秀が頷く。

「そう思われまする」

信長の視線がこちらに向いた。話が出たときから、正直厭な予感はしていた。

「和歌といえば兵部よ。のう？」

兵部とは、藤孝の官途名・兵部大輔のことである。是といえば傲慢だし、非というのもいやらしい。藤孝はただ無言で頭をさげた。

信長はわずかに口元を緩め、藤孝に命じた。

「その鬼とやらなぜ下句を詠まなんだ。面白い。兵部、調べてまいれ。なに丹波攻めがあるゆえ、急がぬ」

光秀と藤孝は、三月にも抵抗をつづける丹波国の波多野氏を攻めることが決まっている。さすがに戦さを優先しろとのことだろう。

「はっ」

話を持ち出したのは光秀だから、手柄を奪うかたちになるが、主君の命ならば仕方ない。鬼と言えば陰陽師だの法師だのが思い浮かぶが、心当たりがないこともない。

二

二月のはじめ、藤孝は上京にある土御門久脩の邸宅を訪ねた。かの有名な陰陽師・安倍晴明から数えて三十一代、現当主の久脩には、藤孝の生家・三淵家から妹が嫁いでおり、藤孝は久脩の義兄にあたる。

書院造の邸宅の一室で、藤孝は久脩に会った。寒さがゆるみ、いよいよ春めいてきた。開けはなたれた遣戸のさきには、ちいさいがよく手入れのされた庭がある。可憐な白い花を垂らした馬酔木の根元には手水鉢が置かれ、ちかごろ公家のあいだで流行っているという、唐国由来の金魚が二匹、ゆったりと泳いでいた。

「あい、義兄さんようきてくれはりました」

白地に裏が二藍の狩衣、烏帽子姿の久脩はまだ十九歳で、四十五歳の藤孝とは父子ほどの差がある。ふっくらした輪郭に黒目がちな目をして、公家らしい御所言葉で藤孝に円座を勧めた。

朝鮮物の白磁茶碗で薄茶を飲むと、藤孝は辻の鬼の話、その正体を調べるよう信長に命じられたことを久脩に話して聞かせた。

「大殿から『お主は和歌に詳しかろう』と調べるように申しつかったが、これは人の領分ではないと思うてな。助力を請いたいのだ」

久脩は微笑を浮かべた。

「噂は聞いておりますえ。鬼は、内裏に行かはったんやろうか」

「それでは困るのだ」

鬼を退治してできれば公家に恩を売りたい、という部分は伏せた。土御門家は元来堂上家、すなわち公家であり、久脩はまだ若年ゆえ従五位上だが、すでに官人陰陽師の長である陰陽頭に任じられている。

久脩はへえ、と鷹揚に言った。

「そんなら、賀茂の御兄さんがよろしおすなあ……こなたはまだ若輩。その点、御兄さんなら場数を踏んではるから」

「賀茂の御兄さんとは？」

「勘解由小路家の御当主、在昌はんや」

京の陰陽道宗家はふたつあり、安倍晴明にはじまる天文道の土御門（安倍）家、そして賀茂家嫡流で暦道を修める勘解由小路（賀茂）家の二家で、あわせて「安賀家」とも称される。当代は久脩が土御門家、もうひとりの在昌が勘解由小路家の当主であるらしい。

この在昌が奇矯な人物で、なんとキリシタンなのだという。

キリシタンに改宗した在昌は、それだけでは満足せず、京を出奔して長年九州の豊後国にいた。いろいろあって勘解由小路家の当主が不在になった去年、ようやく京に戻ってきた。しかしいままでの素行を憚って、勘解由小路ではなく、旧来の「賀茂」姓を名乗っているという。

聞いた藤孝は、眉を顰めた。

「大丈夫なのか、その男。キリシタンが陰陽道など修められるのか」

久脩は相変わらず柔和な笑みを崩さない。

「御兄さんは変わった御人やけど、見識の高さはこなたが保証するよって。行きよし」

そういうわけで、久脩の書いた文を携えて、翌日、藤孝は家臣とともに上京の北西の端、櫟谷七野社のちかくの賀茂在昌の屋敷へ向かった。

あたりは応仁の乱の激戦地と伝わり、ぽつぽつと人家があるほかは一面の青い麦畑である。

家臣の松井康之が嘆息した。

「先代在富さまのころは、勘解由小路家は室町小路に御屋敷を構えておられたとか。在昌さまはまこと先代の息子かどうかすら、定かではないとのこと。大丈夫でしょうか」

麦畑のなかの、おおきな楠の根元に建つのが、在昌の屋敷だった。板葺きの母屋と離れがあるばかりで、百姓の家にしては大きいが、公家の邸宅とは思えぬ質素さだ。

生垣に埋もれるようにして立つ門の前で、藤孝は内を窺った。

「織田家家臣、勝龍寺城城主、長岡兵部大輔藤孝と申す。在昌どのはおられるか」

しばらくすると門が開いて、髪を唐輪に結った若い女が顔を出した。よく日に焼けた引き締まった体の女で、にこりとも笑わない。

「土御門さまから伺っております。どうぞ」

見慣れぬ草が群生する小路を辿り、屋敷の南側に回ったところで、藤孝は思わずおお、と声を出していた。

庭は青色の花の海だった。

「これは……」

膝丈ほどの草が群生して、丁子草に似た星形の花を咲かせている。青染付の陶磁器のような、紫がかった深い青。風に揺れるとわずかに芳香がする。藤孝が目を奪われたのは、色の鮮やかさだ。桔梗のような淡さではなく、舶来の瑠璃杯のように深い。

すぐに考えていた。この輝かしい青を詠むには、どうしたらいいだろうかと。

自分は、この鮮烈さを表す言葉を知らぬ。

「来やがったな、織田家の兵部」

花畑の向こう、まだなにも植えられていない露地で、鍬を振るっていた小柄な男が声をあげた。

奇妙な庭とおなじく、奇妙ないでたちである。身長四尺八寸（約一四五センチ）ほど、細い猫毛は結わずに肩までの長さに垂らし、南蛮人がよく着ている綿のシャツを肘まで腕まくりして、括袴を穿いている。突き出す手足は子供のように細かった。

特徴的な三白眼で、客の藤孝を上から下まで舐めるように見る。

「坊からお前が来るのは聞いている。おれが在昌だ」

「長岡兵部大輔藤孝と申す」

この男が、勘解由小路家当主、賀茂在昌。

藤孝は訝った。歳はたしか自分より上と聞いた。童子のような痩せた体と不釣り合いな目の鋭さで歳がわかりにくい。軽やかに鍬を振るうさまは、年下に見えるほどだ。豊後でキリシタンとして暮らすうち、宣教師から若返りの秘薬でも得たのだろうか。

丁寧に頭をさげる藤孝に、ふん、と鼻息がかえってきた。

「信長は嫌いだ。おれは京も賀茂の家も捨てたつもりでいたのに、奴(やつ)がおれを呼び戻す口添えをしたと聞いている。いい迷惑だ」

「こたびは土御門久脩さまの御推薦もあり、なにとぞ」

藤孝が差しだした土御門久脩の文に目を通し、在昌は舌打ちをした。

「坊の御節介め、手柄を譲るつもりだな。話だけは聞いてやるから、畝(うね)を作り終えるまで、縁側で待っていろ」

畑作業に戻る小男を見送り、松井康之が小声で嘆く。

「髷(まげ)も結わず、口ぶりも荒い。先が危ぶまれます」

「見た目などどうでもいい。陰陽師としての才覚があれば」

不快感より、好奇心が勝つ。藤孝はそういう性質の男だった。おたがい官位は従五位下だからか、口調も気にならない。民から侵略者として嫌われるのにも慣れている。

母屋の縁側に腰掛け、さきほどの下女に土産(みやげ)の桶(おけ)を手渡した。琵琶湖の生きた氷魚(ひうお)が入っている。仏頂面だった女が桶を覗(のぞ)いてにんまりと笑い、いそいそと家の中に入っていく。

陽(ひ)だまりに身を置き、藤孝は花畑に目を注いだ。

「色も形も、甘い芳香も、在野の草花とは思えぬが」

在昌が声だけこちらに飛ばしてくる。あいかわらず不機嫌そうだ。

「瑠璃苣(るりぢさ)だ。宣教師に貰(もら)った種から育てている。花は気鬱や腫瘍に効く。染料にもなる。

種からは油が搾れる」

なるほど本草学にも明るいのか。手入れは家人にやらせればと思うが、この家にはさきほどの下女以外に人の気配がない。かつては京大路に邸宅を構えた堂上家すら、乱世においてはここまで落ちぶれてしまう。地方に下向して戻らぬ公家もおおい。

何本か畝を作り終えると、ようやく在昌は縁側に来て、どかりと座った。

「瓜女、燗酒と肴を」

唐輪の女の名らしい。すぐに彼女が瓶子と盃、小皿に入れた氷魚を持ってきた。屋敷で煮炊きの煙も起きていないのに、不思議なことだと藤孝は思った。

薄緑のギヤマンの盃に酒を注ぎ、在昌はくっと呷った。藤孝も口をつける。ほどよい燗酒が喉を落ちてゆく。

在昌は酒を含んだ口で氷魚をずっ、と啜り、思わず美味いと零した。

「気に入ってもらえてなによりだ。馴染みの漁師から特別に取り寄せたのだ」

途端に在昌は不機嫌そうになった。

「賂のつもりか」

「そんなことは。ただ、この件引き受けてもらえれば、大殿への伝手もできよう。御家のためにも、悪い話ではないと思われるが」

すると在昌は目をぎらつかせ、声を荒らげた。

「勘解由小路は親父の代で滅んだ。滅んで当然の家だった」

藤孝は面食らい、返答に困った。あらためて在昌の顔を盗み見る。薄い眉に切れ長の目。突き出た頬骨と細い顎。まばらな顎髭。どうにも京の公家という感じではない。言い方は悪いが、鴨川にいる食いづめの放下師のような貧相な見た目だ。だが不思議と目を引くのは、瞳に宿る気の強さだろうか。

「貴殿がおられるではないか」

「おれは後片付けをしているだけだ」

「………」

居心地の悪い沈黙ののち、在昌はちいさく溜息をついた。

「話を寄越した坊の面目を潰すわけにはいかぬか。話せ、兵部」

どうやら在昌は、年下の土御門家当主に頭があがらないらしい。

ほっと藤孝も息を吐き、鬼の話をはじめた。

あらましを聞き終えた在昌は、細顎を撫でて秀吉とおなじことを言った。

「人をとって食うとかではないのか」

「のう、簡単であろう。大殿が御納得されればよいのだ。『今昔物語』で読んだが、平安京のみぎり、安倍晴明公は都に跋扈する怪異を封じたというではないか。鬼門封じとか、御札を貼るとかあるだろう。そういうのでいいのだ」

在昌は声をあげて笑った。

「今昔物語！　平安京は四神相応の地であり、呪（しゅ）も鬼も一定の理（ことわり）のなかで動いていた。だがいまは戦乱の世。都は荒れ果て、平安京のころと形も変わってしまった。ゆえにいまの都では鬼門封じも成り立たぬ。かの晴明が見たらなんと言うか。いや、案外面白がるやもな」

在昌は低く言う。

「武人たる兵部にもわかるはずだ。京はもう、虫の息よ」

「………」

「応仁の乱より武士が争い、武士の棟梁（とうりょう）たる将軍義輝（よしてる）は弑（しい）され、戦乱でおおくの者が死んだ。あらゆる瘴気（しょうき）が渦巻き、そして極めつきは――あの男」

「あの男？」

「信長よ」

在昌は憎々しげに天下の出世人の名を口にした。

「呼び捨てるな。大殿と呼んでくれまいか」

藤孝の戒めも聞かず、在昌は首を振って嘆く。

「あの男のせいで、京はめちゃくちゃだ。納まるものも納まらぬ。海水がとめどなく入ってくる船の、ちいさな穴をひとつ塞いだところで、いずれ船は沈む」

「――沈むか」

「沈むさ。ちかいうちに」

いつのまにか陽は西に傾き、薄ら寒い風が青い花畑と、藤孝の空疎な胸を吹き抜けた。淡い暮色に染まる巷間を見渡し、在昌は伸びをした。

「話を戻すか。その鬼は内裏を探しているはずなのに、土御門東洞院殿に連れて行ったら『ここじゃない』と言うたのだな」

話をつづける気はあるようだ、と藤孝は安堵した。

「うむ。奇妙な話であろう」

「おかしかない。鬼が探しているのは平安京の内裏だ」

「平安京の内裏？　内裏は内裏だろう」

別物だ、と在昌は言う。

「下京は洛中に留まる一方で、上京は北に広がった。いまの京は平安京のころより、ずっと北東に動いたのだ。内裏も別物だ。村上帝の御代の内裏焼失など、たび重なる火災によって、北朝の光厳帝以降、里内裏であった土御門東洞院殿が御所となり、今に至っている。鬼が土御門東洞院殿を『ここじゃない』と言ったなら、移転前の『古い御所』を探していると考えるのが自然だ」

都が灰燼に帰した応仁の大乱をあげるまでもなく、京はたえず形を変えてきた。

鴨川と桂川に挟まれた方形の都市であった平安京とことなり、いまの京は上京と下京とが室町通一本で結ばれる双子都市であり、たえず土塁と堀が増築されている。土御門東洞院殿の内裏は上京の東の端にあり、裏手から鴨川までは、ここと似た麦畑がひろがっている。

約六百年、帝の威光はそこまで落ちた。

朱雀門がそびえ、紫宸殿や清涼殿をはじめとする壮麗な建物が立ち並んでいた平安京のころに比べ、いまの内裏はたった一町四方、将軍・足利義昭がいた御所の約六分の一である。

鬼は平安京のころの内裏を探している。それがなにを意味するのか。

「平安のころの内裏は、いまでいうどこにあたるのだ」

問うと、在昌は母屋の奥から地図を持ってきた。

示す場所は、土御門東洞院殿よりずっと南にくだった、下京の西の端だ。

「神泉苑はかろうじて残っているから、わかりやすい。いまでは畑か貧民町か」

「鬼は、この場所へ行きたいのだろうか」

在昌は瓶子を逆さにした。酒は、空だった。

「恐らくは。しかし鬼が口ずさんだ上句についてはわからんな」

在昌は、上目がちに挑むような視線を向けてくる。藤孝は盃に残った最後の酒を干した。

「わしが調べた」

在昌はくくっ、と喉の奥で笑った。

「さすが、古今伝授者」

あまりいい気分はしなかった。師匠の三条西実枝は六十八歳という高齢で病気がちではあるが、まだ存命である。源氏物語の解釈書や、歌論書を旺盛に執筆する師に及ぶとは、到底思えない。だが、いまは関係がないことだ。

正月の茶会以後、藤孝は鬼の口ずさんだ上句について調べた。

恋しきをさらぬ顔して忍ぶれば――。

「『奥義抄』にある和歌だ。詠み人知らずで、いつごろの歌人のものであるかはわからない。が、古い歌であるのは間違いない」

下句もあっさりわかった。このような一首である。

恋しきをさらぬ顔にて忍ぶれば　物や思ふと見る人ぞ問ふ

在昌は気のない返事をした。

「ふうん。有名な歌か」

「さほど。この古歌を本歌としたであろう、派生歌のほうがずっと有名だ。『拾遺和歌集』、第六二二」

忍ぶれど色にいでにけりわが恋は　物や思ふと人のとふまで

「天徳四年（九六〇）、村上帝の御代に行われた歌合で披露された、平兼盛の作」

頬杖をついて、在昌はふうん、と繰りかえす。

「知らぬのか」

「知らぬ。和歌には興味がない」

「公家であるなら、それくらいは知っておけ」藤孝は嘆息した。「右方左方にわかれ、当代きっての歌人たちが十二題二十番を競った歌合だぞ。源博雅卿が読み違いをし、壬生忠見が悶死した歌合だぞ。知らぬのか」

在昌は呆れ顔を向けてくる。

「さきほどの鬼の歌とまるでおなじではないか。真似歌のくせをして、あとのほうが優れているとは片腹痛い」

「真似歌ではない。本歌取りという技法だ。定家卿も『詠歌大概』において歌の内容は新しい詩情をとらえようとし、表現においては古歌の歌詞を用いるべきと説いている。平兼盛の『忍ぶれど』は本歌の詞を用いつつも、忍ぶ恋が滲みでた狼狽、詠み人の頬の血色まで見てとれるようではないか。そもそも古今集仮名序にもある。『やまとうたは、人の心を種として、よろづの言の葉とぞなれりける』と——」

在昌は細い目をさらに細めた。笑ったらしい。

「お主、まこと和歌が好きなのだな」

その一言は、藤孝の胸に深く刺さった。

素知らぬ顔で咳払いをする。

「ともかく。その歌合で『恋』を題にして出された歌が、平兼盛の『忍ぶれど』。これと競った壬生忠見の歌も、また秀歌としていまに残っている」

　恋すてふ我が名はまだき立ちにけり　人知れずこそ思ひそめしか

「『忍ぶれど』と『恋すてふ』、二つの歌は優劣を判じられぬほど優れていたが、帝が口ずさんだことで平兼盛の『忍ぶれど』が優とされ、壬生忠見が負けた。『沙石集（しゃせきしゅう）』によれば、忠見は恥辱のあまり、悶死したとも言われている」

「そこまでわかったなら、話ははやい。鬼に会って直接確かめようではないか。いまから」

　さきほどまであれほど信長は嫌いだとか、勘解由小路の家は滅んだなどと言っていたのに、いやに在昌は乗り気で、下女の瓜女を呼ぶ。

　逆に藤孝が躊躇（ちゅうちょ）した。

「待て、待て。鬼と歌合に関係があるかわからぬ。それに鬼に会おうと言うて会えるものなのか。もしものことがあったらなんとする」

　瓜女に二葉葵（ふたばあおい）紋のついた提灯（ちょうちん）をさげさせ、在昌本人は黒い笈（おい）を背負った。いつのまにか西の空の残照は消え、あたりの闇はひたひたと濃さを増している。

　在昌はにたり、と笑った。

「織田の武士は鬼が怖いか？」

「そういうことではない」

「では行かぬか？　やめるか？」

「行く」

　そういうことになった。


　朔日から三、四日経た細い三日月が西の空に傾くなか、瓜女が先導する提灯がおぼつかなく揺れている。徒歩の在昌、うしろに馬に乗った藤孝たちがつづく。背の低い在昌が笈を背負うと、まるで笈が歩いているかに見えた。

　松井康之が馬を寄せて囁いた。

「殿、おかしゅうござる」

「まったく風変わりな男がいたものだ」

「違いまする、殿がです」松井は首を振った。「屋敷に行ってから殿はおかしゅうございます。賀茂さまと話しているときは妙に早口で、熱に浮かされたようです」

「ふむ、そう見ゆるか」

　指摘されてはじめて気づいた。喉が渇いている。在昌とは今日が初対面だというのに、だいぶ喋った。さきを進む在昌は、右に曲がったり左に折れたり、おなじ辻をぐるぐる廻ったりとわけのわからぬ動きをしている。

「どこへ行くのか」

問うと、三白眼で睨みつけてくる。

「黙ってついて来いっ。坊ならたやすいだろうが、おれはキリシタンになってから陰陽道の修練はとんとしとらぬ。懸命に探しておる」

ある辻に着くと、在昌はぴたりと歩を止めた。笈から龍頭の香炉を取り出し、香を焚きはじめる。さきほど在昌の屋敷で嗅いだ花に似た芳香が漂った。

ひんやりとした霧がにわかにたちこめ、濃淡を描く。人の気配も、どこかで鳴っていた拍子木の音も絶えた霧のなかで、在昌の声だけが静かに響く。

「好し、来たぞ」

饐えた臭いとともに、忍び笑いが前方で聞こえた。家臣たちがざわつくのを制し、藤孝は耳を澄ませた。

ひび割れた声がする。

「内裏はいずくぞ」

藤孝は馬を降り、暗闇を探りながら在昌の横に並んだ。すこし緊張した彼の気を感じた。

在昌が言った。

「お前の探す内裏はもうない。天徳四年の炎ですべて焼け落ちた。南殿の橘と桜も、古今の宝物神剣も、灰となった」

「……………」

十間（約一八メートル）さきにたしかに気配はある。不思議と藤孝はおどろおどろしさを感じなかった。

ただ、なにかがいる。

やがて弱い声がした。

「内裏に行けば、付句をしてくれる歌人の一人でも見つかると思うたが……もはや忠見も居ぬか」声が哀切を帯びた。「どうして守ってくれなんだ」

誰も答えずにいると、あの上句が聞こえてきた。

「恋しきを……さらぬ顔して忍ぶれば……」

ここぞ、と藤孝は下の句を継いだ。

「物や思ふと見る人ぞ問ふ」

いつでも太刀を抜けるよう柄に手を掛け、家臣たちは弓を引いている。

ふふ、と笑う声がする。

笑い声はしだいにおおきくなった。

「違う、違う」

「なにが違う」

「お主歌詠みだろう。付けてみよ」

上句に新しい下句を付けろということか、と藤孝は理解した。

古の歌詠みに挑むことができるとは、面白い。負けてなるかとしばらく考え、口にした。

「——須磨（すま）のうきねに夜の更けなむ」

恋しい思いを言えず須磨に一人寝する侘（わび）しさ。どうだ、と挑む視線を向けた。

途端、それまでとは明らかに異なる下卑た笑いがかえった。

「へたくそめ」

哄笑（こうしょう）が大きくなり、家臣が弓を引き絞るのにあわせて、声が遠のく。

「当代はその程度か」

言い残して、消えた。

三

その晩、屋敷に帰りついた藤孝は倒れるように眠りこみ、翌朝起きてゆくと、離れで在昌が朝粥（あさがゆ）を啜っているところだった。

「松井といったか、『殿が目を覚ますまで帰らないでくれ』と泣きつかれた。お主、引きずられそうになっておったぞ」

鬼の瘴気に当てられたという意味だろうか。後で聞いたことだが、在昌は藤孝の寝所の前で一晩中祝詞（のりと）を唱えていたのだという。

在昌は美味そうに粥を掻（か）きこんだ。

「さすが織田家中長岡家ともなるといい米を買っている。具合はどうだ」

「悪いところはない。とまれ、ふたたび鬼を呼んで、連歌をできぬだろうか」

匙を動かす手を、在昌は止めた。

「お主、『へたくそ』と言われたことを気に病んでおるのか」

言葉に詰まる。じつは藤孝自身が気づいていたことだった。

自分には輝くような歌才がない。

努力はした。人一倍した。古今伝授されるほどには、世の歌詠みたちを出し抜いた。歌を愛し、歌の良し悪しがわかり——歌を作る才がなかった。

気づいたのはいつだったか。

だいぶはやいころだったのは、たしかだ。

だが、面と向かって言われたことは一度もなかった。師の三条西実枝からさえも。

はじめて突きつけたのは、昨夜の鬼だ。昨晩とっさに藤原良経の古歌を本歌として下句を詠んだが、歌学に没頭するばかりで、真によき歌を作る才がないことを見抜かれた。

在昌が答えを待っている。ようやく声を絞り出した。

「負け惜しみで言うのではない」

鬼は「忠見」と口にした。歌合で負けた壬生忠見のことであろう。ならばあの鬼は勝者の平兼盛か。

なんとなく藤孝には、あの鬼は平兼盛ではないように思える。

声音に、言い表せぬ悲哀と失望を感じたからだ。もちろん、歌合で勝ち、勅撰集にもあまた秀歌をとられた平兼盛にも、彼なりの孤独はたしかにあったろう。

しかしあの鬼には、もっと別の悲しみを感じる。

──散りゆく桜のなかに立っているような。

いつか見た白昼夢を思いだし、胸が苦しい。

きゅうに視界がぼやけ、声が掠(かす)れた。

「あの鬼は『どうして守ってくれなんだ』と言った。我々は守れなかったのだ。京か。なにか。誰かを」

「応仁の乱は細川や山名(やまな)のせいだろ。おれたちが生まれる前ぞ」

鷹揚に呟く在昌に苛(いら)つき、藤孝は声を荒らげた。

「あいつの嘆きをなぜわかってやらぬ」

在昌がため息とともに立ちあがり、伸びあがって藤孝の目に掌(てのひら)を翳(かざ)す。

「座れ、『藤孝』」

途端、縄で絡めとられたように、すとんと藤孝はその場に座りこんだ。

「まだ引きずられておる」

これが陰陽師の力か、と息を呑(の)む。

「う、うむ──」

「だいたいな、『守る』というのは、なによりも難しいことだ」

「我らにはその責がある」

「甘い。たとえば陰陽道。室町三代義満公のもとで従二位というかつてない高位に昇りつめた安倍有世以降、中御門、西洞院、錦小路、五条、吉田も入れるか。さまざまな分家や他家が現れたが、若狭や南都、戦乱を逃れて散り散りになり、困窮して餓死する者まで現れた。いまや土御門（安倍）は二十歳にもならぬ久脩一人の肩にかかっている。勘解由小路（賀茂）は親父が義兄を縊り殺して絶えた。残ったのはどこぞの端女に産ませた小男が一人」

あ、と藤孝は気づいた。

なぜ在昌に親近感を覚えるのか、いまようやく理解したのだ。

たった一人残されようとしている、後継者であるから。

歌道と陰陽道。自分も在昌も、その「道」の最後の砦になろうとしている。かたや公家の秘伝を武家の身分で受け継ぐ者。かたやキリシタンの陰陽師。正統でないところまで似ている。

もしかしたら、自身に才がないと気づいているところも。

自分はこの男だ、と藤孝は思った。

在昌は開け放たれた襖の外を窺い、用心深く閉めた。

くしゃみをひとつ。朝はまだ肌寒い。

「なぜ陰陽道がこれほどまでに廃れたか。帝に力がなくなったから？　庇護なくば芸事や学問は廃れる？　糞くらえだ。では戦さのせいか？　ある意味ただしいがすべてではない」

在昌のくたびれた綿のシャツに浮き出る背骨は、痩せている。

「ひとは忘れてしまう生き物だからだ」

その言葉は、在昌自身に向けられているように、藤孝には感じられた。

「喋りすぎた。そんな顔をするな兵部」

「貴殿は、真面目（まじめ）な男なのだな」

「よせ、よせ」

思うままに言えば、在昌の顔が大仰に歪む（ゆがむ）。苦り切った顔が面白くて、藤孝はようやく笑った。

朝粥を食い終わったあと、在昌はこう言った。

「お主、じきに丹波攻めに行くのだろ。ほんらいなら慎重にことを進めたいが、知っての通りおれは京に戻ってきたばかりで、信長は嫌いだが、伝手は欲しい。『武功』が欲しいわけだ。お主もさっさと片づけて戦さに行きたい。目的は一致している」

じっさいのところ丹波・波多野秀治（ひではる）攻めは二年を経てもいまだ難航し、これ以上手間取ると信長の勘気に触れよう。来月の出兵に向けて長岡家は軍備え（いくさぞなえ）に奔走しており、鬼騒ぎにかかりきりになるわけにはいかない。

鬼よりも、織田信長のほうが怖い。

「うむ」

「お主の言うとおり、彼奴と連歌会をしよう。それが一番手っ取り早い」

藤孝は慎重に問うた。

「さっきは勢いで言うたが、ほんとうに鬼を呼べるものなのか。我らは声しか聞いておらぬ」

「捉えるには依代が必要だ。彼奴はよほど歌に執着があるらしい。その『心』を利用すればできよう」

鬼と連歌をするなど、家臣が聞いたら仰天しようが、藤孝にはこのとき、それしかないと思えた。鬼は下句を付けてみよと言い、藤孝の付句に満足できず消えた。ならば鬼を満たす方法もまた、歌にあるのではないか。

歌には力がある。

胸に去来する有象無象を、三十一文字のなかにこめれば、あらゆるものが表現できると藤孝は思う。鬼がどういう来歴で鬼と成り、いまなにを求めているのかわからぬが、連歌というのは相手の心根を測り、寄りそうものである。すくなくとも、藤孝はそう思う。

考えたのち、頷いた。

「よいと思う。だが相手は鬼だ。人死になど出しては、わしが大殿に叱責されかねぬ」

これを聞いて、兵部らしい思慮深さが戻ってきたな、と在昌は皮肉を言った。

「支度には、お主にも骨を折ってもらうぞ」

四

鬼と会ってから二十日ばかり過ぎた、二月のおわりである。

長く尾を引く雲は黄金色に照って、船岡山（ふなおかやま）からは遠く比叡山（ひえいざん）までもが見渡せる。藤孝は厚手の直垂（ひたたれ）に侍烏帽子姿で、惟任光秀とともに山の頂上へ向かった。

急な石段を登り、藤孝は光秀に詫（わ）びた。

「お主を巻きこんで悪かったと思っている。歌の妙手が必要だったため」

秀でた額に侍烏帽子を被った光秀は、嬉（うれ）しそうにした。

「歌集に歌が残る名手の鬼と一座を成せるなど、こんな面白いことをほうっておけますか。誘っていただけなくば、それこそ恨むところでしたぞ」

かつて応仁の乱で荒れ果てたこの山は、今や馬酔木や山桜がおおく植えられ、織田家の有するところとなっている。今日は人払いがされ、万一に備えて中腹に長岡家の手練（てだ）れが控えていた。

段々道を登りきった光秀が、感嘆の声をあげる。

「山桜には早いかと思いましたが、見事にて。我らを待っていたかのようだ」

ぬるんだ微風に花の香がまじった。山の頂上はほころびはじめた山桜が、藤孝たちを手招くように揺れている。火の入っていない提灯が並ぶ道を進むと、毛氈（もうせん）が敷かれた座に、烏帽子に白い狩衣姿のちいさな人影が座って居る。

藤孝と光秀へ、その男は深々と頭をさげた。

「惟任日向守さま、御初に御目にかかりまする、賀茂在昌と申しまする」

蓬髪を油で撫でつけた在昌は、公家の置眉を引いた顔に白々と目が浮かんで、藤孝の知っている在昌とは別人のように見えた。

「危うき御役目引き受けてくださり」

光秀も頭をさげ、穏やかに応じる。

「いかようにも御使いくだされ。ただただ、物珍しさで来てしまったのが誠のところ」

「はは、頼もしゅうございますな」

もう一組、人が登ってきた。

墨染の衣に宗匠頭巾を被った里村紹巴と、若い男だ。里村紹巴は連歌師谷宗牧、宗養亡きあと、当代随一の連歌師として名を馳せる人物で、藤孝も光秀も親しい間柄である。

紹巴は手土産の餅菓子の包みを差し出し笑った。

「古今比類なき一座に招いていただけるとは一興、一興」

それから後ろで肩を縮こめている、背の高い二十代くらいの青年を見た。

「この者は弟子で、兼如と申します。挨拶せい」

藤孝もなんどか連歌会で見た顔だ。穏やかな句を詠む男で、すこし奥州の訛りがあった。

「猪苗代兼如と申します。若輩なれど励みまする」

「賀茂どの、この者でよろしいか」

兼如にはすでに「恋しきを」の句を書き記した懐紙を持たせてある。在昌によれば、この句を「呪」とし、彼を依代に鬼を降ろすとのことであった。

透かすように兼如を見て、在昌は頷く。

「辺境育ちの俊才が、京でのしあがろうとする。向上心とうしろ暗き貪欲さが、ええ塩梅（あんばい）におます」

「陰陽師さま、不首尾なれば命を落としても某（それがし）は本望。鬼から古歌をすべて盗みとってやる意気でおります」

意気ごむ若者へ、在昌は嫣然（えんぜん）と笑みを向けた。

「兼如どのが御無事であられるよう、こなたがおりまする」

これらの人を呼んだのは、当代きっての連歌狂であるとどうじに、これから起こることが嘘（うそ）や与太話ではないと信長に報告させるためでもある。

陽が沈み、置き提灯に火が灯（とも）された。火は青白く山桜を照らし、四人は毛氈に座る。すでに会席は設（しつら）えが整っていた。

上座となる北側には、連歌会でかならず設える三具足（みつぐそく）、すなわち香炉、燭台（しょくだい）、花瓶が置かれている。屋内の会席では座敷飾りとして歌神である菅原道真（すがわらのみちざね）などを描いた掛軸三幅、茶道具なども飾られるが、野外であるため、在昌がなにやら祝詞を書き入れた道真の絵軸だけが香炉の横に添えてある。もうひとつの文机（ふづくえ）には硯（すずり）と筆、懐紙を置いて、書記役となる執筆は長岡家中でも歌好きの家臣、米田求政がつとめる。

神酒を撒き、在昌が反閇で座を清め、兼如の背後に立った。

藤孝たちは、青ざめた兼如にじっと眼差しを注ぐ。

在昌の唇がかすかに動き、低くなにかを唱えている。

ざわざわと風が桜の枝を揺らし、やがて兼如の目が閉じられた。

「『おれはもう人には憑かぬと決めたのによ……なぜ呼ぶ』」

兼如の声でない、しゃがれた声がする。

目の下に濃い隈が刻まれ、頬はこけ、餓鬼のような形相となった何者かの、両の眼がひらく。

爛々と輝く瞳が、ここはどこであるかと窺うように夜空を見あげた。

鬼が降りた、と藤孝は光秀と目をあわせ、頷きあった。信じがたい気持ちと、奇妙な興奮があった。逃がしてなるかと、藤孝は早口で言った。

「詠み人知らずの鬼よ。お主の発句に付ける。今宵お主のために一座を設けたのだ」

鬼は順繰りに藤孝、光秀、紹巴を見た。

「なんだ、下手の歌詠みか。仲間を連れてきても変わらぬぞ」

「ここに侍るは当代随一の連歌師たちぞ」

ほう、と鬼の口元が緩む。

「連歌。おれの生きていたころには、そういうものがなかった。壬生父子ともしたことがなかった」

　また壬生忠見の名が出た。やはり彼と親しかったらしい。

　上句と下句を応答する短連歌は万葉集のころからあったが、いまのように何句も繋(つな)げる長連歌の形式が整えられたのは南北朝から室町初期のことである。

　鬼はにいっと笑った。兼如にはなかった犬歯が見えた。

「付き合(お)うてやるか」

　よし、と藤孝は拳を握る。ここで逃げられては面目がたたぬ。

「連歌は長句と短句を順繰りにつなげてゆく。本来ならば百韻がよいが、時もかかるゆえ、略式の歌仙（三十六句）とする。やり方はわかるか。わからねば、都度(つど)都度説明する」

　鬼はこくりと頷いた。

「ではお主の『恋しきを』を発句として――」

「待て」鬼が遮る。「こんなによい夜だ。おまえたちにおれが挨拶する」

　こいつ根っからの歌詠みだな、と内心舌を巻く。

　光秀が鬼を褒めた。

「発句は時宜にあった景物を詠み添え、連衆に挨拶する心が肝要と言います。生きたときは違えど、あなたは心をお持ちのようだ」

　こうして一座がはじまる。

　夜桜の木のもとに座り、幹に背中を預けた在昌が呆れたように言った。

「お主ら剛の者よな。鬼と関わるなど、ふつうは恐れるものだ」

剛の者というより、業の者だ。ここに集った歌詠みはそういう者だ。おべんちゃらや冴(さ)えない句を並べた座には、飽き飽きだ。

伏せた目に光を宿し、紹巴が言う。この男も連歌で日の本(ひのもと)を組み敷こうというのだから、とびきりの業の者だ。

「よい付句が詠めれば、鬼だろうと修羅だろうと素性は問いませぬ」

そういう者たちだ。

鬼の降りた兼如の口から言葉が流れ出る。

発句である。


「さく花もかずかずの世の夢のすえ」


ざわ。

それまでと違うように桜がざわめき、闇が濃さをます。洛外にかすかに見えていた木戸番や屋敷の光が消えた。闇のなかに、こちらを見つめる無数の気配を感じた。

ここが、船岡山でなくなった。

在昌が声をあげる。

「おう、此岸(しがん)から離れたぞ」

つづけて大丈夫か、と目で在昌に問う。

よい、と在昌は頷いた。おそらくはこの場に余計な存在が入って来られぬよう、結界を施してあるのだろう。

発句を復唱する。いま咲く花も、記憶の花も、あまたの桜を見、詠んできた鬼が、それを夢の果てのように想起する。そういう句だ。天正六年の船岡山の桜が、位相をうつして千歳（せんざい）の桜と繋がった。

内から沸き起こる高揚に、藤孝は唇を嚙（か）みしめる。光秀も紹巴もなにも言わないが、横面を張られたような心地がしているだろう。

――並の心構えでは歯がたたぬ。

どうじに、こうでなくてはと思う。

無言の連衆を見て、不機嫌そうに鬼が問う。

「障りがあったか。見よう見真似ゆえ、式目は詳しくない」

宗匠役も務める紹巴が、端然と答えた。

「風体（ふうてい）よき発句にて。一直の必要もなし。脇（わき）（第二句）は亭主がやるが常道。兵部どのに御願いしましょうな」

発句の詠む境地に打ちそい、世界を広げるのが脇句の役目である。鬼の心を深掘りする句としたい。なにより先日の意趣がえしをしたかった。

武者震いをこらえ、藤孝は付けた。

「たれぞと問はむ春のふる里」


おまえはいつの者で、誰なのだ、と問うた。

「ふうん。お前なりの景色がある。この前よりはましだ」鬼の目がふ、と遠くを見る。

「壬生の親父と会うたのは、まさに春の叡山であったよ」

壬生父子と会い、そしてなにがあったのか。

鬼はなかなか明かそうとしない。

春句は五句までつづけてよいのが式目である。第三の光秀も春の長句を詠む。


「帰り路ははぐれし雁の友ならむ」


発句、脇からぐっと景色が転じた。

藤孝の詠んだ前句の「ふる里」を寄合とし、北国に帰る春の雁を呼びだす。また「問ふ声」に雁の声を重ねるという手法である。凝った句ではないが生の実感にみちて、光秀らしいな、と思う。

「友、そう。忠見とおれは友だった」

雁の音に誘われ、鬼のしゃがれ声は、はるかむかしをたしかに生きた男の声となった。

「おれの発句から、どんどん景色が、心地が移り変わってゆく。ああ。由なしごとが蘇ってくる」鬼はごつごつした手で顔を覆った。「おれは、忠見を見捨てて逃げたのだ。歌を止めてくれ」

藤孝は淡々と言った。

「二条良基が『筑波問答』にいわく、『連歌は前念後念をつがず。又盛衰憂喜、境をならべて移りもて行くさま、浮世の有様にことならず。昨日と思へば今日に過ぎ、春と思へば秋になり、花と思へば紅葉に移ろふさまなどは、飛花落葉の観念もなからんや』と。連歌は時を飛び越え、移り行くもので、浮世のありとあらゆるものを取りこむ。一句で完結した世界を描く和歌もよきものだが、流れ去るものこそ連歌である。つづけるぞ」

指の隙間から、鬼は藤孝を恨めしげに見た。

「兵部、鬼め」

藤孝は素知らぬ顔をつらぬいた。

紹巴の第四。乱れた座の空気を読んで、破調で応じた。

「出句あしきにいさかひぞする」

「そ、宗匠どの」

「これは思い切りましたね」

平易な句を好む紹巴からは想像もつかない、連歌の格調高さからおおいに逸脱した、ほとんど狂句のような付句である。前句との関係もはっきりせぬ。そもそも連歌にも序破急があり、はじめは神祇、釈教、恋、無常、戦、病など強い印象をあたえる句は避けるのが通例である。

藤孝と光秀が慌てると、紹巴は懐から扇子を抜いて、ぴしゃりと膝を打った。

「凡俗でありますかな？　問おう。凡とはなにか。俗とはなにか。花を美しい、秋をあわれだ、そう詠むだけが歌の道ですか。凡俗の暮らし、戦さの世、道端の父なし子から目を背けてなんの風雅であるか」

鬼は一瞬口を開け、ほろりと言った。

「なんと。戦禍すらをも詠むのか、当代は」

紹巴の目はぎらついて、この宗匠にこんな激情があったのかと、藤孝は気圧された。やがて紹巴は扇子を開き、己をはたはたと扇いだ。

「永き宿業を経た御仁に、並の句では礼を欠こうというもの。愉しみ尽くして貰いたい。それが連歌の心にて」

くくっと声がした。

鬼が笑っていた。

「お前らはまこと、むかしの歌詠みと変わらぬ。掛詞ひとつ、てにはひとつに心血を注ぎ、他人と比べて一喜一憂し、諍いすら厭わぬ。忠見のやつも、そうであった。和歌がすべてだった。万葉集と古今集どちらが優れているかで言い争いし、負けたおれが家を飛び出したこともあったよ」

正座を崩し、胡坐をかいて鬼は藤孝たちを見回した。

「まったく変わらぬ。愚かで、悲しく、愛い」

そんな愚かで悲しく、愛おしい人間の本然を、つぎの世まで守りとおせるのか。

重い考えを振り払うように、藤孝は桜の木の元の在昌へ声をかけた。

「つぎは貴殿ぞ。月の定座ゆえ、月を詠むのが好い」

「はあ？　おれは歌は詠まぬ」

「連歌では一巡と言うて、連衆全員がまず一句出す決まり。上品下品は些末。詠み給え」

鬼もにやにや笑って囃す。

「当代の陰陽師はえらくだらしないのう」

「さあさ。寄合式目などあまり気にせず、気楽に」

光秀にまで急かされて、在昌はぶつぶつ文句を言った。しおらしい京の陰陽師ふうの取り繕いなど、すっかり忘れてしまっている。

「歌枕まつや今宵の月出でて」

「おや、上手上手」

藤孝が手を叩くと、在昌はやかましい、と顔を背けた。

連衆すべて一巡した。

高麗茶碗に点てられた薄茶を飲み、鬼は驚いてむせこんだ。

「な、なんぞこれは。薬湯か。苦い」

光秀が興味深そうに問う。

「あなたのいたころは、喫茶の習慣はなかったのですか」

「知らん。酒を飲ませろよ。飲まずしてなんの人か。大伴家持も言っている」

「仕方ないのう」

一巻巻いてからと用意していた酒を、藤孝は供した。

瑠璃盃を勢いよく呷り、鬼がほう、と息を吐く。

「こんなに心が弾んだのは久方ぶりよ」

藤孝は光秀と顔を見あわせてにんまりと笑う。

「一巡なぞで満足してもらっては困る。五箇の景物のうち時鳥、紅葉、雪も出ておらぬ」

「恋句もありますよ。あなたの恋句が聞きたいものです」

眉を吊りあげ、鬼が嘆く。

「鬼より強欲な歌詠みどもめ」

暗闇に浮かぶ船岡山で時鳥が鳴き、鹿の妻問の声がし、稲妻が走り、雪すら舞い散り、四季がめぐり、そして静かになった。

なにも聞こえず、ただはらはらと桜の花びらの一片が落ちるのみだ。

三十六句目、挙句となった。

ただ満ちたりた空気だけがある。

たゆとうように、鬼は語りだした。

古き歌詠みであった者が歌に執着するあまり、死してなお鬼となり、壬生忠岑（ただみね）、忠見父子に憑いた。人と鬼でありながらも、彼らは和歌という一点において通じあった。運命の天徳四年。身分の低い官人だった壬生忠見にとって晴れの舞台である内裏歌合で、忠見は鬼の力を借りず「恋すてふ」を詠み、鬼の「恋しきを」を本歌取りした平兼盛の「忍ぶれど」に負けた。

忠見もまた、無念のあまり鬼と成った。

はらはらと涙をこぼし、鬼が泣く。

「おれは逃げた。歌からも、忠見からも」

「…………」

「晴明（はるあきら）はおれを消さなかったよ。おれはただ彷徨（さすら）う思念となって、叡山にひっそりといた。もはや人に憑くこともなく、いつか消えるときを待って。百年、二百年たち、桜散るなかで人々が連歌をするのを見た。楽しそうで、羨ましくて」

すこしまえに流行した「花の下（もと）連歌」であろう。桜の木のもとで身分を問わず、公家も武士も町人も百姓も、賤民すらもおなじ一座で句を交わす時代があった。

「一度は歌から逃げたが、おれにはやっぱり歌しかないのだ」

そうして戻ってきた。戦さで荒れ果てた京へと。

在昌は静かにこちらへ歩いて来て、鬼を見おろした。手には三具足とともに据えられた歌神菅原道真の絵軸がある。

涙の痕が残る頬を、鬼は在昌へ向けた。

「歌はおれを見放しもせず、変わらずただ在った。楽しかった。桜も、月も、雅も俗も見た。ただ暗闇に向けて呟くだけで、応えなぞかえって来なかったものが、今日応えをもらった。三十六句にもなった」

兵部、と鬼は優しく藤孝を呼んだ。

「お主はおれを消したいのだろ。好きにするといい」

胸が締めつけられ、藤孝は在昌を見あげた。

「在昌。この鬼を誠に消さねばならぬか」

白眼がこちらを向く気配に、身が竦む。それでも言葉を継いだ。

「歌道千年、戦乱の世に絶えなんとしている。師三条西実枝が死したのち、おれは歌を一人で守れるのか。おれには――」

才がない。

だのに守ることなどできるのか。

言葉が溢れだした。

「鬼よいくな。お主に聞きたいことが山ほどある。いくな」

また一つ、落ちる桜の花びらに、在昌の低い声が混じる。

「歌。それは呪だ。名づけえぬ心持ちに愛おしい、恨めしい、そういう言葉の器を与えれば形となる。三十一文字はなによりも強い器にして、呪よ。兵部、覚悟を成せ」

陰陽道勘解由小路家当主、賀茂在昌はすでに覚悟を成した。

白眼が問うている。

藤孝は唇を噛んだ。

句を挙げる。

「夢のちけふの花ぞ散りけむ」

あ、と光秀が声をあげた。

「花と夢。遠輪廻だ……」

挙句が発句に戻る遠輪廻。それはすこし前に光秀が犯した禁でもある。千年の夢のすえの桜と、夢から醒めた今日の桜が結びつく。円環状の「檻」となる。流れゆくものが連歌の本質なれば、挙句が発句に戻っては一巻が閉じてしまう。果てない輪廻となる。

此岸から離れた一巻ごと、鬼を閉じこめる。

在昌が歌神の巻物を広げれば、なかから淡い光が漏れだした。

「――――」

ざ、と桜が散った。一片また一片、我先にと争うように散り、渦を巻いて藤孝たちを取り囲む。

花吹雪の向こうで鬼が笑っている。

「今宵もうつくしい桜よなあ」

「……うむ」

「人あるかぎり、おれは在る。だからお主も抗いつづけろよ、兵部」

灯火がいっせいに消え、兼如が仰向けにどっと倒れた。

藤孝も桜吹雪も、常闇に溶けて消えた。

五

丹波への出兵の直前の三月上旬、藤孝は船岡山麓、櫟谷七野社ちかくの在昌の庵を訪ねた。

在昌は最初会ったときと変わらず、庭いじりに忙しく、藤孝は縁側で瓜女の出してくれた生姜湯を飲んだ。

青い花畑のわきの新しい畝には浅緑色のあたらしい芽が出て、ぐんぐんと伸びている。

在昌はなにかの種を蒔くので忙しく、尻を藤孝に向けたまま問う。

「兼如どのとやらは、息災か」

鬼の依代となり最後には昏倒した兼如は、数日寝こんだのち元気に起きあがり、語った。夢で古風な水干らしき衣を着た男を追いかけたが、男はこう言って消えたのだと。

「こんどこそおれは、人を鬼にはせぬ」

口惜しや、と兼如は嘆いて師匠の紹巴に叱られているらしい。

船岡山での連歌懐紙は美しい鳥の子紙に清書をして信長に献上され、はやくも噂を聞きつけた公家らが懐紙を見たがっているとのことである。公家のみならず、それまで歌に興味のなかった羽柴秀吉までもが悔しがって、「某も連歌をしたい。長岡どのが三十六句なら某は百、いや千句だ」と息巻いているという。

そのことを話すと、在昌は毒づいた。

「やはり織田というのは浅ましいものよ」

あのあと惟任光秀からは長い文をもらった。口では言いづらいからと断って。文には、「此度の件、はじめは手柄を奪われ憎く感じもしたが、兵部どのが背負われるものの重さを知らずにいた自分を恥じた。丹波攻めでは自分が兵部どのを御守りする」などと書かれていた。

熱い男なのである。

陽だまりのなかで、藤孝は目を細めた。

「貴殿がなぜキリシタンに改宗したのか。なんとなくわかった」

「へえ」

「勘解由小路は暦道の家だ。宣教師たちは南蛮の優れた天文学、暦学を有している。何千里も離れた海を渡ってこられるほどの。貴殿はそれを学ぶためにキリシタンになったのではあるまいか」

在昌は新しき学問を求め、本朝の暦道に生かそうとしているのではないか。勘解由小路は滅んだと口では言いつつ、その実、家を生かそうと懸命になっているのではないか。

そう思えばこの小男が目映く見える。

在昌は、はぐらかした。

「さあ、どうだろうな」

蕨、ぜんまい、野萱草など山菜を入れた籠を小脇に戻って来て、柄杓で水を飲み、どかりと縁側に腰をおろす。

「気が変わったので教えてやろう。鬼は消えていない。遠輪廻に閉じこめただけだ」

驚いて目を遣ると、在昌は眉を動かした。

「というか消せぬのだ。鬼あるからこその人よ。人の心に鬼が棲むからこそ、人は歌を詠む。舞い、鼓を打つ。形は変わるかもしれぬが、人ある限り、あれは在りつづける。そういうものだ」

言って、在昌は奥から巻物を取ってきた。表紙と紐の色で、船岡山で鬼を消すために使った天神の絵軸と知れた。意味ありげに三白眼を瞬かせ、在昌はこちらを見る。

「閉じた輪廻を解くか。どうする」

ふたたび問われているのだ、と理解した。道を継ぐ覚悟のほどを。

「解こう」

輪廻を解く方法は、おのずとわかった。

挙句を変えればよい。発句に戻らぬものにすればよい。挙げるとは言祝ぎ、高きへゆかせることだ。

在昌の持ってきた籠から野萱草を手にとり、若い葉色に目を凝らす。

するすると解かれた巻物へ、藤孝は新しい句を挙げる。


「心の種をのこす言の葉」


すう、と春風が吹いて、さざめくような笑い声が遠ざかる。それで成った。

自然と心は凪いで、これでよいと思えた。

在昌の声が躍っている。

「無事で丹波より戻れよ、兵部。また酒を飲もう」


（「オール讀物」二〇二二年八月号）

鬼の里

花房観音

【作者のことば】

数年前の夜、バスで比叡山に続く集落を訪れた。灯籠を頭に載せた人々が、普段は静かな村の中を宮に向かって歩み、その中には女装した男子も含まれている。なんとも幻想的な光景だが、これが八瀬に伝わる「赦免地踊り」だ。皇室とゆかりの深い、鬼の子孫ともいわれる「八瀬童子」は、いつか題材にしたいと気に留めてきた。どんな時代でも、女性が自立し生きていく様を性と共に描き続けていきたい。

花房観音（はなぶさ・かんのん）昭和四十六年　兵庫県生
『花祀り』にて第一回団鬼六賞大賞受賞
近著――『美人祈願』（実業之日本社）

紫がかった鴇色の雲が山にかかっている。

里の鎮守社に向かう石の階段を登り詰め振り返ると、目の前にさきほどまで背後に聳えていた比叡の山が見える。何度も見た光景だが、夏の終わりには珍しい。

都から比叡を眺めても、このような雲がかかることはないのだと知ったのは、従兄の千太の家に嫁に来てからだ。

「かやは、都のことを何も知らんのだな」

千太はかつて父と一緒に炭を売りに都に行っていたことがあるのが誇らしいらしく、都に足を踏み入れたことがないかやを馬鹿にする。

「足利の将軍は邸宅に鴨川の水を引き入れ、大名から献上された花を植え、天皇を招いているそうだ。まさに『花の御所』よ」

と、まるで見てきたかのように話す。

千太や自分の父親をはじめ男たちは、女が物を知らぬと諭すように教えながらも、嬉しそうだ。だから、男たちに嫌われないためには、何も知らぬ女のままでいたほうがいい。かやは幼い頃から承知していた。

男たちに逆らってはならない、口答えなどしてはいけない。そうしないと、女は生きてはいけない。だから、月のものが訪れるようになり、千太のもとへ嫁に行くのやと父に言われても、かやには頷(うなず)くことしかできなかった。

五つ上の千太は、おそらくうまれつき何かが足りない。人の名を覚えることができず、数も数えられず、東西南北がわからないので、山に入るときも一人だと迷ってしまう。実際に、いい大人なのに迷子になり、村の人たちに迷惑をかけたことが何度かあった。だから子どもの頃から、近い年の男たちと遊んでいても、馬鹿にされている。けれど身体(からだ)が大きく力があるので、物を運ぶときなどには重宝されている。

自分が千太のところに嫁にやらされたのは、病気だった千太の父が、弟である自分の父に懇願したからだ。阿呆(あほう)だからと嫁の来手がなく困っていると。

かやは美しくはなく、千太に嫁ぐ前にもらいたいという男も里にはいなかった。かやが嫁いで間もなく、千太の父は死んだ。

美しくはないといっても、特に醜いわけでもない。何も考えていない従順な女だと、周りからは見られていた。かやの親だって、そう思うからこそ、千太のもとに嫁に行かせたのだ。

もともとこの里の人々は、よそ者を村に入れたがらない。だからどうしても、里の人間同士が夫婦となる。

「よその者との間に子どもが生まれると、血が薄くなるやろ」

父はよくそう口にしていた。

「わしらは鬼の子孫やからな。鬼の血を残していかなあかんのや」

自分たちは「鬼の子孫」だと、かやは父から言い聞かされてきた。千太のもとに嫁に行くと、今度は千太が同じことを言った。

「俺たちは、普段は炭や薪を売って暮らしているが、都にいる貴族や武士たちよりも、大切な役目を仰せつかっている特別な一族や」

普段、里の人たちからも馬鹿にされている千太だが、鬼の子孫だという誇りは人一倍強い。


京の北東、賀茂川と合流し、都を流れる鴨川の支流のひとつである高野川の上流。その土地を、「八瀬」という。

山の木を炭にしたり薪にして生業にする一族がいた。

一説には、壬申の乱の折に、天武天皇がこの地で背に矢を受けたので、「八瀬」と名付けられたとも言われている。

京と近江を隔てる比叡山には、京に都がおかれたときから延暦寺という寺が多くの僧坊を並べ君臨している。寺ではあるが、その力は天皇を悩ませ、将軍も顔色を窺い続けている。

八瀬の里は、古くから延暦寺と深く結びついてきた。延暦寺の使役として従い、その代わりに延暦寺の所領である山林の木を加工して売ることが許された。八瀬の里の住民は、比叡山延暦寺を開山した伝教大師様が使役していた、冥途の鬼だという伝説がある。

かやの父や千太をはじめ、里の人たちは、誇らしげに自分たちは伝教大師様に仕えていた鬼の子孫だと口にする。

だがかやには、そんな話はピンときていない。

里に住む者は、ただの人だ。

伝教大師様の伝説と共に、男たちがさらに自慢げに話すのが、後醍醐天皇のことだ。

後醍醐天皇が幕府を倒したあとに、足利尊氏と決裂し比叡山に逃げる際に、その輿を担いだのが八瀬の男たちだ。里の一部の男たちしか見ることはできないが、後醍醐天皇からの綸旨が里には残されているという。

それ以来八瀬の男たちは、身分の高い貴人が比叡山に登る際に、輿を担ぐ役目を仰せつかった。

自分たちは特別な一族だ、という誇りは、そこから来ている。

男だけではない。女でも、鬼の子孫だと誇る者たちは多い。だから里の男に嫁ぎ、里の子を産みたがる。八瀬の里を、離れたがらない。

かやは八瀬に生まれ育ち、八瀬の男のもとに嫁に来て、おそらく一生、この里から出ることはないだろう。だが、男たちのような誇りは持てなかった。

「おい、今日な、里長に呼ばれたんや。まだ誰にも話すなと言われたんやが――」

帰ってきた千太は、一目見ただけで興奮しているのがわかった。

「近いうちに、輿を担ぐ役目が俺にも与えられるかもしれんのだ」

水を一杯すくって飲み干し、入口で立ったまま、千太は言葉を続ける。

「将軍様かミカドか、誰を担ぐかは教えてくれん。ただ身分の高い者であるのは間違いない。その名は、里長しか聞かされてないらしい。村でも輿を担ぐ者だけにしか、この話はしていないと言われた」

千太は、誇らしげだった。

「だから、お前も、絶対に誰にも言うな」

かやは頷いた。

「それでな、担がれる貴人にゆかりのある者が、里に来るらしい。おそらく妾(めかけ)か、いずれにせよお手付きの女なのだろうと里長は言っていた。比叡山に行く前に、逢引(あいびき)でもするのか、それはわからん。何日か、里でその女を匿(かくま)うように命じられたと聞いた。里長はな、かや、お前にその女の世話をして欲しいんだと」

逆らうことなどできるわけもない。かやはふたたび黙って頷いた。

「なんでお前がと不思議だったが、おそらく、働き盛りの女で子どもがおらんから手が空(あ)いていると思われているのだ。それで俺にも輿を担ぐ役目がまわってきたのなら、子どもがおらんことがありがたいとはじめて思ったわ」

千太は心の底から嬉しそうに口にしたあと、「腹が減った」と、座り込んだ。

かやは飯を炊くために土間へ戻る。今日は水につけてあった麦を炊き、川魚を焼き、菜っ葉で味噌汁をつくるつもりだ。働き者だからこそ、いつも腹を空かせている千太は、魚が大好物だった。

子どもがおらんから、手が空いている。

確かに、そうかもしれない。

昼間は里の他の女たちと同じように、木炭作り作業と畑仕事をしているが、夜は千太とふたりで過ごしている。

嫁に来て、もう何年になるのか。

千太は、かやが嫁に来る前に、里の男たちに連れられて都にある女を買えるところに行ったと言っていたが、ほとんど女を知らないに等しかった千太は女の身体に飢えていた。

皆に頭は足りないと言われているが、肉体が屈強な千太は、強く女を欲していた。かやは、毎晩のように求められた。

だからと言ってかやは、千太が自分を特別に好きだとも思わなかった。きっと千太は、身体を許してくれる女なら、誰でもいいのだ。

毎日、ときには一日に何度も千太の精はかやの身体の中に放たれたけれど、子どもはできなかった。一年も経つと、どうして子どもができないのだと、千太はぼやくようになった。

跡取りがいないと、鬼の血を絶やしてしまう。千太はかやに苛立ちをぶつけた。

千太だけではない、千太の母も、かやの両親も、同じだ。

まさかお前が石女(うまずめ)だったなんてと、父や母に嘆かれた。

かや自身も、意外ではあった。美しくはないものの、身体は丈夫で、病気ひとつしたことがなかったから、当たり前のように子どもができると信じていた。

子どもができない女への周りの視線は煩わしかった。だが、慣れるしかなかった。


里の中心に、こんもりした小さい山があり、その山の中腹に、里の者たちが信仰する鎮守社がある。

社のそばには、里の者たちが集う小屋が建てられていた。普段は誰も使っていないが、里の者たちが当番で掃除に訪れ、空気を入れ替える。

その際に、かやも中は見たことがあった。がらんとして、何もない。しかし、かやと千太が住む家よりは広かった。

この社の小屋に女を匿うのだと、聞いた。

千太から話があった翌々日、里長に呼ばれ、かやは改めて仕事を言い渡された。

何故(なぜ)、その女とは都で堂々と逢(あ)わないのか、なぜ比叡山に登る前に、逢おうとするのか。かやには、よくわからなかった。

かやの疑問を察したのか、里長が口を開く。

「表に出せぬ方なのであろう。御内儀様の怒りを買ったとか。わしも詳しいことは知らぬ。

比叡山に女は連れてあがれないし」

くれぐれも秘密厳守だとも繰り返した。

「家が社に近いし、お前は周りの女とつるまないから秘密を守るはずだと見込んだ。千太のやつは、少々心配ではあるが……」

里長は、眉を顰め、そう口にした。

かやが里の他の女とつるまないのは、愚鈍な男のもとに嫁に行き、しかも子どもができないことで、同情されるのが嫌だからだ。

かやはときどき、夫が憐れになる。

何か悪いことをしたわけでもなく、実直な働き者なのに、男たちに阿呆と裏で言われる千太。

「いずれにせよ、よ……いや、貴人の寵愛される方だ。くれぐれもそうのないように」

比叡に登る者が誰であるかは、里長だけが知っている。その名前を口にしかけて、里長は慌てて言い直したのにかやは気づいたが、もちろん追及などしない。

その日が来たら呼ぶから、いつでも来られるようにと里長に念を押され、かやは家に帰った。

「思ったよりも、早かったな」

家に戻ると、山で仕事を終えた千太が、先に横になっていた。

今日は夏の名残で蒸し暑かったせいか、千太の身体の臭いが、特に鼻に付く。酸っぱさに、枯れた草が混じったような、嫌な臭いだ。

かやは土間で、飯の支度をはじめる。今日は畑で採れた菜っ葉と芋を炊くつもりだった。

「いいか、くれぐれもそそうのないようにしろよ」

千太は、里長と同じことを口にした。

「お前がその妾に気にいられると、俺も恩恵にあずかれるかもしれん」

何を馬鹿なことをと、かやは呆れたが、薄笑いしかできなかった。

「お前が子どもを産めぬせいで、俺はこの里で肩身が狭い想いをしているのだから、お前には里のために人一倍、働いてもらわないとな」

かやはかまわず飯の用意をする。

「まだ、飯はいらん。こっちに来い」

千太はかやの腕を引っ張り、かやはよろけながら千太に引き寄せられる。

「腹が空いとるやろ」

そう言って、かやは千太の身体を押し戻すそぶりを見せたが、力では絶対にかなわない。

千太の腕に抱かれ、かやはしかめた顔を見られないように顔を伏せる。千太は全身の毛が濃く、胸毛もあった。太い胸毛がかやの顔にあたり、ちくちく刺さって痛い。胸毛と腋毛から漂ってくる腐った魚のような臭いに吐き気がこみ上げてきた。

嫁に来た当初から、今にいたるまで、千太の臭いには慣れない。

「空いておるが、こっちのほうが先だ」

千太はそう言って、裾を開いて股間の肉塊をかやに見せつけた。

醜い。見る度にいつも思う。

千太は自分のこれは、人より大きいと自慢げだが、かやは他の者と比べたことがないから、わからない。

どうして、男は、こんな醜い棒をぶらさげているというだけで、自信満々で生きることができるのだろう。かやからしたら、その自信も滑稽なものにしか思えない。

千太はかやを仰向けに横たわらせ、着物の裾を開いて覆いかぶさる。

「お前は、肌だけは美しいな。さわると、吸い付くようだ」

誰と比べているのかと、疑問には思ったが、もちろん何も言わない。

千太はかやの乳房の間に顔を埋め、唇を尖らせながら、指を股の間に置いて、入口を探す。

「俺は輿を担げるんだ。やっとこの里で認められる」

そう言いながら、千太は人差し指と中指で、かやの裂け目を縦になぞった。

この男が興奮しているのは、かやに対してではなく、普段自分を馬鹿にしている里の者たちを見返すことができるからだ――かやの身体は、捌け口に過ぎない。

かやは無言で、千太の肩越しに天井をじっと見つめている。

千太の臭いが嫌で、息を止めていた。

悦(よろこ)びなどない。早く終われとしか、思わない。

子どもを作るための行為なのに、子どもができないのに交わるのは何のためなのだろう。

メリメリと切り裂くように、千太の肉の塊が自分の身体の中に入ってきたのを感じる。

「うぅっ」とかやは痛みに声を漏らす。

一瞬だから、我慢できる。

「おう、おうっ」

千太は声をあげて、かやの上で腰を動かしていた。

千太の濃い胸毛がかやの乳房にあたり、ぞわぞわとこそばゆさで鳥肌が立つ。つながったところの痛みと併せ、不快でしかなかった。

口を半開きにした千太の顔は、なおいっそう、阿呆に見える。


あの日も、夕方には比叡の山に紫がかった鴇色の雲がかかっていた。

朝から里長に呼び出され、かやは里の男たちふたりと共に、社の小屋に布団や枕を運び込み、掃除をして整えた。

秘密厳守と言われていたが、里の者の多くが、高貴な者が里を訪れることに気づいているようだった。男たちが、このところ落ち着かない様子であったし、千太のように、輿を担ぐのだと家族に自慢げに打ち明けた者も少なくないだろう。

夕餉(ゆうげ)を済ませると、里長がかやを迎えに家を訪れた。

千太もついてこようとしたが、「お前は来るな」と、きつい口調で言われ不満げな表情を浮かべた。

闇が訪れ、比叡の山も見えなくなった。

里全体が、息をひそめながら、訪れる者を待っているかのように思えた。

里長と一緒に社の小屋の入口に腰掛けて待っていると、眠気が訪れた。普段なら、もう床に就いている時間だった。しかし眠るわけにはいかない。かやが大きく息を吸った瞬間、里の入口で待ち受けていた者が、里長を呼びに来た。

かやはここで待つようにと小屋に留(とど)められた。

どんな女なのだろうと、かやは想いを巡らせる。貴人に寵愛されるような女なのだから、きっと美しい女に違いない。同じ女ではあるけれど、自分とは比べものにならぬような高貴な女か、あるいは卑しい身分ゆえにこうして隠れて貴人と逢わねばならぬ女か。

かやは緊張しながらも、どこか楽しみではあった。毎日、畑に行くか、炭を作る、同じことを繰り返すだけの日々だ。美しい女を眺められると考えるだけでも、千太ほどではないが心が弾む。

「かや——お連れしたぞ」

扉が開かれ、里長が立っていた。

そのうしろに誰かいるようだが、里長に隠れて姿が見えない。

ただ、今まで嗅いだことのない高貴な香にかやは包みこまれた。

都の貴人たちは、着物に香を焚き染めると聞いたことがあるが、それだろうか。

「かやと申します。お世話させていただきます」

かやが深く頭を下げると、「お頼みもうします」と、その人が草鞋を脱いで部屋にあがってきた。

その声にはっとした。

かやが顔をあげると、そこにいるのは色が透き通るように白く、切れ長の目に、朱色の唇、尖った顎、高い鼻——見たこともないような美しい男だった。

「夜叉丸さまだ。かや、繰り返しいうが、くれぐれもそそうのないようにな」

里長は、まだ何か言いたげであったが、夜叉丸と呼ばれた男に頭を下げると、「今日はお疲れでしょうし、ゆるりとお過ごしください」とだけ告げて、小屋の扉を閉めた。

里長が砂利を踏む音が響き、帰っていく。

夜叉丸という男とかやは二人きりになった。

「かや、か。私の名は夜叉丸……もっとも元の名は違うがな。世話になるぞ」

夜叉丸はそう口にした。

「夜叉丸さまは、わたくしがお世話をします。何かご不便などありましたら、お申しつけください。今晩はこれでお暇しますが、明日また参ります。簡単なものではありますが、閂がありますので、こちらをしっかり閉めてからお休みください。里の男が石段の下で、交替で番をすると聞いておりますので、どうぞご安心を」

かやはそう言って、深く頭を下げた。

かやが帰ると、千太は待ってましたとばかりにかやをつかまえる。千太はどこから耳にしたのか、里を訪れた者が、女ではなく男であると知っていた。千太の耳に入るぐらいなのだから、おそらく里の者たちのほとんどに知れ渡っているのだろう。

「どうも里長も、女だと思い込んでいたようで、いざ都から籠が来て、驚いたらしい。だが女のような男らしいな。つまりは、高貴なお方は、そっちもお好きってことか」

「そっちもお好きとは？」

「お前は阿呆か。男も女も好きなのか、もしくは男が好きか。そういう趣味だろ。俺にはさっぱりわからん。男を抱きたいなどとは思ったこともない。気持ちが悪い。しかし、都の身分の高い連中の中には、ときどき男と遊ぶものがいるとは聞く。いや、都だけではないな。山の坊主たちも――」

山、というのは比叡山のことだ。

比叡山の寺は女人禁制で、僧侶は女と交わることを禁じられている。けれど、人の欲望はたとえどれだけ修行しても消せるものではないらしく、僧侶同士でまぐわう者もいると、かやも聞いたことがある。

「俺にはわからん。俺は女しか抱きたくない」

千太は興奮した面持ちで、かやにのしかかろうとした。

緊張もあったせいか疲れているし、かやはこのまま寝てしまいたかったが、千太には逆らえない。早く済ませてくれることだけを願う。

さきほど会った夜叉丸という男が纏う香が鼻腔にくすぶっているせいか、今夜の千太は、いつにも増して臭く感じ、かやは息を止めた。

そもそも、あの美しい男が、千太のような欲を持っていることが、信じられない。

千太の肉棒が身体の中に入ってきている間、かやは、さきほど会った夜叉丸という男の顔を思い浮かべていた。

空が明るくなりはじめた頃、かやは家の外に出た。

千太はまだ寝ている。

今朝の比叡の山に雲はかかっておらず、空が広い。

ざっざっと音を立てながら砂利道を歩き、社に向かった。

夜叉丸の食事は、里長の息子の嫁が作ると聞いていた。里長の息子の嫁は、もともと八瀬で生まれた女ではあるが、幼い頃に親を亡くし、都の貴族の家で奉公をしていた時期がある。

参道の先、石段の下で番をしていた男が、大きくあくびをしたあと、かやを一瞥した。

石段を上がり、かやが小屋に辿りつくと、扉の隙間が開いている。

昨日、自分が帰る際には、きっちり閉めたはずだ。

夜叉丸はもう、起きているのだろうか。

「夜叉丸さま」

小屋の中に向かって、かやは声をかける。

「かや。早いな」

背後から声をかけられ、かやは驚きで、「きゃっ」と声を出してしまった。

「驚かせてしまったか、すまぬ」

朝の光が、木々を通して容赦なく男の姿を露(あら)わにしていた。

「退屈なので、散歩をしていた。といっても、あまりうろうろするなと言われているので、この神社の中だけだ」

「申し訳ございません」

「なぜ謝る」

「退屈をさせてしまいまして」

「お前のせいではないだろう」

夜叉丸はそう口にして、口元に笑みをたたえる。

「比叡山はどこだ」

夜叉丸はあたりをぐるりと見渡して、そう言った。

「社を背にして、正面の、あれが比叡山でございます」

「なんと……都で見るのとはずいぶんと違うな。この地は比叡山に近いからなのか。都からだと、ひときわ高く聳え立ち、天を刺すように尖っているが、こんななだらかな形に見えるなんて、知らなかった」

夜叉丸は、感心したように、言った。

「私は……この里から見える比叡しか知りませぬゆえ」

――都には行ったことがありません――という言葉をかやは留めるが、夜叉丸は察したようだった。

「かやは八瀬を出たことがないのか」

「はい。ここで生まれ、離れたことはありません」

かやが答えると、夜叉丸は少し考え込んだような表情を作った。

足音がして石段を見下ろすと、里長の使いの者が、朝餉を持ってきた。かやは石段の途中まで降りると使いの者から盆を受け取り、小屋に運ぶ。

白米、焼いた川魚、大原の柴漬けと菜っ葉の汁、炊いた里芋が並ぶ。

「粗末なものでございますが」

「かやは、食べたのか」

「いえ、わたくしはもともと朝はあまり口にしません」

「腹は減ってないのか？　少しわけてやろうか」

「いえ、めっそうもない」

本当は空腹であったが、かやはそう答えた。

「それなら遠慮なく食うぞ」

夜叉丸は、見かけによらず食いっぷりがよく、米つぶひとつ残さず、すべてたいらげる。

「田舎の山里の飯ゆえに、ご不満はあったかもしれませぬが」

「何を言う。満足しておる。そもそも、こうして黙っていても飯が出てくるだけでありがたいことではないか。里の者たちからしたら、余計な客人であるはずなのに。今でこそ、私も食うに困らなくなったが、子どもの頃は腹を空かせてよく泣いていたものだ」

「そのようなご様子……想像がつきません」

かやがそう言うと、夜叉丸は再び笑みをたたえた。

空になった器の載った盆を、かやは外に出す。

砂利の音がしたので見下ろすと、石段を里長が登ってきた。

「おはようございます。昨夜はよくお眠りになられたでしょうか。改めてご挨拶に参りました」

里長が、夜叉丸に深く頭を下げた。

「静かで、久しぶりに深く眠れた。いいところだな、ここは」

夜叉丸が、笑みを浮かべる。

「お困りになることがありましたら、遠慮なくかやにお伝えください。ただ、誰が見ているかわかりませぬので――」

「あまり出歩くな、ということだな。わかっておる。だからかやに話し相手になってもらっている」

夜叉丸がそう答えると、里長は、眉を顰め、念を押すようにちらりとかやを見た。

「ところで、あの方は、いつ来られる」

そう口にしたとき、夜叉丸の笑みは消えていた。

「明後日だと、聞いております」

「そうか」

夜叉丸は頷いたあと、目を伏せた。

くれぐれもそそうのないようにな──もう一度、にらみつけるような視線をかやによこした後、里長は帰っていった。

小屋の扉を閉め、反対側にある窓を開け放ち光を入れ、夜叉丸は横たわる。

「お前もくつろげばいい」

そう言われても、こんなにも美しい男の前で、脚をのばせるわけがない。

かやはどうしたらいいのかわからず、黙って正座していた。

「硬くなることはない。そもそも私は、貴族でも武士でもない、母は旅芸人で、父は誰かわからぬ。幼い頃から、母と一緒に、旅の一座で舞っていたら、たまたまあの方に目をつけられ、良い暮らしをさせてもらえるようになったが、もとは下賤(げせん)な身分だ」

夜叉丸の言葉に、かやは少しばかり安心もしたが、同時に自分のような女に饒舌(じょうぜつ)にそこまで話していいのかとやはり困惑の表情を隠せなかった。

「かやは子どもはおらぬのか」

「おりませぬ」

かやは、答えた。

「独り者なのか」

「いえ、夫がおります。嫁いで五年になりますが、子どもは授かることができませんでした」

「そうか。私と同じだな」

夜叉丸の言葉の意味が、わからなかった。

そんなかやの疑問を、夜叉丸も察したようだった。

「私は女ではないから、子を授かることができぬ。それゆえに、あの方にとっては、都合の良い慰みものであったのよ。奥方様たちを不安にすることもない」

夜叉丸はそう言って、薄い唇の左端を、あげた。

笑った顔を作っているつもりなのだろうか。

「だからこそ、人々は私をあざけった。口にせずとも、表情に表れるのを、誰も隠さない。あの方の玩具だと皆思っているし、実際にそうだ。玩具であって人間ではないから、いらなくなったら、無惨に捨てられる」

昨夜、里に来たのが女ではなく男だと知って、千太が露骨に侮蔑を口にしたのを思い出した。

自分と同じだ。子どもの産めない自分は、女の役割を果たすことができず、今は、千太の慰みものになっている。

それこそ万が一、千太に誰か他に女ができたら、簡単に捨てられるだろう。そうなったら、老いて死ぬのを待つだけだ。

自分も、この男も、人ではなく玩具なのだ。

「ときに、かや。聞きたいことがある。この八瀬の里の人間は、八瀬童子と呼ばれる鬼の子孫で、後醍醐天皇が比叡山に逃げられた際に、輿を担いだ一族なのだと」

「そういう話が伝わっております」

「かやは生まれも八瀬というたな」

「はい」

「ならば、お前も鬼の子孫なのか」

「伝説が本当ならそうかもしれませんが……」

ただの人間だと、かやは言いたかったが、言葉を留める。

かやは自分が知る里のことを話した。

「鬼、というと、世間では忌まわしいもの、人に害を及ぼすものとされているが、この八瀬の里では、ミカドを護るものとされているのか……面白いな」

夜叉丸はそう口にして、どこか皮肉気な笑みを浮かべる。

その表情は、ひどく冷たく感じるが、それでもかやは見惚れそうになってしまう。

この小屋にふたりでいることを居心地悪く感じるのは、夜叉丸が、この世の者とは思えぬほど、美しかったからだ。

部屋に閉じこもっていると、夜叉丸の香から逃れられない。一緒にいる時間が長くなったせいか、匂いが濃くなっているように感じる。

「私は今、夜叉丸と呼ばれているが、これは親のつけた名前ではない。私が今、世話になっている方——明後日、八瀬を訪れ輿に担がれ比叡山に行く方につけられた名前だ。『鬼夜叉(おにやしゃ)』にちなんで『夜叉丸』だ。『鬼夜叉』は、あの方が、かつてご寵愛された男の名だ。私は何度も聞かされた。東山(ひがしやま)の新熊野(いまくまの)神社で、初めて鬼夜叉の舞いを見たとき、心を奪われたのだと。あれはまさに、鬼、つまり夜叉であった。人の心を切り裂き傷つけるほど美しかった、と」

かやは黙って頷いていた。

「今はもう、鬼夜叉も年を取り、あの方からは離れておる。もっともご寵愛ゆえのご褒美か、鬼夜叉の芸事の後ろ盾はなさっている。あの方は、若く美しい男が好きなのだ。女も好きだが、女は子どもを産むから面倒だとも、おっしゃる。弄ぶだけなら、男のほうがいいらしい。とはいえ、年を取ると、用済みだ。あくまであの方が欲しいのは、若く美しい男なのだから」

そこで夜叉丸は、言葉を切った。

「話がそれてしまったな。つまりは、私も『鬼』にゆかりがあるから、興味を持ったのだ」

「ただの伝説でございます。鬼などおりません」

かやはいらぬことを言ってしまったと後悔し、顔を伏せた。

夜叉丸は手を伸ばし、かやの肩にふれる。

夜叉丸の香が鼻腔をくすぐり、かやは一瞬、息が止まった。

花と木を燻(いぶ)って深くしたような、それでいて軽い、加えて刺激的で鼻腔の奥に刺さるような匂いだ。かやはこのような香を嗅いだのは、初めてだった。

身体の奥で、香が火をともした感覚があり、下腹部に熱を感じた。

月のものが訪れる前に、ときどき覚えがある感覚だ。

重く、熱い。

「後醍醐帝か——因果なことだ」

夜叉丸は、そうつぶやいて、立ち上がって、かやから離れた。

その夜、夜叉丸が横になって休んだのを見届け、かやは家に戻った。

「どうだった」

横になって休んでいた千太が、かやの顔を見るなり身体を起こす。

「どうだったと言われても……お変わりない様子だったよ」

「お前に何もしてこないのか」

かやは千太の言葉の意味がわからず、首を傾げた。

「わからぬのか。阿呆だなぁ。俺は女ではなく男だったと聞いて、もしかしてお前は男の慰みものになるために世話を頼まれたのかと思ったんだよ」

「そんなわけがないよ。だいたい、里長さまだって、女だと思い込んでいたんだから」

「そうか、そもそも偉い人の慰みものになっている男だから、女は好きではないのかもしれんな」

千太は下卑た笑みを浮かべる。

「なぁ、かや、男同士は、どうやってするか知っておるか」

「知りません」

「尻の穴を使うらしい。信じられるか？　俺なら絶対にできぬ。お前が仕えている男は、尻の穴をつかって貴人のご寵愛を受けてるんだ。綺麗な顔をしようが、身分が高かろうが、間抜けなことよ」

何がおかしいのか、千太はそう言って、ひとりで笑っている。

かやは、ひどく不快だった。

もうこれ以上、聞きたくないけれど、千太に口答えはできない。

「忘れ物をした。取りにいってくる」

そう言って、かやは再び外に出た。

満月が暗い闇を照らしている。

誰もが朝早く起きるこの里では、夜は静かで重い闇しかない。こうして月の光だけが頼りだ。

「鬼だ」

子どもができぬことで、かやを蔑む者たちも、毎日のようにのしかかってくる千太も。

里に生まれ、親に言われるがままに里の男に嫁いだ。

たぶん、死ぬまで里を離れないであろう。

何も望まぬように、生きてきた。望んでも何も手に入らないのだから。寡黙な女だと周りに思われているが、それは想いを口にするのが恐ろしいからだ。

かやは、ほとんど無意識に、夜叉丸のいる社のほうに歩いていた。

誰かに見つかったら不審がられるので、静かに草を踏みしめて歩く。

石段の下にいる当番の男は、眠りこけていた。

つんと、刺激のある香が鼻腔を刺すように漂ってきた。

「かや」

社に続く石段を登り終えると、声をかけられた。

振り向かずとも漂う香で、声の主はわかる。

「眠れぬので、外に出てきてしまった」

闇の中なのに、夜叉丸の顔だけはまるで輝きを発しているかのように、白い。

改めて美しい男だと思う。こんな美しい男は、見たことがない。いや、女だとて、夜叉丸より美しい者を、かやは知らない。

「かやは、家に帰ったのではなかったか」

「はい……」

そのあとの言葉をどう続けたらいいか、わからない。

千太の発した汚い言葉を思い出して、申し訳なく思えてくる。

「かやの夫は、優しいか」

夜叉丸の問いに、かやは答えが見つからなかった。

その沈黙で、夜叉丸は察してくれたらしい。

「かやは優しい女だから、その夫も優しくあって欲しいと思ったのだがな」

「私など――」

「私はかやと一緒にいると心が安らぐのだ。本当は女は苦手なのに。子どもの頃から、母をはじめ、その周りにいる女たちの慰みものにされた。女は強欲で、我儘で、ずうずうしく、そのくせ自分が弱い生き物であるかのように振舞う。私をやっかみ意地の悪いことをする女もいた」

夜叉丸は言葉を続ける。

「そんな私を救ってくださったのが、室町殿だ。室町殿に庇護され、女どもの手から私は逃れることができた。もっとも世間は、室町殿の慰みものになっただけだと言うだろう。けれど私は、幸せだった――飽きられるまではな」

室町殿——それが都の花の御所にいる、足利将軍義満を意味することはかやも知っていた。

とすると、八瀬童子に担がれる身分の高い人というのは、足利義満のことなのか。

「けれど、私は容赦なく捨てられる。あの人は、鬼のように残酷だというのを思い知らされた」

夜叉丸の声が震えていたが、表情は変わらない。

「私はもう若くない。飽きられたのだ。都にはいくらでも若く美しい者がいる、私は不要になったから、捨てられるために、ここに来させられた」

かやは目の前にいる男をじっと見つめた。

「明後日、あの方と共に私は比叡山に参る。延暦寺には、私のような者を好む堕落した坊主がいるらしく、私は出家という名目で、今度はその男たちに弄ばれるのだ。一度出家してしまえば、たやすく山を降りることもできぬ。私を差し出すことにより、延暦寺に恩を売れる。あの方らしい、無駄のないやり方だ。やはり私は、物だ、玩具だ。人間ではない」

「夜叉丸さまは、人間です」

かやは思わず口にした。

「ありがとう、かや。私がここに先に連れてこられたのは、都から義満さまに同行すると目立つからだ。八瀬で合流して、共に比叡山に登る算段だ」

夜叉丸さまは、室町殿を好きなのだ——。

だからこそ、従おうとされているけれど、深く傷ついている。

「私は、女は苦手なはずなのに、どうしたことか、お前だけは最初に会ったときから、心が楽だった。珍しいことだ。もしかしたら、お前も私も、子どもを産めぬからかもしれない」

かやははっとした。夜叉丸の声が震えているのは、泣くのを我慢しているからだ。

「もしも私が女であったらと、何度も考えた。女で、あの方の子どもを産んでいたなら、捨てられることはなかったかもしれぬと。女という生き物が嫌いであるのに、女を羨むとは、我ながらおかしなことよ」

そう言って、夜叉丸はふと夜空を一瞬だけ睨(にら)みつけるように見上げて、すぐに顔を戻す。

「かやは、逃げたいと思ったことはないのか」

ふいに夜叉丸は、そう聞いてきた。

「逃げる？」

「この里から逃げて、別の場所で暮らしたいと」

「そんなこと」

——できるはずもないから、考えたことはなかった。

自分は、この場所から、千太から、里のしがらみから、逃げることなんて、できるわけがない。

「かや、もしも私が、一緒に逃げようと頼んだら——」

夜叉丸は、そう口にして、首を軽く振った。

「いや……忘れてくれ。私は戻る。かやも、家に帰れ」

家に帰れと言われても、かやは夜叉丸から離れがたかった。

「それにしても、不思議なことだ。後醍醐帝を崇拝している一族が、足利の将軍に従い輿を担ぐとはな。後醍醐帝を都から追い出し、権力を奪ったのは足利将軍、義満公の祖父ではないか。後醍醐帝からしたら、天敵の一族……いや、結局のところ、人は『力』に弱い、それだけのことか」

かやは、頷いた。難しいことはわからないけれど、鬼の子孫を誇る者たちは、ただ時の権力者に従属するだけだ。

「また、明日の朝、顔を見るのを楽しみにしているぞ」

そう言って、夜叉丸はかやに背を向けた。

闇の中に、消える男の肩はかぼそく痛々しく、姿が消えても匂いがかやにまとわりつき、追い縋（すが）りたい衝動にかられるのを必死で抑えた。

かやが家に戻ると、千太はまだ起きていた。

「忘れ物を取りにいくだけにしては、遅かったな」

横になったまま、低い声で、そう口にした。

答えずにいると、「こっちに来い」と手招きする。

仕方がなく、千太のそばに行く。毛むくじゃらの太い手で、かやの手を強く握り引き寄せた。

「お前、まさか」

かやを仰向けにし、着物の裾を開いた。

「あの男に何かされたのか。尻の穴で男の慰みものになるようなやつに――」

「痛っ」

思わずかやが声を出したのは、千太の肉の棒がいきなり入ってきたからだ。

「お前も、里の者たちと同じで、俺を阿呆だと思ってるんだろう」

怒りを含んだ声を発しながら、千太は腰を動かす。

「いや……痛い……」

「お前は、あの男が来てから変わった。それぐらいのこと、俺だってわかる。何かあったのか」

「何も――」

あるわけがない。

ただ言葉を交わしただけで、やましいことなど、ない。

「かや、今のお前は匂いが違う。あの男の匂いだろう、俺の知らない香が移っている。いいか、かや。もしあの男とお前に何かあれば――」

千太はかやの首に右手をかける。吐き気がこみ上げてきた。

あの人は鬼だ──夜叉丸の言葉を思い出した。

男は、自分たちを人だと思っていない。ただの玩具だから、いらなくなれば捨てる。

玩具ではなく、人間なのに。

かやが激しく咳き込むと、千太が首から手を離し、じとっとしたうしろめたそうな眼差しで一瞥したあと、背を向けて横になった。


比叡山にかかる雲の色が、いつもより濃い。

かやは翌朝、夜叉丸のもとに行く際に、しばらく山を眺めていた。

かやが小屋に着くと、里長が先に来ていた。

夜叉丸と何やら話したあと、かやを一瞥して、草履をはいて外に出る。

「かや、明日の昼頃に、八瀬の童子たちが輿を担ぐ。夜叉丸さまの世話は、明日の朝までじゃ。ごくろうであったな」

里長が、そう口にしたので、かやは頭を下げる。

「夜叉丸さまは、輿に寄り添い馬に乗って比叡山に向かわれるとのことだ。それから……今から千太に話しにも行くが、千太には今回、役目を遠慮してもらうことになった」

かやは驚いて顔をあげた。

「あやつは口が軽い。人に言うなと申しておったのに、浮かれて輿を担ぐのだと言いまわり、また夜叉丸さまのことも、あれこれ吹聴しておる。余計な邪推のほどが過ぎる。我々は高貴な方の輿を担ぐ一族だからこそ、秘密を守らねばいかんのに。やはりあやつは愚かな男よ」

千太は普段、愚鈍だと皆に馬鹿にされているのを知っているからこそ、八瀬童子としての役目を仰せつかったことが嬉しく、だから我慢できず、人に言いまわったのだ。

「お前は千太や両親から石女と罵られていると聞いたが、子どもができぬのはかやのせいではない。千太がまだ小さい頃、あいつは高い熱を出して寝込み、生死の境を彷徨ったことがあった。千太の親に頼まれて、腕のいい医者を呼びに行ったのは、わしだ。幸いにも回復はしたが――わしは、あの病で、千太は種無しになったのではと思っている。わしは今まで何度か見てきた。みんな子どものいない男だ」

里長の言葉に、かやはどういう表情をしていいかわからなかった。

それではあまりにも千太が憐れだ。

いや、きっと千太は気づいていた。気づいていたけれど、認めたくなくて、かやを石女だと責めたのだ。

里長が神社の石段を下り去っていくのを見送ったあと、かやは中に声をかけ、小屋の扉を開く。

横になっていた夜叉丸は、かやに手招きをした。かやは小屋の中に入り、夜叉丸が横たわる布団の傍まで近づき正座する。

「私は明日、この里を去る。短い間だが、世話になった」

夜叉丸は手を伸ばし、かやの右手を握った。

それは子どもが母を求めるかのようにとても自然で、かやは驚きも拒みもしなかった。

「夜叉丸さま」

かやは膝を前にすすめ、さきほど握られた手の温(ぬく)もりが残る右の手を夜叉丸の頭に添える。

夜叉丸の香に包みこまれて、なにも考えられない。

夜叉丸は身体を起こし薄目を開けて、今度はかやの手を自分の顔にあてる。

かやは、美しい男の顔を、指で確かめる。

これ以上、この人のそばにいると、おかしくなりそうだ。恐怖に似た感情がこみあげてくるが、手を離すことができない。

向き合って、目を合わせた瞬間に、夜叉丸はかやを引き寄せて両手で抱き、力を入れる。

あぁと、思わず声が漏れた。

夜叉丸の香に身も心も支配され、全身の力が抜けたのがわかった。

はじめてふれた夜叉丸の身体は布越しでも温かい。

この人は紛れもなく人間だ、玩具などではない。

「夜叉丸さまは——いい匂いがします」

「着物に焚き染められているのだ。かやは、蘭奢待(らんじゃたい)を知っておるか」

「いいえ」

「奈良の東大寺にある香木だ。天下人しか、その香木を切ることは許されておらぬ。あの方は、それを手に入れ、自分が覇者であると知らしめるために着物に焚き染めた。あの人のものである、私も——」

そう言って夜叉丸は突き放すようにすっとかやの身体から離れた。

かやはよろよろと立ち上がり、逃げるように石段を降りて、神社をあとにした。

輿を担ぐ役目を剝奪され、千太はきっと荒れているだろう。怒りを自分にぶつけてくるかもしれない。かやが覚悟して家に戻ると、千太はかやに背を向けたまま、横になった肩を震わせて泣いていた。

けれど、同情心を見せると、千太はそれこそ怒りを向けてくるに違いない。

「かや——」

泣いている顔を見られたくないのか、千太はかやに背を向けたままだ。

「俺を捨てないでくれ。俺は、この里にとって役立たずなのかもしれないけれど、お前だけは俺のもとにいてくれ」

そう口にして、ますます千太は身体を震わす。

かやは、「うん」と答えるべきだと思った。だが、どうしてもそれができない。

代わりに黙って千太のもとに行き、肩をさすった。

自分はずっと、この男の玩具で、いつか捨てられるのだろうと思っていた。けれど、違った。

この男も、捨てられることに怯えている。

かやが千太の名前を呼ぶと、千太は身体を起こし、かやに抱き着いた。

「千太──」

千太は臭い。夜叉丸と抱き合ったあとだからこそ、耐えられなくて息を止めてしまう。

泣き疲れたのか、かやを抱きしめ安心したのか、千太はその夜は珍しくかやを抱かずに早々に寝入った。

千太は一度寝ると深く、朝まで起きない。

千太のいびきを聴きながら、かやは音を立てないように気をつけ外に出た。

山の狭間に月が出ている。

欠けはじめているが明るい月で、これならば少し歩きやすかろう。

いつもの参道の正面にある、番人がいるはずの石段を避けて、かやの住む家の裏手にある山に続く道を、早足で歩く。ここから社のある山の裏側を登ると、小屋の裏の森に出ることをかやは知っていた。

迷いなどなかった。昼間に夜叉丸に抱きしめられたときから、決めていた。

草を踏みしめてかやは歩く。

夜叉丸がいる小屋の裏手の入口に着いた。身を縮ませ下から覗き込むようにして、床下の蝶番をそっと外し、もぐりこむ。

かやは小さな声で、「夜叉丸さま、かやでございます」と、言葉を発した。

「かや――」

夜叉丸の声が聞こえたので、かやは頭上にある板をコンコンと手で叩く。その板の上に敷かれていた寝具をずらした感触があったので、かやが板を持ち上げると、夜叉丸が顔を覗かせた。

「これは」

「以前、この小屋の掃除をした際に見つけました。おそらく匿われた者が、山を越えて逃げるためにでも作られた出入口なのでしょう。床下から蝶番をかけるようになっており、誰かの手引き無しでは開かない作りになっております」

ろうそくの光だけが灯されている部屋の中で、自分の顔を覗き込む夜叉丸の顔が晴れやかな表情を浮かべるのがわかる。

「ここから、お逃げください。かやもお供します」

「一緒に来てくれるのか」

かやは頷いた。

逃げられるかどうかは、わからない。

けれど、夜叉丸と一緒ならば、後悔はない。

正方形の出入口は小さいが、女のように華奢な夜叉丸ならばくぐれるはずだ。

夜叉丸はするりと抜け出て、ふたりして床下で身体をかがめる。

「山を越えましょう。そこから都に行き——」

かやの脳裏に、華やかな都の桜の下で、夜叉丸と手を握り合う光景が浮かんだ。

本当は、ずっと逃げたかった。

私は生まれてこのかた、何ひとつ自分から望んだことはなかったけれど、夜叉丸という人を知り、ひとりの人間として望まれる悦びを知った。

私は生きたいのだ。

この里にいると、心が死んでしまう。

床下から出て、手をつなぎ、かやが山道を導く。

月の光が先を照らしてくれた。

正面に、こんもりとした山がそびえる。

比叡山だ。

ずっとこの山に見張られているような気がしてならない。

「かや、ありがとう。お前のおかげで私は自由になれる」

夜叉丸はかやに感謝を口にする。

将軍の命に背いた大罪により、ふたりとも殺されるかもしれない。

それでも、夜叉丸とこうして一緒にいられる悦びのほうが恐怖に勝っていた。

「夜叉丸さま、もうすぐでございます。山は越えました。あの道が、見えますでしょう。

そこをまっすぐ行くと、朝までには都に出られるはずです」

「そうか」

夜叉丸は、かやの手を握ったまま、立ち止まった。

「かや、礼を言う」

そう口にした瞬間、夜叉丸は袖の奥から着物の腰紐を取り出した。

何をするのかとかやが戸惑っていると、夜叉丸は素早くかやの首に腰紐を巻き付け、両端をぐうっと渾身の力で引っ張る。

声をあげる隙もなかった。

何が起こったのかもわからなかったが、女のように華奢に見えた夜叉丸が、こんな強い力を持っていることに驚いた。

鬼はあなただったのか――。

意識が途切れる前、かやの視界には、鬼の姿が映っていた。

倒れこんだかやの胸に左足を載せ押さえつけながら、夜叉丸は更に強く紐を引く。

身体を震わせ痙攣しているかやから、夜叉丸は手早く着物を剝ぎ取った。

「これはもらっていくぞ。女の格好をして都に入り、物好きな男に身を売りでもしたら、しばらくは過ごせるだろう。かやには感謝している。ただ、これから先、逃げるのに女は邪魔なのだ」

かやは顔をゆがめ、よだれを垂らしたまま、痙攣し続けている。

「鬼の子孫か——鬼など、おらぬわ。人が一番おそろしい」

香が焚き染められた自らの着物を脱ぎ裸になった夜叉丸は、かやから剝ぎ取った着物を身に着けて帯を締めた。

「都には長くはいられないだろう。そのあとはどこへ行くか——まあ、よい。どこでも俺は生きていける」

そう口にした夜叉丸は、鬼の里に背を向けて、闇に紛れ込むように、消えた。

気がつくと、月はすっかり雲におおわれていた。


どれぐらい、意識を失っていただろう。

首に絡みつく腰紐をはずし、かやは咳き込んだ。

息ができなくなり、すぅっと目の前が暗くなって、尿を漏らす感覚があり、遠のく意識のなかで自分は死ぬのだと思った。

きっと夜叉丸も、かやは死んだものだと信じているだろう。

裸の身体が、土にまみれている。

大きく息を吐き、かやは身体を起こし、呼吸を整えた。

かやは手を伸ばし、香木の匂いが残る夜叉丸の着物を握りしめた。

たとえあなたが鬼であっても——。

ゆっくりと立ち上がり、着物を羽織る。

夜叉丸の匂いに包まれ、揺れるようにふらつきながら、かやは鬼の里に背を向けて都へ向かう道を歩きだした。

（「小説新潮」二〇二二年十一月号）

巻末エッセイ

生命(いのち)の輝き、閃(ひらめ)きを味わうのが歴史・時代小説の醍醐(だいご)味

雨宮由希夫

令和四年（二〇二二）は長引くコロナ禍に加え、安倍(あべ)元首相銃撃事件、旧統一教会問題、ロシアのウクライナ侵攻、安保政策の大転換と腹だたしくやりきれない事件や歴史に残る出来事が続出した一年であった。

七月の安倍元首相銃撃事件。参院の選挙最中の凶行に憤りが広がる一方、長年にわたる宗教と政治の不透明な関係が取りざたされ、旧統一教会による被害の実態が浮き彫りになり、銃撃事件の容疑者の供述をきっかけに宗教二世問題が顕在化して、議論を呼び、あらためて新宗教が注目されると共に、法的根拠が曖昧な国葬の強行で世論は割れた。

二月二十四日に始まったロシアのウクライナ侵攻が歴史の転換点になることは間違いない。ロシアの独裁者プーチン大統領の無慈悲な蛮行の責任を問い、悲惨な戦火を防ぎたいという世界中の叫びに耳を傾けるどころか、当のプーチンはかえって核兵器の使用をちらつかせはじめている。ウクライナでの戦争は先が見えず、行き着く先はどのようなものになるのか。ウクライナ情勢のさらなる悪化が憂慮され、日本を取り巻く安全保障環境の厳

しさが現実問題となってきている。

ロシアのみではない。社会主義現代化強国の実現を掲げて急速な軍拡を推進する習近平の中国は力による一方的な現状変更もいとわず、武力で台湾侵攻を画策している。さらに弾道ミサイルの発射を繰り返す北朝鮮の存在も不気味で、わが国は周辺諸国の脅威に晒されている。

昨年は日本を取り巻く国際情勢の厳しさを反映したのだろう。プーチン、ロシア、ウクライナ、NATO、国連、地政学関連の本がよく売れた。

ロシアのウクライナ侵攻と米中対立により世界秩序の不安定化が増してきた中、日本は「台湾有事」を想定し、自国の安全をどう守るのか。昨年末、安保三文書に敵基地攻撃能力の保有が明記され、防衛費の増額などが示された。安保政策の大転換に踏み切ったのである。ウクライナ情勢や「台湾有事」の懸念が日本人の防衛力強化の意識に変化をもたらしたが、外交・安全保障で、日本にどれだけの主体的な選択肢があるのか。いずれにせよ、政治においては、軍事的抑止力と政治外交的抑止力こそが車の両輪であることを肝に銘じて国の舵取りを行わなければならない。戦争の愚かしさ、怖さ、罪深さ。平和を壊すのは一瞬だが、造るには途方もない時間と金がかかる。ましてや人の命は戻らないのである。

二〇二一年下半期の直木賞（第百六十六回直木賞）は奇しくも織豊時代の籠城戦を描いた今村翔吾の『塞王の楯』と米澤穂信の『黒牢城』のダブル受賞となった。

一年の世相を漢字一文字で表す「今年の漢字」は「戦」であった。ロシアによるウクライナへの軍事侵攻と戦国時代の戦乱は互いに何の関係もない別個の戦場だが、時空を超えて巡り合ったような奇縁を感じる。

　その直木賞贈呈式のスピーチで、受賞者の一人の米澤穂信はウクライナでの戦争を他人事として見過ごすのではなく、「戦争と、戦争で死んでいく者たちを扱って小説を書きました。（中略）すべての戦争が一日でも早く終わり、悲しむ者、傷つく者が一人でも少なくあることを心から祈ります」と締めくくった。作家が政治的な発言をしなくなって久しいが、地球のあらゆる命に安寧な日々が訪れることを祈った若き作家の発言は堂々たるものであり、ウクライナの戦争を終息させるために、もの書きの末席を汚す自分に何ができるのかと考えずにはいられなかった。

　日本文藝家協会編の『時代小説　ザ・ベスト２０２３』は令和四年に発売された各社の文芸誌に掲載されている短編二百余編中から十人の作家による新作の短編十作品を選んだ年間アンソロジーである。

　新型コロナウイルスの影響もあって、このアンソロジーはこの二年間、リモート選考であったが、選考委員が一堂に会する選考会が三年ぶりに復活した。作品の選考基準の第一は、選考委員各氏のそれぞれの〝審美眼〟である。

　一九九〇年代中期をピークとして、紙の出版物の売上が減り続けているように、出版界は未曽有の不況が続いているが、歴史・時代小説界は令和四年度も堅調を維持したと誇ってよい。新しいテーマにチャレンジし過去に生きる人間を説得力豊かに描く作家に巡り合えた。かつて確実に存在した生命の輝きと閃き、この人物の命を匂わせたいとする作家の意気込みが感じられる傑作揃いで、熱のこもった選考会となったのである。作品のモティーフやテーマを探り当て、作者の意図するものを見出し、歴史・時代小説の奥深さを味わえた時の嬉しさは選考する者として格別のものである。

さて、本巻所収の諸作品について掲載順でふれたい。

巻頭を飾るのは、有名人の陰に埋もれてしまう人物にたまらない興味をいだいてしまう変わり者を自任する佐々木功の「したのか、家康」。慶長五年（一六〇〇）七月、関ヶ原の戦いの前哨戦として戦われた、いわゆる伏見城包囲戦が舞台。鳥居元忠傘下の鉄砲足軽、郷右衛門という鉄砲の名手と吉兵衛を主人公とした一編。まずタイトルが秀逸。上方に取り残され捨城となる運命の伏見城の城将、譜代中の譜代で六十二歳の元忠は、家康が人生最大の敗北を喫した三方ヶ原の戦いでの「脱糞伝説」を披露して緊張する士卒らの心を和ませる。果たして、三十一歳の若き家康はあの日、馬上で脱糞したのか否や。吉兵衛は知っている、家康と命懸けの信頼関係にあった元忠の壮絶な最期、三河武士の散りざまを。

沖縄の本土復帰五十周年の節目の年の当年に、十五世紀の琉球王国の興亡の史実を好漢たちの熱い視線で描いた『琉球建国記』で、日本歴史時代作家協会賞作品賞を受賞した矢野隆の「母でなし」。伊達政宗とその母義姫、二人には越えられぬ壁があった。義姫には己が腹を痛めて産んだ嫡男梵天丸（政宗）を、我が手で育てたという実感がなく、彼女の愛情はほとんど次男竺丸に向けられた。天正十八年（一五九〇）権勢の絶頂を極めた秀吉が小田原の北条氏攻めの陣で、奥羽の覇者となった独眼竜政宗に臣従を迫った時、ついに母親はわが子政宗に毒を盛る。政宗に厄介な実母の存在という角度から光を当てて戦国の不条理に迫った秀作。

今村翔吾の「山茶花の人」は直木賞受賞後第一作となる短編。天正六年（一五七八）三月、上杉謙信亡き後、甥の景勝、北条氏康の子の景虎、二人の養子の間に起こった上杉家の家督争い（御館の乱）、足掛け七年にわたる新発田重家の乱を史的背景としている。景勝方として戦い、景勝を勝者に導いた重家はその後、恩賞への不満などから景勝を離れ、景勝の側近直江兼続と敵対するも敗れ、「人生における最強の切り札は誰かを守ること」の言葉を残して、自刃。守った先に何があるのか明示されてはいないが、山茶花の花のイメージは重家の潔いまでの生きざまの象徴である。歴史の中に埋没していく男の姿が痛々しい。「人間の生が凝縮する一点を書きたい」をモットーとする作者の作意が遺憾なく発揮された佳品。

米澤穂信の「供米」も直木賞受賞後第一作。歴史ミステリーから青春ミステリーとジャンルを横断する当代きってのミステリー作家による作品で、題材の選定のユニークさから見て本巻収録の作品中、最大の異色作。作者の創作した人物と思われる明治の詩人・小此木春雪の友人である「私」が主人公。言葉を削ることに峻烈であった春雪は生涯をかけて一冊の詩集しか出し得なかったが、本の美しさにこだわる男で、春雪の葬儀には北原白秋、萩原朔太郎、室生犀星らが参会したという。春雪の故郷を「私」が再訪する顛末を記す形で物語は進行する。「私」は春雪の遺稿集出版をめぐって春雪の亡妻のもとを訪ねるが、最後まで「私」の名前は伏せられている。文学的な深さ、テーマの深さから推し量るに、多種多様な作品を手掛ける作者の新境地を開く意欲作といえる。

二〇一五年『監獄舎の殺人』でミステリーズ！新人賞を受賞してデビューした伊吹亜門の「遣唐使船は西へ」。実質的に最後の遣唐使となった承和の第十七次遣唐使は二度の渡航失敗と副使小野篁の乗船拒否という前代未聞の事態の下で強行され、多くの謎が秘められた派遣である。三回目の渡航には『入唐求法巡礼行記』の僧円仁（のちの慈覚大師）が乗船しているが、本作は二度目の渡航失敗の史実を舞台背景とし、遣唐使船に材を得たミステリー。主人公の遣唐使准判官の入舟清行は承和四年（八三七）七月那大津（博多）を出た遣唐使船に乗船し、遭難。果てしない飢えと渇き。生命の限界が近づく中、請益僧円然が何者かに殺害される……。漂流する遣唐使船内、ひとつの閉鎖空間つまり密室だからこそ成立するミステリーであるが、遭難し故国に帰還し得なかった無名者の鎮魂の賦としても読める。

『宇喜多の捨て嫁』で颯爽とデビューして十年の木下昌輝の「証母」は前記矢野隆「母でなし」同様、わが子と運命を共にした戦国武将の母を主人公に配した作品。本編は短編連作集『戦国十二刻 女人阿修羅』の中の一編。織田信長の三男信孝とその母千代が主人公。

二十四時間に物語の幅を設定。これまでの時代小説という概念を覆そうとでもいうかのごとき独特の小説技法。理不尽な死に追い込まれ「さいごの刻」を迎えている信孝は信長の側妾千代が織田家兄弟の和睦に差し出されるというこのからくりが秀吉のいやらしい策略であることを百も承知の上、主役は秀吉と己ではなく、名も無き女たる母千代こそ真の主役なのではないかと思い知らせている。木下には歴史小説の様式の破壊者の異名があるが、類例のない発想での戦国の不条理を活写した作者の面目躍如たる作品である。

祖母の影響で小学生で歌舞伎に出会い、二〇二〇年『化け者心中』でデビューした蝉谷めぐ実の「凡凡衣裳」は芝居役者のみを客とした舞台衣裳の仕立て屋・丹色屋の仕立て師・お辰（上方生まれの二十五歳）を主人公とした著者得意の芸道小説。今回は仕立て師の目線で物語が進行する。役者の成り上がりは衣裳次第と信じるお辰は凡凡の思案しか絞り出せず悩んでいる。奢侈禁止、質素倹約、四角四面のお上の衣裳検めが出るたびに、その都度うまく言い抜ける思案を丹色屋の主人でお師匠の玄心とめぐらす。衣裳には時代としての色や匂いがある。時代の政治的な背景も踏まえ、江戸の華麗な歌舞伎の世界を題材に、芝居という嘘の世界に真実を求めねばならない役者たちの苦悩、芸の修羅、さらには無邪気な残虐性をも秘めた興趣に満ち溢れた物語である。

二〇一六年「キネマ探偵カレイドミステリー」で第二十三回電撃小説大賞メディアワークス文庫賞を受賞してデビューし、推理小説、ＳＦ、青春小説のシーンで活躍する斜線堂有紀の「奈辺」は本書に収録された作品中、もっとも異彩を放つ作品といえよう。嘘かまことかの破天荒な展開には賛否両論があったが、もともと歴史・時代小説とは多様性に富むものとして収録に至った。奴隷制が健在で、人種隔離の線が明確に引かれていた十八世紀中葉のニューヨークが舞台背景で、「一七四一年ニューヨークの陰謀」と呼ばれる、初期アメリカにおける奴隷叛乱陰謀放火事件を題材とした小説。白人のジョン・ヒューソンは白人と黒人の客が混ざっている「人種の境界無き酒場」を経営。当局は白人と黒人が一緒に余暇を楽しむことができる店を作った罪でヒューソンらを死刑宣告する。歴史的事実の記録を基にし、当時の白人の黒人奴隷に対する差別問題が織り込まれている。今日に至るまでアメリカ合衆国では、黒人差別が続き深刻な社会問題となっていることを思い比べると重い読後感に浸らざるを得ないが、アメリカの歴史と差別問題を組み合わせたこの物語はフィクションの持つ無限の可能性を秘めている。

　戦乱の世の武力に対する文の力をテーマとする作品を矢継ぎ早に発表している武川佑の「遠輪廻」。作者には「千年の松」という本能寺の変前後の細川幽斎（藤孝）を活写した一編がある。幽斎には非情かつ血なまぐさいまでの智謀の人としての一面と古今伝授（『古今和歌集』の解釈学）の武士の伝承者、当代きっての歌人としての一面があるが、その複雑な二面性を活写している。本作も「千年の松」同様、幽斎が主人公。夢枕獏の〈陰陽師シリーズ〉へのオマージュとして書かれた本作は安倍晴明の名前も登場するなど複数のエピソードから構成され曲折のある展開で読者の興味を惹きつける。天正六年（一五七八）の正月から四月までが背景。その前年末に催された百韻連歌の席で、藤孝と共に招かれた光秀は挙句が発句に戻る遠輪廻の禁を犯してしまう。一方、京に出ると噂の鬼が、ある上句を口にしたと聞いた信長の命で、藤孝は調べを進めることに……。四年後に迫る戦国最大のミステリーたるあの本能寺の変につながる導線を期待すると肩透かしを食らってしまう。この思わせぶりは何か。このラストの余韻が何とも言えない。独特の戦国の風景が浮かんでくるのである。

二〇一〇年「花祀り」で第一回団鬼六賞大賞を受賞してデビューしたため、アダルト系の作家と見做されがちだが、「いつも心に底辺を」をモットーにひたすら書き紡いでいる、したたかな個性を持った歴史・時代小説作家である花房観音の「鬼の里」。比叡山の山麓、高野川中流域の山里、赦免地踊りの八瀬の里には、八瀬童子と呼ばれる皇室とゆかりの深く、天皇の輿を担ぐ駕輿丁を務めてきた特別な一族がいる。冥土の鬼の子孫と自らの出自を誇る彼らは余所者を村に入れたがらないが、主人公のかやは男たちのような誇りは持てなかった。一生、この里から出ることはないと思い定めていたが、ある日、足利義満（室町殿）の慰みものとして生きる夜叉丸という男を知り、ついに一人の女、人間として望まれる喜びを知る……。八瀬の歴史と風土の中に名前のない女の生と性を描き、通りいっぺんの歴史・時代小説とは別種の趣を持つこの作品は作者ならではの独特の余韻を醸し出している。

選考された作品の時代背景を見るに、本年度は奇しくも戦国末期を扱った作品の傑作が多く選考された。令和四年は三谷幸喜脚本によるNHKの大河ドラマ「鎌倉殿の13人」が話題となったが、鎌倉時代および幕末を舞台背景とした作品が一点もないことに、奇異の念を抱く読者もいるかもしれない。が、戦国時代同様、動乱・変革の時代である鎌倉時代や幕末明治を赤裸々に生き抜いた人物の生涯をたどったすぐれた作品が多かったことを付記したい。あくまでも私個人の〝審美眼〟によるが、鎌倉ものでは、小栗さくら「一樹の蔭」、矢野隆「兄の涙と弟の泪」、高田崇史「修善寺の鬼」、砂原浩太朗「実朝の猫」、鈴木英治「妻の謀」、幕末明治ものでは、伊東潤「浪華燃ゆ」、吉森大祐「東京彰義伝」、林真理子「徳川慶喜の嫁」が印象深い。

四年前のこのアンソロジーで本欄を担当した際、私は、〈「令和」という新しい時代が、いささか閉塞的であった「平成」の世を打破する希望の時代であることを願いつつ〉と書いたものだが、令和もすでに五年目となった今、世界では戦争や有事の危機、国内では政治家の襲撃事件が相次ぐなど、国内外とも一触即発の危機感を孕みつつ、さらに世相は悪しき方に流れ、閉塞的な状況がなおも続いている。

かつてないほどに多難な時代に入っていると観て間違いない。コロナの収束はいつになるのか、まだまだ予断を許さない。自粛による精神面や運動不足の反動も大きく、新型コロナが日本社会に与えた影響は計り知れないものがある。ただ今年に入って、政府がマスク着用を「個人の判断」とするなど行動制限が緩和され、新型コロナウイルス感染症の感染症法上の位置づけが、季節性インフルエンザなどと同等の「5類」となり、ようやくコロナとの向き合い方に変化が起きている。コロナ前の正常な状態には程遠いが、日々の暮らしのなかで活動できる場面が徐々に戻り、少し明るい希望の兆しが感じられるのも現実である。

現代はＳＮＳを通じてあらゆるものが可視化され、戦争の情報すら瞬時に世界に伝わる時代でもあるが、後世の歴史・時代小説作家が新型コロナで「失われた歳月」の下にある現代とそこに生きる人々をどう描くのかはなはだ興味深い。

本書は、集英社文庫のために編まれたオリジナル文庫です。

集英社文庫

時代小説　ザ・ベスト2018

日本文藝家協会　編

さまざまな時代や舞台で生きる人々の営みや思いを鮮烈に描き出す傑作10編を収録。
読書の楽しさを再確認できる絢爛たるアンソロジー。

◆収録作品

「子捨て乳母」中嶋　隆
「清経の妻」澤田瞳子
「つはものの女」永井紗耶子
「怪僧恵瓊」木下昌輝
「鬼の血統」天野純希
「夢想腹」上田秀人
「雲のあわい」村木　嵐
「初陣・海ノ口」髙橋直樹
「川中島を、もう一度」簑輪　諒
「筋目の関ヶ原」東郷　隆

集英社文庫

時代小説　ザ・ベスト2019

日本文藝家協会　編

これぞ歴史・時代小説最強の布陣。
名手たちが濃やかにつづる情や志が胸を打つ11編。
豪華執筆陣による年度版アンソロジー。

◆収録作品

「一生の食」吉川永青
「春天」朝井まかて
「津軽の信長」安部龍太郎
「安寿と厨子王ファーストツアー」米澤穂信
「扇の要」佐藤巖太郎
「夫婦千両」中島　要
「黄泉路の村」矢野　隆
「沃沮の谷」荒山　徹
「大忠の男」伊東　潤
「海神の子」川越宗一
「太鼓橋雪景色」諸田玲子

時代小説 ザ・ベスト2020

日本文藝家協会 編

歴史・時代小説の名手たちが紡ぐ多種多様な物語。浮世を忘れ、読書の愉しみに浸れる11編。自信の作品を収めた年度版アンソロジー。

◆収録作品

「太郎庵より」奥山景布子
「仮装舞踏会」林真理子
「あかるの保元」村木　嵐
「宇都宮の尼将軍」簑輪　諒
「沈黙」佐々木功
「鴨」矢野　隆
「雪山越え」植松三十里
「脱兎」大塚卓嗣
「ゴスペル・トレイン」川越宗一
「剣士」青山文平
「貸し女房始末」浮穴みみ

集英社文庫

時代小説 ザ・ベスト2022

日本文藝家協会 編

さまざまな舞台で多種多様な人物を自在に操る
実力派作家たちによる夢の競演。
バラエティーに富んだ年度版アンソロジー。

◆収録作品

「一角の涙」千葉ともこ
「絶滅の誕生」東山彰良
「紅牡丹」澤田瞳子
「脆き者、汝の名は」篠田真由美
「役者女房の紅」蝉谷めぐ実
「蓮華寺にて」岩井三四二
「ひとでなし」大塚已愛
「邪説巌流島」佐藤 究
「帰ってきた」砂原浩太朗
「おっかさんの秘密」三國青葉
「おから猫」西山ガラシャ
「Let's sing a song of……」皆川博子
「光の在処」永井紗耶子

集英社文庫

時代小説 ザ・ベスト2023

2023年7月30日 第1刷

定価はカバーに表示してあります。

編　者　日本文藝家協会

発行者　樋口尚也

発行所　株式会社 集英社
東京都千代田区一ツ橋2-5-10　〒101-8050
電話　【編集部】03-3230-6095
【読者係】03-3230-6080
【販売部】03-3230-6393（書店専用）

印　刷　中央精版印刷株式会社　株式会社美松堂

製　本　中央精版印刷株式会社

フォーマットデザイン　アリヤマデザインストア　　マークデザイン　居山浩二

ISBN978-4-08-744555-8 C0193